解梦大师

尹剑翔◎著

江苏凤凰文艺出版社
JIANGSU PHOENIX LITERATURE AND ART PUBLISHING, LTD

图书在版编目（CIP）数据

解梦大师 / 尹剑翔著. -- 南京 : 江苏凤凰文艺出版社, 2016
ISBN 978-7-5399-7345-6
Ⅰ. ①解… Ⅱ. ①尹… Ⅲ. ①长篇小说－中国－当代 Ⅳ. ①I247.5
中国版本图书馆CIP数据核字(2015)第294452号

书　　名	解梦大师
作　　者	尹剑翔
出版统筹	黄小初　周亚林
选题策划	王　蒙　后　超
责任编辑	姚　丽
责任监制	刘　巍　江伟明
出版发行	凤凰出版传媒股份有限公司 江苏凤凰文艺出版社
出版社地址	南京市中央路165号，邮编：210009
出版社网址	http://www.jswenyi.com
经　　销	凤凰出版传媒股份有限公司
印　　刷	北京富达印务有限公司
开　　本	690×980毫米 1/16
字　　数	300千字
印　　张	19.5
版　　次	2016年9月第1版　2016年9月第1次印刷
标准书号	ISBN 978-7-5399-7345-6
定　　价	38.00元

目　录

此时一股白色的光芒从天花板射下，照在这团泥巴上，泥巴顿时像是被注入了生命，从中绽放出一朵白色的花，这朵花长得很怪，只见花，不见叶，花朵的所有花瓣则向外翻转着，像是倒垂着头发的少女。

女孩睁开眼睛时，发现自己穿着睡衣，正孤零零地站在悬崖之巅。夜空中点点繁星，镶嵌在蓝黑色的苍穹上。月光照在崖顶上，折射出一股银白色的反光。她正在不知所措之时，突然天空黑云密布，狂风卷着一些沙砾，在山谷中呼啸而过，与空气摩擦出了一种令人恐怖的沙沙响声。

梦幻花的颜色越来越亮，衬托着整个景色都起了变化，渐渐地狂风大作，远处的黑云渐渐逼近，整个世界就像是泛潮的油画一样，所有的事物开始褪色，包括山水人和那条远远停在江边的龙舟！

噩梦序曲

突然，沉重的黑暗气息铺天盖地地袭来，人偶女孩缓缓地摘下了面具，

她的眼睛泛起了红色，而那扇门上的手印，也都变成了血红色。

这是男人第一次看到黑白色之外的颜色。他这样静静地看着她，

在那只眼睛里男人看到了他一辈子也无法逃脱的梦魇，刹那间只感觉浑身冰冷。

“夜是这个世界上最简单的景色，神秘莫测的黑白色让人陶醉得浮想联翩。”

他的脑海里一遍遍地重复着这句话，但他知道，这话绝非出自他口。

思索着这句不知出处的话，男人走到了一栋宏大的巴洛克建筑前。此时，月光下的夜幕只有黑白两色，简单得让人有些毛骨悚然!

眼前的巨型台阶，像是直通穹顶的桥，他犹豫了一下，还是缓步迈上台阶，也不知道走了多久，一股铜锈气扑面而来，他的眼前出现了一扇硕大的门。门上突兀着各种北欧神话中的神兽浮雕，把整个建筑衬托得更加威严、肃穆。

把手放在了门上，一股金属的寒意瞬间刺透了他的心脏。他稍一用力，伴随着“吱扭、吱扭”的响声，门“不请自开”了。

月光洒在男人的身上，透过门缝，射出了一条狭长的影。大门里光线很暗，男人踩在自己的影子上小心翼翼地往里迈了几步，他只顾往前走，并没有察觉自己的影子已经凝固在地上，根本不随他的步伐而动。

显然，这座宫殿是一座宏大的博物馆，走廊里摆放着琳琅满目的雕像和艺术品，月光透过玻璃映照出了各种各样的影子，这些黑影可不像艺术品那样充满美感，它们僵硬、扭曲、丑陋，甚至有些诡异，这让男人浑身不舒服起来。但是这座博物馆的黑暗深处像是藏匿着一种神秘的魔物，吸引他朝着更深邃的走廊走去。

他走了很久才又遇到一个转弯，男人向右拐去，走到了另外一条走廊上，这里背光，虽然不是伸手不见五指，却必须要小心翼翼地行走才行，所以男人的脚步放缓了许多。

突然，走廊里的壁灯亮了起来。

“谁？”

男人四处观看，走廊里飘荡着他的回音，却没有任何人回答。他看清楚了，这里是一座悠长的画廊，墙壁上挂满了古典风格的油画，看样子大多是中世纪的作品，甚至有几幅可能是出自文艺复兴期间的大师之手，但灯光很灰暗，他只能看到画的大致脉络。

似乎任何名画都不足以吸引男人在它们面前逗留几秒钟，他寻着幽暗的月光，加快脚步向走廊深处走去。他经过的每一幅画，都是模糊的黑白色，但是每一幅画中无论远近都站着一个女孩，这个女孩不像是画中人，因为她与画中的人物、景色显然不搭调，俨然是画师后添上去的，她们裸着身子，背对着男人，看不清脸。

男人突然觉得有人在暗中窥探，他的背肌窜上来一股寒意。是眼睛！是那个女孩的眼睛！他感觉女孩正慢慢转过头来，男人不敢左顾右盼，又把脚步加快了一些。

但是在这条走廊的尽头，男人却被一幅巨大的油画挡住了去路。

他只好驻足，仔细观察着这幅画，画的背景是一扇门，门被木条隔成十二块方形的玻璃，每块玻璃上都沾满了手印。

这幅画透着一股诡异，一个眼神呆滞的外国小男孩就站在这道木门前，呆呆地看着这个男人。

男孩左边还站着一个长着金色卷发的女孩，这个女孩犹如傀儡，她的关节全靠螺丝连接，脸上更是戴了一副面具，嘴角耷拉着，眼眶里不是瞳孔，而是两个黑色的洞，她的双手攥着一个暴露了两根电线的金属零件，可能这就是她身体的一部分。

男人凑近了这幅画，一股亲切感让他暂时忘了恐惧，身不由己地抚摸起了那个女孩的脸。

突然，沉重的黑暗气息铺天盖地地袭来，人偶女孩缓缓地摘下了面具，她的眼睛泛起了红色，而那扇门上的手印，也都变成了血红色。

这是男人第一次看到黑白色之外的颜色。他这样静静地看着她，在那只眼睛里男人看到了他一辈子也无法逃脱的梦魇，刹那间只感觉浑身冰冷。

那只红色的眼睛越来越大，像是一心要把这个世界染成一片殷红。男人不受控制地哆嗦起来，急剧加速的心跳终于让他忍不住大叫了一声。

他从床上直挺挺地坐了起来，茫然地看着房间，任冷汗混着重重的喘息在空气中发酵。

第一章　黑白无常

此时一股白色的光芒从天花板射下，照在这团泥巴上，泥巴顿时像是被注入了生命，从中绽放出一朵白色的花，这朵花长得很怪，只见花，不见叶，花朵的所有花瓣则向外翻转着，像是倒垂着头发的少女。

1

“今天我需要大家思考的问题是，我们在梦中看到的景象是彩色的还是黑白的？”教授微笑着向他的学生们抛出了一个玩笑般的问题。

“这还用问？当然是彩色的！”一个男生脱口而出。

“您老人家的梦是彩色的？我的梦怎么一直都是黑白的？”坐在男生旁边的女生道。

“黑白的？瞎扯淡……你该不会是色盲吧？来看看，这身衣服是什么颜色的？”男生用手指扯着自己的衣服。

一个平时大家毫不在意的问题被突然提出，好似油锅中扔进了一块冰，教室里爆发出了一阵阵热烈的讨论声，学生们都在诉说着各自梦境的颜色。

“大家静一静！”教授觉得课堂有些失控，所以对大家摆了摆手。但这样的警告丝毫不起作用，讨论声反倒越来越大。

教授只能提高了嗓门：“现在大家一定都在想，彩色的梦和黑白的梦预示着什么呢？到底是吉？是凶？对不对？”

好奇心的力量压倒性终战胜了嘈杂，教师里陡然安静了下来。学生们齐刷刷地瞅向老教授！

“中国人常常会对身边的一些反常现象十分敏感，然后做出一些吉凶祸福之类的强烈自我暗示。既然说到了黑白色，那我想问问大家，什么东西是黑色和白色完美地融合在了一起的呢？”

“熊猫！”

“斑马！”

“酷狗101！”一个女生举手喊道，教室里顿时又是一阵哄笑。

不知道从哪里突然冒出来一句：“太极图！”

教授并没有在意是谁说的，他肯定地点点头，“说得好！就是太极图，能够把黑白这两种颜色诠释得如此完美的事物，也只有太极图了！北宋学者周敦颐所著的《太极图说》上说：阳变阴合，而生水火木金土，五气顺布，四时行焉。五行，阴阳也；阴阳，太极也；太极，本无极也……”

学生们听到老教授正在怡然自得地背诵古文，个个都耷拉了脑袋，又开始窃窃私语起来。

“黑与白本来就是两种令人非常费解的颜色，色彩有很多，平时根本显不出他们来，但是就像原来我们看的黑白电视机一样，世界上如果没有了其他色彩，那么黑与白就代表了我们的认知，所以太极图就是我们对这个世界最基础的认知！好了，我们再回到刚才的问题中，黑白色的梦到底预示着什么？说得简单点，黑白就是吉凶的代名词！《周公解梦》里说，黑主吉！白主凶！梦到黑色的东西，没准你能升官发财，但是如果梦到白色的东西，嗯，那也许就不太妙了……特别是如果你梦到太白星，那可就是大大的不妙。”

老教授的嘴角突然露出了一丝诡异的微笑，这笑容让前排的同学都皱起了眉头。

“教授，什么是太白星啊？《西游记》里那个太白金星？”一个坐在前排的男生突然发问。

老教授慈祥地一笑：“对！太白星就是金星！天亮前后，东方地平线上有时会看到一颗特别明亮的晨星，这就是咱们常说的九大行星之一的金星，也叫启明星或太白星。太白的本意就是纯白色，意味着明亮。太白星在古代占卜中主大凶，特别是某些特殊时刻，地球、金星、太阳会在一条直线上，这时就可以看到金星就像一个小黑点在太阳表面缓慢移动，天文学称之为‘金星凌日’。如果遇到了金星凌日的星相，多会有不幸的事发生。”

“这些都是迷信吧？”一个女生托着下巴，不屑地说。

老教授摇晃着自己的手指，“历史上很多不幸的事件发生之前都出现了金星凌日的现象，比如古代有荆轲刺秦王、玄武门之变，近现代有慈禧太后垂帘听政、日本出兵占领台湾，最近的一次嘛，是在2004年，金星凌日后不久就发生了印度洋海啸，有超过20万人在此次海啸事件中丧生。”

“哇塞，神了！”

“这还只是星相，是现实中的事，如果太白星入梦，那可就更不吉利了。”老教授的脸变得异常诡异起来，不像是在闲聊，“李白的母亲生李白之前，就梦到了太白星，结果李白一生不得志，安史之乱后还差点因为唐朝的政治斗争死于非命。梦太白，毁一生啊！”

“你说了这么多，可是跟我的梦有什么关系啊？我一直都在做黑白梦，有黑有白的，这怎么分辨是吉是凶啊？教授，《周公解梦》里是怎么说的？”刚才那个说自己的梦是黑白色的女生板着脸，煞有其事地问道。

“这个嘛……”老教授刚刚还一本正经的表情里，突然又露出了一股狡猾的味道来，他张开双臂挥舞着，表情甚是夸张，“哈哈哈，同学们，现在都什么时代了，你们还在受这些迷信的蛊惑？忘了我刚才说的那些鬼话吧，忘了《周公解梦》，现在可是弗洛伊德的时代了。你们在我这学到的可是正宗的心理学。”

“嘁！疯老头！”同学们都感觉自己像是受骗了，原来老教授刚才东拉西扯的那些阴阳理论、《周公解梦》之类的无聊“垫话”跟黑白梦毫无关系。

此时，教授终于开始中气十足地介绍起了他想说的知识：“德国睡眠专家米歇尔·施莱德认为绝大多数人的梦是彩色的。人们不能确定梦的颜色是因为人们首先注意了梦的情节，而忽视了梦的色彩。当色彩成为梦中情节的重要部分时，人们就会回忆出梦的颜色。不过，也有人认为梦绝大部分都是黑白的……”

老教授越讲越觉得有点儿不对劲，因为学生们的目光并非聚焦在他的身上。特别是很多男学生都把目光投向了教室门口。他扭过身来才发现，门口正站着一个人。

一位身材修长，身着黄衫的美女正提着一个蓝色的Dior皮包站在教室门口，她的美貌中带着一种难以模仿的优雅，眉目间又能传递出一种超乎神秘的性感。时尚的装扮外加靓丽的外表，让每一个看到她的男性都觉得心绪荡漾。她见老教授注意到了自己，便缓缓点点头。

老教授对她微微颔首，看得出此时他正抱有一种奇妙的心情。不过，他还是很快淡定了下来，把头面向了学生们，然后拍了两下巴掌，“今天的课程先到这里，下次上课时，你们每一个人都要提交一份关于《梦的色彩》的解析报告，两千字，我希望你们能谈出自己的见解。好了，今天的课就到这里……”

教室里顿时“嘘声”一片。

老教授突然翻了脸，表情犹如恶鬼一般，指着几个下面带头起哄的学生，严厉地训斥道：“特别是你们几个浑球儿，一个字都不许少，否则有你们的好看！”说完，他又很快恢复了和蔼平静的面容，轻描淡写说了句“下课”，像刚刚什么都没发生过。

教室里顿时鸦雀无声，那几个学生表情僵硬地吐了吐舌头，小声道：“这个老家伙！”

闻此，站在门口的美女不禁掩面而笑。

医学院新建的小广场上平时没什么人，至多也就是些来去匆匆的学生，广场中央的音乐喷泉随着优美的曲调，喷射出犹如频率波般优美的造型。鲜有人至，却又不是死寂一片，确实是个谈话的好地方。

比起刚才课堂上的谈笑风生，老教授突然变得无精打采起来，他用忧郁的眼神，寂寞地望着喷泉，“什么时候回国的？”

“刚下的飞机，就到学院来看您了。”

老教授的鱼尾纹皱了起来，显然这话他听起来很受用，“还算你有心！

去美国有五年了吧？”

“Good memory，Dr Fan！（范老师的记性真好！）2008年出国，今年正好五年。”美人抿口一笑，百媚丛生。

“怎么会不记得呢？你可是我最引以为傲的学生啊！不过五年来一点消息都没有。”范教授笑着摇头，目光里多少露出了些许责备。

美女用绯红的脸色表达着自己的歉意，“您也知道，我这个人不太会交际，和过去的同学、朋友、老师都没怎么联系过。”

“好在我还能看到你写的论文。总算是多少了解你这个得意门生的动向。”范教授停下了脚步，扭过头看着美女。

“那些论文您都看了？”

“一字不漏！”

“父亲去世后，一直承蒙您的关照。”

“老尚走了，在我心里，早就把你当做女儿一样看待了，没有人比我更了解你这个鬼丫头了。”说完，老教授用手指狠狠地点了点眼前的美女。

“那您也应该知道我这次回国的原因了吧？”美女淡淡一笑，但这笑容里似乎包含着她难以启齿的理由。

老教授拱了拱肩膀，对这个问题不假思索地说道：“一年前，我看了一篇你写的论文，写得挺有意思的，你多半是因为这篇论文回国的吧？”

美女微笑不语，默认了老师的判断。

“试图通过催眠术进入被催眠者的梦境后，再进行解梦分析的研究，说实话，这个想法既大胆，又让人兴奋，对于这样的课题，我这个老头子压根连想都不敢想。不过想法是挺好，就是有点……”

“有点天方夜谭，是吗？”美女的眉毛微微挑了一下，“我承认这个理论缺乏足够的实例验证。”

“怎么说呢？一直以来，世界广泛采用的弗洛伊德的《精神分析法》是通过挖掘人类的潜意识，把梦境的真实意义抽象化地展示出来，这是一种从外到内的心理过程。但是你让一个不属于这个梦境的人深入到做梦人的潜意识中揭开梦境背后的真相，这就变成了一种超现实主义的想法。这种从内而外的梦境解析法已经完全背离了《精神分析法》的梦境解析理论。太过于离经叛道，很难取得主流心理学界的认同。”老教授一边说着一边摇着头。

“I don’t think so！这不叫背离，而是发展！弗洛伊德的精神分析法，是任何解梦人都要依赖的最基础的理论，我的研究也是基于此而做出的，只是我想找一条捷径罢了。”可能是在美国生活的时间太长了，只要尚浮云一着急，脱口而出的会先是英语。

范教授叹了口气，“美国的研究机构恐怕并不支持你拿人体做这种实验？因为你想借助催眠术进入别人的梦境，必须借助药物或是某些控制脑电波的仪器，这些玩意儿可不稳定，造成脑损伤的可能性很大，弄不好还会搞出人命。”

“我也很纠结，所以才来向您这个权威讨教。”

范教授的脸色泛出了种种难色，“现在的世界不是中世纪的欧洲，随便拉出几个死囚就能做个人体实验。”

但美女的眼神却很坚定，“老师，其实什么事都需要我们迈出第一步，人类对于任何事物的探索都是从自我牺牲开始的。况且我认为只要在实验细节上严格监控，并不会发生什么危险。”

范教授摆了摆手，“有没有危险，你我说了都不算，这需要准确的数据。而且如果要获得更多研究机构的支持，还要证明这个研究确实有实际意义才行，我相信现在就让你拿出这些让人信服的材料来，并不容易。”

“我拿自己做过一些实验，很成功，至少现在没出过什么问题……至于，您说的为什么要做这样的实验……我觉得解开人类的梦，难道不是回答‘我是谁’这个问题的一个重要的论据吗？还有什么比这个更有意义呢？”她的语气层层递进，却仍然难掩一股强烈的书生气。

范教授一脸严肃，语重心长地说道：“浮云，你把事情想简单了。”

尚浮云显然很困惑，但是她已无力再反驳老师的话。因为这不是什么学术交流，而是赤裸裸地触碰着一位教授的底线。

“浮云，你父亲尚教授是我的好朋友，咱们又有师生之谊。按理说你有这样的研究计划我本应该鼎力相助。但是，如果你想在医学院里搞这样的研究怕是行不通。”范教授的语气略显迟疑，但是他很快转了话锋，“不过，我可以为你推荐一个人，你倒可以去他那碰碰运气。”

尚浮云从失望的深渊里解脱了出来，她有些按捺不住，眼光里闪出了希望的火星，“哦？是谁？”

“这个人叫常白丁，只不过这个人……”范教授像是故意在卖关子，他似乎就是这种性格。

“老师，有话尽管说……”

迟疑了好久，范教授才吞吞吐吐地说出了口，“你了解‘断梦’这个行业吗？”

“小时候听说过，有点像算命或是看手相之类的。”

“我给你介绍的这个人，就是干这行的。”

“Liar（神棍）？您不是开玩笑吧！”尚浮云暗愠着一股责备之色。

范教授知道尚浮云会误会，赶快摆了摆手，“你想到哪里去了，我怎么会把江湖骗子之类的人介绍给你？但是你要有心理准备，你看到这个人后，估计会感到很吃惊的……我想他对你的研究应该会有帮助。只不过……”

“什么？”

“这家伙非常讨厌弗洛伊德！这点上和你的信仰不太相同，所以你们沟通起来恐怕会有些困难……”范教授的话说得郑重，显然他在侦测尚浮云的反应。

尚浮云陷入了沉默，但很快便颔首道：“请您给我他的联系方式，我觉得一个敢于否定弗洛伊德的人，起码也应该是个荣格那样的人物。”

范教授正敏感地察觉着她的态度，但当他听到“荣格”这几个字时，别具深意地在这个名字上加了个重音，“荣格吗？这个世界上和弗洛伊德站在对立面上可不只有荣格一人，他信仰的那个人叫周公旦。”

2

尚浮云出生于书香世家，父母都是大学教授。很小的时候，她的父亲就发觉女儿不仅智力超群，学习能力也相当惊人。她只用了九年时间就完成了从小学到高中的全部课程。

十五岁那年，她考入被誉为中国名医摇篮的S医科大学，主修神经脑外科。

由于这个学科的复杂性和高端性，这个学院的高考录取分数接近满分，所以脑外科成了整个大学里精英的聚集地，可谓强人林立，人才济济。

但五年的医学本科，她只用两年的时间便修完了全部课程，可以说是学霸中的学霸。再加上其亮丽的外貌、惊人的运动天赋和超凡的艺术细胞，很快让她成为了全校瞩目的女神。

喜欢她的男生和嫉妒她的女生在学院里形成了鲜明的阵营，表白的情书、谩骂诋毁的匿名信成为了尚浮云生活中的一部分，这几乎缔造了当时学院里一条独特的风景线。

她本可以直接保送本系的研究生，毕业后分入一家国立医院成为一名优秀的脑外科大夫，命运似乎已经为她铺好了一条锦绣前程。人人都在怀疑，她是不是上帝最眷顾的人？

但世事难料，突然之间，噩耗传来。

尚浮云的父亲，中国心脏外科的领军人物，同样在S医科大学任教的尚峰教授突然遭遇车祸，由于失血过多，抢救宣告失败。在弥留之际，他躺在病床上，似乎想对尚浮云说什么，但是由于大脑受到重创，淤血压迫了语言神经，直到死，他也没再张开过口。

这个打击令她猝不及防，给她的人生蒙上了一层厚重的阴影，天使迅速从天际掉落到了人间。

在父亲弥留之际，尚浮云紧紧握着他的手，泣不成声。她所掌握的脑外科手术技术无法挽救自己父亲的生命，最后竟然连父亲的遗言都没能听到。

这件事让她对临床医学的价值产生了颠覆性的巨变。

母亲很早就去世了，而父亲的突然离世，让她开始思考自己的未来，如果朝着现有的路走下去，自己肯定会成为一名优秀的脑外科医生。但是当上了外科医生又能怎么样？即便是治得了病，却还是救不了命。

尚浮云对神经科学失去了兴趣，转而把学习的热情投入到心理学的研究上，她觉得如果当时自己能够读懂父亲的潜意识，就能知道父亲到底想对她说什么，父亲那时一定有什么重要的事想对她交代。

对于学霸来说，研究生考试就像是那么一层薄薄的窗户纸，一捅就破。她如同探囊取物一般就从神经脑外科跳入了心理学院，开始追随范教授研习精神分析法。

由于就业前景不佳，心理学院成了S医科大学生源最薄弱的学院。虽然生源不怎么样，但是这里却拥有中国心理学界的泰斗级人物范若和教授，他的一生几乎都在围绕着弗洛伊德的《梦的解析》做研究，这个外国人几乎是他人生的最高信仰。他对自己的研究生要求极高，所以心理学院的硕士和博士生极少有从学院的本科生中直接升上来的，大部分都是“带艺投师”。

尚浮云很快继承了老师的这份虔诚的信仰，成为了范教授最得意的门生。她一直都在热心地学习如何用精神分析法解释梦境中的各种景象，但可能是过于年轻，也可能是父亲不幸留下的阴影，比起那些长上好几岁的同班同学，她的研究总是被戴上了一顶激进的“帽子”，因为她从不在旧学问中徘徊，而是努力地探索别人想都不敢想的领域。

再加上她有过神经外科的学习经历，她很快有了将脑外科技术和弗洛伊德解梦理论相结合的想法。但是这些想法被学院里的很多前辈和师长看作是天方夜谭，弄得论文评审团在初审时，给她毕业论文的评语竟然是“不切实际的漫谈和空想”。

她性格坚强倔强，坚持不肯修改自己的论文，弄得当时整个论文评审都陷入了僵局，若不是范教授力挺爱徒，她恐怕连硕士学位都很难拿到。

研究生毕业后，尚浮云没有选择继续在中国读博，经范教授推荐，她来到美国的斯坦福大学，继续深造心理学，主攻方向是催眠术。

很快尚浮云在美国也取得了不菲的成绩，成为了一位催眠师。

她认为在美国这个无比开放的国度里，就可以毫无束缚地继续她在硕士阶段那个近乎疯狂的论文选题，而通过对催眠术的深入学习后，她的思路也渐渐地清晰了起来。她试图通过催眠术将一个人或多人移植于被催眠者的梦中，从而可以解开更多人的梦境，了解梦境的本源。她一直坚信，或许用这样的方法，就能知道父亲临终前到底想对她说些什么了。

但是，显然她的这项研究和很多国外的学者发生了分歧，特别是对弗洛伊德基础理论的理解上，尚浮云和她的美国导师之间出现了巨大的裂痕。

渐渐地，她的研究被边缘化，得不到资金和实验资源的支持，她的想法根本无从展开，此时她把希望重新寄托在了国内。但想想在硕士阶段就差点“毙掉”自己论文的导师们，又和美国导师有什么区别呢？

所以，她只好把希望全寄托在了恩师范教授身上，因为从始至终，只有他一个人肯定着自己的研究。

却没有想到范教授此时会把自己推给了一个叫常白丁的“断梦先生”，这让她多少有点失望。常白丁这人到底是谁？可靠吗？

据范教授说常白丁是个来自民间的断梦高手，但是他的其他情况，范教授却三缄其口。尚浮云只能带着许多问号，照着范教授交代的地址找了过来。

铁口胡同32号。当尚浮云费尽周折找到这个地址的时候，她感觉自己像是受了愚弄。

明明已经日上三竿，门面的大门却被一把大锁牢牢锁住。透过玻璃朝里看去，四周的墙面破旧不堪，屋子的中央是一个茶几，上面放满了吃剩的方便面餐盒。乱七八糟的东西更是堆得满地都是，根本不像有人在经营的模样。还有两个大妈模样的人，正坐在这家店门口的台阶上聊着天，看上去像是附近的居民在这歇晌。

闭门羹？或是早就搬走了？尚浮云有些懊恼，但是也无法再发脾气，只能朝着这扇大门的其他地方看去，看看“好心”的店主是不是会留下个手机号码之类的，方便联系他。找了半天，才发现在大门的玻璃上贴着一张纸条，上面写着“梦境咨询、指点迷津”的字样。

尚浮云沮丧地摇了摇头，正在犹豫是要再等一会，还是干脆离开算了。

“你也是来找常先生的？”坐在台阶上的一个妇女站了起来，和尚浮云搭讪，她的面部满是雀斑，口中散发出了一阵阵的恶臭。

尚浮云下意识地退后了半步，这才意识到这两个女人，并非是歇脚的过客，而是正等着这家店开门的顾客。

“不是！我……你们是？”尚浮云撇了撇嘴，心想这家店还是在正常营业的，而且生意好像还挺火，竟然还有坐等排队的，自己一定是被这位大妈当成“加塞”的人了。

“昨天我做了个噩梦，越琢磨心里越瘆得慌，找常先生来断断。”

“断梦？这种迷信的事你们也相信啊，做噩梦干吗不去找心理医生？”尚浮云说完突然觉得自己有些失言。

“心理医生？”大妈上下打量着尚浮云。

“心理医生算干吗的？跟常先生比，那不就是摆地摊儿的吗？常先生那可是北京城的神断，就上次……哎，对了，你不也是来找常先生断梦的嘛，干吗要说我们迷信啊？你说你这个女人，加塞就加塞吧，干吗骗我们走啊？一看你这打扮，就不是什么正经的好人……”

“我……”尚浮云本想再去理论两句，但是她实在是不太愿意和这样素质的妇女纠缠，干脆退了出来，心想自己似乎来错了地方。不过，既然是有一定的“顾客群”，想来这个常白丁还是有一套自己的生意经的。

所以，她并没有离去，而是在附近又绕了一圈。她发现这家店面对面的街道上，正好有一家杂货店的老板正在门前理货。

尚浮云越过马路，走到杂货店跟前，礼貌地打了声招呼，“老伯！”

杂货店老板抬起头来打量了一下尚浮云，“姑娘，买点什么？”他的语气和蔼且热情，眼睛中透着精明。

“呵呵，老伯，我就想问问，那家咨询公司现在还营业吗？”尚浮云朝着常白丁的店面方向指了指。

“咨询公司？”杂货店老板看了看那店面，拍了拍自己的后脑勺，“嗨，他家啊，你一说咨询公司我都懵了，那就是家算卦、断梦的小店，不过这两年闹腾大发了，每天都有不少人排队找他断梦。”

尚浮云觉得很有趣，科技如此发达的社会下，竟然还有这么多人相信这个？太愚蠢了。

“老伯，那家店的老板是不是叫常白丁？”

“那个小兔崽子？姓常没错，叫什么我可不知道！”

“他今天怎么不在，家里有事？”

“有事？他有什么事？大闲人一个，这会应该在街头的彩票店吧，他每天没事时都泡在那里边。”店老板朝着彩票店的方向指了指。

“那店里的生意呢？”

“他的生意就这么回事！他说随缘，赶上就帮人断断，赶不上就拉倒。说起来真是个怪人。姑娘你也是来找他断梦的？”

尚浮云连忙摆摆手，“不，不，我是有其他的事找他。”她总觉得自己来的理由有点难以启齿，一着急又口齿不清、面红耳赤起来。

“嗨，别脸红，姑娘，你也算找对人了，那小兔崽子断梦还算有本事，就是有点神神叨叨的。”

尚浮云先入为主，早已把常白丁归入了“神棍”的类别中，所以听到“有本事”三个字，特别奇怪，“哦？此话怎讲？”

“嗨，其实挺简单一事儿！前两年，我这小店要过户成私产房，但是却怎么也找不到房屋租赁合同了。那时把我给急的啊！别说，也巧正好遇到他，他让我在他的店里休息了一会。然后我就记得自己做了个梦，梦见自己进了自家的门，就朝着自己时常不怎么去的地方溜了一圈。”

尚浮云一笑，心想这个梦做得倒是挺有意思，“后来呢？”

“就在那里有个小橱柜，我就在那把那个房产证找到了，之后我就突然醒了，发现是一个梦。”

尚浮云突然觉得这个梦很符合《梦的解析》中所说的记忆碎片在梦中的重新拼凑理论，便对老板说：“是不是那东西后来就在您梦见的那个地方被发现了？”

他连连点头，但是又很快摇了摇头，“如果只是这样，我就不会说那个小兔崽子有点本事了！你知道吗，他竟然把我刚刚所做的梦的细节说得一清二楚，包括我们家门朝哪边，我家的那个小橱柜什么样子的。他还说你想要的东西就在那里边。我回家一找，还真就在那里了。我做的梦，他是怎么知道的呢？你说神不神？”店老板滔滔不绝地说着，像是在做广告。

“兴许就是他把您的房产证藏起来的呢？”尚浮云脑袋里在不停思索着，到底用弗洛伊德的哪个理论能解释这个现象？这个案例却和自己的研究有点不谋而合的味道，难道这就是范教授让自己找常白丁的原因？

“他根本不认识我家。也就是每天都会来买两包烟，我们也就这点交往，犯不着搞这样的恶作剧吧？”

“呵呵！也是！”

“不过这孙子心真黑啊！张口找我要这个数！”老板伸出了五个手指头。

“五十？”

“五百！我就是重办一个房产证也用不了这么多钱！”

“您给他了？”

“怎么可能，他是琉璃猫，我还是铁公鸡呢！不过，他最后还是从我这讹走了两盒烟。”

尚浮云心事重重，无心听老板诉苦，但脸上还是堆满了笑容，“我知道了，老伯，谢谢您，那我现在就去找他。”

“得了！找得到吗？要不我带你过去？”店老板对尚浮云更加热情了，说着话就要亲自把她送到彩票店门口。

“不用了，老伯，没有几步路的。”尚浮云辞谢了杂货店老板，朝着老板指着的彩票店的方向走来。

凌乱的布局和略显肮脏的街面，让尚浮云这个典型的“云端女子”有些受不了中国的市井文化。

尚浮云在心中仔细思索着刚才杂货店老板的话，最有可能的情况是，常白丁可能掌握了一些催眠术的知识，通过心理诱导，让杂货店的老板回忆起了放房本的地方。这在现代心理学的催眠术中并非高深的技术。这样看来，常白丁也不过是个裹着一层神秘外衣的催眠师而已，说到底还是个招摇撞骗的“神棍”。

大概走了一百五十多米，尚浮云终于找到了这家彩票店。厚重的烟油味正从彩票店里一股股地冒出来，让人根本无法靠近。

她曾经去过拉斯维加斯的赌场，虽然里边也坐满了整天无所事事的赌徒，但是和这里相比却显得高档气派了很多。她捂着鼻子，向前挪着步子，直到终于可以看到彩票店内的布局才停下来。

彩票店并不大，只有十平方米左右，可能是工作日的缘故，里面冷冷清清的，只有三个人。柜台上坐着一个正在打瞌睡的中年人，像是这家店的老板。店的四壁上挂满了各种走势图，一个赌徒模样的闲汉，站在这些走势图前，凝眉思索，像是正在计算彩票的中奖号码。

尚浮云暗自发笑，明明就是一个几十万分之一小概率事件，竟然会有人认为用如此简单至极的方法就能分析出中奖结果！

“常爷，今天咱爷们买什么号码？”那个站在走势图前的闲汉突然转过头来，毕恭毕敬地冲着坐在椅子上的男人问道。

常爷？莫非这个人就是常白丁？尚浮云心跳有些加速，她很想看看这个人到底长得什么模样。

男人背对着尚浮云，他没有回应闲汉的要求，一直稳如泰山地坐在那里，看得出他正在抽烟，因为他的头顶正笼罩着腾腾烟雾。

“常爷，您可留神了，快烧到烟屁股了。”旁边的闲汉突然脸露惊色。

“哎哟，我靠，烫死小爷了！”常白丁突然甩起了自己的右手，然后手忙脚乱地使劲在自己身上扑腾了几下，随后他狠狠地拍了拍旁边闲汉的脑袋，“我叫你两分钟之后叫醒我！你他娘的干什么去了？”

闲汉一边躲，一边委屈地说道：“常爷，您正闭目养神呢，我哪敢叫啊？”

“本想给你三个号的，现在烫着小爷我的嘴了，现在只能告诉你们两个号。”

“您别介啊！咋说也给说三个号啊，兄弟家都揭不开锅了。”

“少废话，听着啊，第一个号是5，第四个号是13，剩下的你自己蒙吧！”

尚浮云站在一旁听得有些离奇，他在说什么几个号？彩票的号码吗？他难道能预测彩票的号码？甚至连墙上的那些分析图都不看一眼？

此时，彩票店的广播开始响起，离开奖还有一分钟。

闲汉不再纠缠，立即跑到柜台前，叫醒了那个昏昏欲睡的店主。

“给我们买第一个号是5，第四个号是13，其他的号码随机，买二十注。”说完，便把两张二十元的钞票塞到了店老板手里。

彩票店老板惺惺睡眼，一边操作一边打哈欠！

闲汉撒起狠来，“你他妈的给老子认真点！弄错了号，没中奖，老子砸了你的店。”

“吵吵个屁啊！再吵吵就不打了！”老板虽然嘴上这么说，手里丝毫没有降低速度，彩票还是在开奖前被打印了出来。

半分钟之后，广播开始公布中奖号码。

“中国福利彩票，现在开奖，现在开始摇第一个号码，好了，现在第一个号码出来了，是5！”

竟然对了！尚浮云脑袋里有些木然，一定是蒙的。

“第二个号码是3……第三个号码是9……第四个号码是13……”

又对了！尚浮云看着在一旁欢呼的闲汉和坐在椅子上“不露庐山真面目”的常白丁，脑子彻底冷静了下来。

尚浮云的第一反应就是这两个人可能是在做一个骗局，她的推理是这样的：如果常白丁真能预测出什么中奖号码，他为什么自己不买，而让别人去买？但是问题是如果这是一个骗局，又是做给谁看的呢？这屋子里只有三个人，彩票店老板？不会的！难道是自己？尚浮云觉得浑身有点不舒服，可是她转念想想这似乎也不太可能，因为自己是刚刚才来到彩票店的，甚至连彩票店的门还没进过……

反过来想一想，即便常白丁能预测彩票结果这事是真的，整个过程依然很蹊跷。尚浮云简单计算一下刚才闲汉的收益，他大概知道福利彩票单中两个号码，每一注的奖金是十元，闲汉的总收益就是二百元，抛去买彩票的成本四十元，这么算下来闲汉就可以赚一百六十元。这对于工薪阶层来说是一笔不小的日薪了，但是他为什么不多买一些？难道他也在怀疑常白丁是否能够预测准确？又或是他口袋里只有四十元？

尚浮云正在胡思乱想着，常白丁站了起来，伸了伸懒腰，转过身来，面对着站在门口的尚浮云。两个人的眼神第一次交汇在了一起。

这根本不像是第一次见面的眼神，两个人对视良久，却彼此都说不出一句话来。

怎么会这么眼熟，这个男人我好像在哪见过，一股莫名的亲切感萦绕在了尚浮云的心头。

但是这股莫名的好感，却很快被眼前这个现实中的男人彻底淹没了。他并不像是尚浮云起初想象的那样是个算命老先生的样子，相反，他很年轻，看上去只有三十几岁而已，眉目俊朗，身高在一米七八左右，是个标准的帅哥胚子。只不过他的头发乱蓬蓬的，前额的几根还被染成了红色，上身穿着一件皱巴巴的黑色T恤，上面还沾着几滴油渍，牛仔裤已经洗得掉了色，最让尚浮云受不了的是他的脚上竟然蹬着一双拖鞋。他全身唯一的亮点就是他右手上戴着的一串星月菩提的念珠，这串珠子一看就是古物，不仅颗颗大小一模一样，而且饱满浑厚，每颗珠子在经过长时间的肌肤“磨砺”后展现出了自然柔和的光泽来。

“美女，来找我的？”常白丁嘴里叼着烟，走到尚浮云的跟前，浑身透着一股匪气，这会儿正色迷迷地盯着尚浮云的胸。

尚浮云显然对这样的问话，还没有什么准备，“是范教授让我来的。”当她一出口却突然察觉到有点不对劲，他见过自己吗？怎么一眼就能认定自己是来找他的。

常白丁把烟掐在手里，斜着眼，想了半天，“范教授？我想起来了，那个教心理学的老头儿，怪不得你能找到这里来。”

“嗯！您是他的朋友吗？范教授给您打过电话了？”

“电话？小爷我从来不用那玩意儿！”说着，常白丁把脸凑了过来，仔细“观测”着尚浮云精致的五官。

尚浮云脸刷的一下红了，她把脚步稍微往后退了退，把脸侧在一旁，但她还是保持了应有的礼貌，“你见过我？”

“小爷……”常白丁突然看了看墙上的表，一拍大腿，“坏了，差点让你耽误了小爷的正事。”

说完，常白丁便从尚浮云的身边蹭了过去，快速出了大门。

“你要去哪？”尚浮云快速跟了出来。

“想知道就跟小爷来。”常白丁头也不回，朝着街的一边跑去。

尚浮云被这个“疯子”气得浑身哆嗦，她实在不知道这个满口脏话的痞子，会对自己的研究有什么帮助，但是她也不得不承认，这个粗鲁的男人身上的谜团众多，比如范教授确实没有给她常白丁的电话，一般情况下老师不可能只告诉她一个地址，按理说应该提前给她一个电话让她提前与常白丁沟通，确定一下时间。但范教授却说，你直接过去就可以了，肯定能找到他。也就说很有可能常白丁说的是真的，这个怪人他真的没有手机。那问题是，既然没有手机，他又怎么知道自己是来找他的呢？还有刚才他是怎么预测出那两个号码的？这难道是个连环的骗局吗？

而且她的心头还一直萦绕着刚才那个问题，我曾经在哪见过他？所以她不由自主地想要跟这个男子去看看。

常白丁脚步很快，虽然并未跑起来，但是速度也和慢跑相似，只不过他的拖鞋实在是个拖累，跑掉了几次，又回来捡起来穿上，尚浮云这才能跟上他的脚步。

好在他奔跑的距离并不远，七拐八拐下，常白丁钻进了邻街的一个三层写字楼的大厅内，尚浮云抬头看了看，原来这里是一家证券公司的交易大厅，上面挂着“韵衡证券”的招牌。

他来这里干什么？买卖股票？

尚浮云不敢怠慢，跟着进入了大厅，经过长久的熊市后，牛市终于悄然来临，股票交易市场中人声鼎沸，到处都是在议论股市行情的股民，本以为要费一番工夫寻找。没想到常白丁就站在大厅的中央，他的头不停地晃动着，目光集中在了这座大厅里所有电子看板上。

他在干什么？尚浮云已经无法理解这个男人的举动了。

“421 081亿元。”突然，常白丁转过头对尚浮云说道。

“什么？”

“现在正好十一点半，股市停牌了，现在沪深两市的总市值是421081亿元。”常白丁又重复了一遍刚才自己说的数字。

尚浮云是个极其聪明的人，她知道这个数字意味着什么。中国股市的总市值是指在两市交易的每一只股票在停牌时的股价乘以股票发行数量，再把这些数字汇总相加，所得的数字。两市加在一起几千支股票，他怎么可能只看了一眼这些屏幕上的数字，就能计算出当下的总市值呢。尚浮云看了一眼手表，十一点半正好，中国的股市刚刚停牌。

此时证券交易所内的广播开始广播：

“截至本日上午收盘为止，两市成交量为：沪市总成交量为78.48亿，其中上涨成交量为59.77亿，下跌成交量为17.36亿；深市总成交量为39.92亿，其中上涨成交量为24.24亿，下跌成交量为14.38亿。两市总市值为421 081亿元。”

真的是421 081亿元！

没有借助任何计算器，没有手机，不能上网……就算能上网，总市值不到最后一刻都是在变化的，他是如何做到能计算得如此精确呢？难道是看了全场这一百多块电子看板，计算出来的？这需要超强的计算能力，不对！更重要的是超强的记忆能力。

常白丁此时长出了一口气，然后转过头来，对尚浮云轻浮地说道：“你不就是想看看小爷的本事吗，露的这一手还不错吧？”

尚浮云觉得他好像能够钻入自己的心里，洞悉自己的一切想法。

这时尚浮云还在琢磨着怎么像破解魔术一样，破解眼前这个“神棍”的障眼法，但是她的耳边却一遍遍重复着刚才杂货店老板所说的话：“这小兔崽子还是有些本事的……”

3

常白丁从口袋里掏出钥匙，打开横在门前的那把大锁。

尚浮云环顾四周，那两名登门拜访的顾客已经等不及离开了，看来再忠实的信徒，也忍受不了如此长时间的“冷遇”。

对面杂货店的老板此时也不在大街上，尚浮云想可能这会儿正在店里忙乎。

常白丁拨开铁栅栏，打开木门。

一股汗脚的恶臭扑面而来，尚浮云的头像是充了气的气球，一下子膨胀了起来。

“进来吧！随便坐。”常白丁懒散地走进屋子，用一个后仰的姿势，向后弹跳坐入了房屋正中间的沙发里，他的屁股下面是几件散乱放置的衣裤。

尚浮云用手捂着鼻子，一动不动站在屋子中间，这屋子里连插脚的地方都没有，更别说坐了。

“范老头儿让你来找小爷干吗？”

尚浮云生怕恶臭再钻进鼻子，只能用嘴呼吸，她提住气说道：“听说常先生是神算子，不妨就来算算我为何而来。”

常白丁显得很不耐烦，“小爷只会断梦，不会算命。”

“今天你预测了彩票，还预测了股市成交的总市值。这些都是我亲眼所见，要说你不会算命，我可不信。”尚浮云脸上飘过一丝轻蔑的表情，似乎还在琢磨如何揭穿骗子的把戏。

“预测彩票也是靠小爷我断梦才知道的。至于股票总市值，那只不过是小爷每天都要做的脑力体操，原理很简单，在股票停牌后，广播播出前的这段时间里，把所有的股票价值乘以股票数再叠加就可以了，这样做，是防止脑子生锈。”常白丁一边说着，一边用食指在自己的太阳穴上面画了几个圈，他轻描淡写，把一件极其不可思议的事说得简单至极。

“对面杂货店老板家的房本也是这么找到的？”

常白丁嘴角露出了一丝冷笑，“美女，你调查得还真仔细啊。”

尚浮云回敬了他更富深意的冷笑，“这些都是骗局，对吗？”

“骗局？骗谁了？”常白丁脸一沉，不过看得出他在佯怒，语气里还是难掩那股油腔滑调。

尚浮云一时语塞，确实，他骗谁了？

“哎，别说，小爷还真有个人想骗。”常白丁朝着尚浮云走来，而且越走越近，然后用手靠近着尚浮云的脸庞，故意拉长了声音，“想骗你……的……色。”说完，他的两只手做出了要抓的姿势。

尚浮云吓得花容失色，立即退了两步，两只手护住了自己的胸部，大声喊道：“变态，别过来！”

常白丁手停在了空中，随后左右摆了摆，慢慢又走回到沙发旁坐了下来，“被一个根本不认识的女人莫名其妙地调查了一上午，又被她莫名其妙地被说成是骗子，现在还把我当成是变态。我都还没急呢，你倒先喊上了。”

尚浮云稍微松了口气，一股怒气却袭上了心头，“我今天本来是有一件非常要紧的事，想要和你商量，但坦白地说我对你很失望，我不能把我的希望寄托在一个神棍的身上。”她觉得和常白丁交谈是在浪费时间，已经做好了随时抽身离开的准备。

“神棍？我这可是正当行业，这你可得给说清楚了！”常白丁眉毛倒竖，一下子跳了起来，站在尚浮云的眼前大喊大叫起来，“我靠这个吃饭的！你这么一嚷嚷，小爷我以后还怎么做生意？”

“生意，不过是些骗人的把戏而已。你这些三脚猫的伎俩，连街头骗大爷大妈的三流骗子都不如。”尚浮云丝毫没有给眼前的男人留面子。

常白丁没有反驳，但看得出他焦躁了起来。他搔了搔头，从口袋中掏出烟盒，抽出一根香烟叼在嘴里点燃，然后便眯起眼思索着，等烟抽到一半时，他突然说道："好吧，小爷就做给你看，让你知道小爷的厉害。如果能证明小爷不是骗子，今晚就陪陪小爷，怎么样？"

"做梦！"尚浮云气哼哼地回了一句。

常白丁假装没有听见重新坐回到了沙发上，双指夹着烟，然后闭上了眼睛。

尚浮云要看看他到底做什么样的把戏，所以站在一旁一言不发。

一分钟过后，尚浮云觉得常白丁状态异常，以她的经验判断，这已经并非是闭目养神，而是进入了深度的睡眠状态。

这么快就睡着了？不对！这是强烈的自我催眠！是催眠术！这些"把戏"根本逃不过尚浮云这位职业催眠师的双目。

常白丁手中的烟正一点点地燃尽，当火光接近他的食指上时，尚浮云本能地大叫了起来，"烟！"

常白丁恰逢此时睁开了眼睛，把烟头掐灭在了旁边用易拉罐做的烟灰缸里，然后从桌子上的"垃圾堆"里拼命翻腾出了一个电视遥控器，扔给了尚浮云。

尚浮云接过遥控器，一脸疑惑，"你想干什么？"

"少废话，把电视打开。"常白丁的脸色突然板了起来，看上去挺阴森。

尚浮云半信半疑地按了一下开关，屋子角落里的一台老式的电视突然亮了起来，黑白色的雪花说明着这台电视已经落伍多年，喇叭里嘈杂的回音让人听起来更不舒服。

"你播1号，现在播放的是中央十二套的《法律讲堂》。"

尚浮云双日圆睁，按了一下"1"的按键。

电视屏幕一闪，左上角果然显示的是中央十二套，一个身穿西服，教授模样的人正在讲解一起古代案件，他的声音浑厚有力，起伏顿挫。屏幕的右下角写着"法律讲堂"四个字。

"下一个频道是湖南台的快乐大本营。"常白丁再次坐回到沙发上，刚刚还绷紧的脸上顿时露出了一阵轻松的坏笑。

尚浮云又拨动了一下向下的按钮。屏幕上出现了何炅和谢娜富有喜感的脸。

“下一个频道正在重播《情深深雨蒙蒙》。”

尚浮云再次按动按键，画面上立即出现了古巨基抱着赵薇的画面，“依萍”这个词被古巨基叫得肝肠寸断。

此时，尚浮云的表情里只能读出四个字，“不可思议”！但是她还是试图用理性去解释这件事，“所有的节目都有节目预告，预测这些并不难。”

常白丁嘿嘿一笑，“小爷就知道你会这么说，美人，如果我下个节目要是猜对了，今天晚上就陪我一起吃饭，如何？”

尚浮云面无表情，不置可否。

“下一个台是浙江台的《中国好声音》，那个歌手正在唱《想你的夜》！”

尚浮云拨动了开关，然后屏幕上出现了歌手关喆一边弹电子琴一边正在动情地演唱：“想你的夜，多希望你能在我身边，不知道你心里还能否为我改变！”

“节目单我能背下来，一个节目里的歌单我也能背下来？现在是不是特别佩服小爷？”常白丁的目光里闪烁着一股狡猾的味道。

“你……这是重播，也许你真的是这个节目的忠实观众呢？每一期都在看，把歌单都背下来也说不定。”尚浮云自己都觉得自己在强词夺理。

“那好吧，播下一个频道吧！新闻频道，即时新闻，马航M370客机刚刚在太平洋上失踪。”

“一派胡言！”尚浮云一边抱怨着，一边拨动着按钮，屏幕上的播音员一脸沉重，“本台刚刚得到消息，马来西亚航空公司一架M370客机在太平洋上空失踪，机上……”

“这回你该信了吧？小爷不是骗子！”常白丁故意拧着眉眼，做出像是受了极大的委屈的表情来。

尚浮云面色铁青，“你……是怎么做到的？”

“小爷经常在白天打瞌睡！一打瞌睡呢，就爱做白日梦。”常白丁又站了起来，慢慢走到了尚浮云的身后，然后在她的耳边轻轻说道：“我做的梦，能预测未来。”

尚浮云退了两步，“你当我是三岁的孩子吗？”

“好了，美女！”常白丁冲着尚浮云奸邪一笑，“晚上要干的事，当然要年满十八岁才可以！”

尚浮云脸色绯红，她知道这句下流话的含义，她一甩手中的包，快速朝着门口走来，她再也不想和这个令人作呕的男人有半点瓜葛。

“美女，我刚才在我的梦中还看到了，马上就会有一个客人来，你难道不想听听这个男人的梦吗？”

尚浮云像是没听见一样，快步走到门口。当她打开木门，迎面却正好走进来一个男人。他穿着合体的休闲装，低沉着脸，面容虽然有些憔悴，但是身上却散发出了一种少有的艺术气息。一股男士古龙水的味道顿时把这屋子里的熏天的臭气遮掩了下去。

男人上下打量了几眼尚浮云，然后慢慢从她的身边绕了过去，走到屋子的正中间，他的双眼犹如鹰隼，直视着常白丁。

“请问常爷在吗？”

“在下正是！”

“听说你断梦挺灵的，有个朋友推荐我来这问点事儿。”男人的语气里没有丝毫的客气。

“好说！但规矩你懂？”常白丁说着便摊开了手掌。

“这是羊脂油和蜜蜡！”说着，男人从手提包中掏出了两个装满东西的塑料袋，摔在茶几上。

常白丁脸上堆着笑，“小爷我收费可不便宜哦！”

“钱不是问题！”

“那就没有问题了！请坐！”常白丁把双手抱在头后，一副胸有成竹的样子。

4

“我叫罗凯，是个画家！不知道从什么时候开始，我的梦变成了黑白色。”

现阶段尚浮云最感兴趣的就是千奇百怪的梦，她再一次违背了自己的初衷，一声不吭地站在罗凯的背后，静静地聆听着他的梦境。

罗凯是一个你无论怎么寻找，都不可能在他的脸上找到一丁点笑容的人，他端坐在沙发上，整个人就像是石像，你只能从他的苦瓜脸上读到两个字——深沉。

他边说边叹气，“自从梦境变成黑白色以后，我失去了所有的灵感，我画的画就像是没有灵魂的枯骨。”

常白丁又点上了一根烟，深深地吸了一口，他似乎不想打断罗凯讲述他的梦，所以没任何表态。

尚浮云很失望，因为黑白梦在心理学理论中并非深奥的问题。主流心理学界认为80%的人做梦都是有色彩的，当色彩成为梦中情节重要部分时，人们就会回忆不出梦的颜色。但那些整天和颜色打交道的艺术家们，他们的梦应该会带有更强烈的色彩意识。如果艺术家的梦从彩色的突然变成了黑白色，那一定是这个人遭遇了什么变故。尚浮云已经开始在大脑中搜索怎么用弗洛伊德理论解释这个现象。

“我的梦不只是变成了黑白色这么简单，我最近总在做同一个梦。梦见我来到一家博物馆，然后会经过一间画廊，画廊走到尽头，就会看见一张画。画里边是一个外国小男孩和一个酷似木偶般的小女孩，她戴着面具，眼睛是空洞的，他们身后是一道门，门上面都是血手印。那个木偶女孩会渐渐地摘下面具，用一双血红的眼睛看我。”说完，罗凯捂着头，表情异常痛苦。

“《The Hands Resist Him》。”站在他身后的尚浮云突然说道。

罗凯回头看了看尚浮云，眼神里充满了疑惑，他似乎并没有听懂这句英文的意思。

尚浮云叹了口气，用轻蔑的眼神看了罗凯一眼，“我刚才说的是你梦到的这幅画的名字，中文译名应该叫作《迪奥的世界》！”

“《迪奥的世界》？好熟悉的名字。”

“亏你还是画家？这是美国画家比尔·斯托纳姆创作的一幅相当知名的作品，画中的小男孩据说是作者儿时的写照，而那个木偶般的小女孩就不知道是谁了。”尚浮云发挥着她博学的“优点”。

罗凯抱起了头，充满惊恐的双眼像是看到了恶魔。

“你干吗打岔？小爷还没听完呢？”常白丁玩世不恭的面容一扫而光，全身笼罩着一股强大的气场。

尚浮云撅起了嘴，用白眼瞟了瞟常白丁。

常白丁继续问道：“画家，你刚才说那个木偶女孩渐渐地摘下面具，露出了血红色的眼睛？”

罗凯点了点头。

“那你的梦其实并非一直都是黑白色的喽？”

罗凯又使劲地点了点头，“没错！之前一直都是黑白色的，但当我看到那双眼睛后，我的梦就会被一片血色染红，我每次都会在这个时候惊醒。”

“还记得梦里其他细节吗？”

“有人一直在我的耳边重复着一句话，但我不知道这话的出处，也不知道是谁说的。”罗凯的脑袋上的青筋暴露，很明显他此时正经历着噩梦般的痛苦。

常白丁的表情越来越严峻，“什么话？”

罗凯一个字一个字地吐出来，额头冒起了冷汗，“夜是这个世界上最简单的景色，神秘莫测的黑白色让人陶醉得浮想联翩。”

尚浮云根本不理会常白丁的告诫，再次插话道：“这句话就是比尔·斯托纳姆说的！”

罗凯把头扎得很低，“可我从来没有听谁讲过这句话。”

尚浮云一旦谈到和梦境有关的知识，就会像复读机一样，背诵出大段的书本知识，“根据弗洛伊德的精神分析法，你可能是被某些事件刺激后，而选择性的失忆，忘记了记忆中的一些细节。而这些细节恐怕和这幅画有关……”

“给老子闭嘴！”显然常白丁很愤怒，特别是当听到“弗洛伊德”四个字时，他的眼里几乎要喷出火星。

尚浮云竟然被常白丁的这股气势吓住了，她终于闭上了嘴，站在一旁暗自气恼。

常白丁凝眉沉思半晌，才说道：“你的生辰年月是什么？”

生辰年月？尚浮云差点笑出声来，但是看着常白丁的可怕眼神，她把奚落他的话硬生生地吞了下去。

“1978年5月31日。”

“阳历？”

“对！”

“具体的出生时间？”

“夜里十二点多，具体时间我也不太清楚。”

“1978年5月31日，夜里十二点出生。换算一下就是阴历戊午年四月廿五日子时出生，本命属马，天上火命。五行水旺火旺缺金缺木；日主天干为水，生于春季。五行为土火、火火、水火、水水。八字五行个数：没有金，没有木，三个水，四个火，一个土。”

尚浮云的鼻子差点没被气歪，刚刚还被他一本正经的话唬住，可还没到两分钟，他竟然批起了八字，这个神棍在搞笑吗？这和路边的算命先生有什么区别？

“入梦之位需在明日辰时，梦口方位正罡之位。”常白丁不停地念叨着。

“我没太明白！”罗凯露出迷茫之色。

“你不用明白，如果你信我，明天早上7点到9点再来找我，还有，去药店买一种叫菊香草的中药，这药也叫灯心草，挺贵，不是医保药。”

“这不是问题，咨询费怎么算？”

“断梦的钱，明天再说，羊脂油和蜜蜡先撂下。”

“常爷……”

“还有什么话尽管说！”

“不是我不相信您，我只是想知道您到底想对我做什么。”

常白丁一脸高深莫测的表情，“心病还需心药医！”

罗凯还是摇了摇头，一脸困惑。

“画乃大凶之兆。如果做梦人本身是画家，或是从事有关的工作，则可能象征做梦人的艺术遇到了瓶颈。当然你的梦可能还带有另外一层含义，通常来说，男人梦见画，可能预示着恋人的分离。至于你所说的黑白色的梦，情况可能很复杂，但是黑白梦不过只是虚幻的表象而已，明日还到这里来，我自然会把你的梦恢复成彩色，但是你梦中遇到的那幅画到底是什么含义，解铃还须系铃人。”

罗凯默默点了点头，他也不打招呼，站起来转过身，面对着尚浮云问道：“你知道那幅画多少？”

“你说的应该是这幅画！”尚浮云把手机屏幕展给罗凯看。

罗凯一边看着一边倒退，尚浮云手机上的画和他在梦中见到的一模一样，这是她刚刚上网搜到的有关《迪奥的世界》的资料。

尚浮云把手机屏幕调转过来，念起了画下方的介绍，“相传，凡是看过这幅画的人，知道画这幅画人的名字、看着画中主人翁的眼睛叫出迪奥，就会离奇死亡。因为这幅画已经死了上千人，包括收藏他的收藏家，皇室贵族都不能幸免。这幅画被当时的欧洲各大教会和主教禁止全球发行。传说这幅画里的人物的眼睛是魔鬼的眼睛，魔鬼用它来透视人的心灵，洗涤人的罪恶。”

罗凯抢过尚浮云的手机，继续念着下面的介绍：“直到2008年6月14日《迪奥的世界》在英国伦敦特斯兰克一个画廊里重新被人们找出来。画廊的主人凯斯克·米娜随后便离奇死亡。这幅画立即被英国警局保管并被锁进国安局，英警方立即查询了米娜死前的种种原因。电话、书信等等，他们最后在米娜死前当晚的手机通话听到了米娜打给丈夫的电话中不断地尖声重复‘魔鬼回来了’、‘迪奥回来了’……”

“你应该想起什么了吧？我觉得……”尚浮云看着罗凯的表情有些恐怖。

罗凯的眼睛里充满了血丝，面容狰狞，“你觉得什么？”

“我认为您这种情况应该去看看心理医生，因为您的症状属于典型的焦躁型忧郁症！这种病的前期征兆就是会忘记一些很重要的东西，噩梦连篇，而且梦境会从彩色的转变成黑白色的。您不用担心，这种症状对于我们心理医生来说，是十分好……”尚浮云想劝罗凯做自己的实验对象，因为这么好的梦境“标本”实在是难得。

“别说了！别说了！”罗凯根本听不进去尚浮云的话，他快走几步，推开了门，他想赶快逃出这间屋子，但是临走前，他还是勉强对常白丁说，“明早我还会上门的。”

常白丁也不挽留，只是冲他点了点头。

挖墙脚不成，尚浮云心中难免惋惜，她走到常白丁的身前，把一股怨气撒在了常白丁的身上，“他现在状态很不好，这个人很明显患上了忧郁症，你这么帮人家断梦，会耽误了他最佳治疗时间。”

“美女，既然你很懂油画，那你一定听说过《喀纳斯湖少女》这幅画吧？”

“我记得是中国当代一个很著名的画家画的。”尚浮云突然意识到了什么，“它的作者就叫罗凯。”比起罗凯的身份，更令她惊奇的是，一个断梦的神棍竟然知道《喀纳斯湖少女》。

“十有八九就是他！”常白丁刚才还很深沉的表情突然变成了一脸坏笑，“你知道他的一幅画值多少钱吗？至少几十万！小爷我总算是遇上财神爷了！哈哈哈！”

尚浮云见常白丁露出了本来面目，一脸鄙夷，“刚才那股深沉劲儿都是你故意装出来的？这么做，就是要骗那人上钩？”

常白丁没有回答，他突然拉起了尚浮云的手，领她向外走。

“你干什么？”尚浮云一边想要挣脱，一边不由自主地被他拉出了屋子。

“今晚没空跟你吃饭了，美女，小爷我还有很重要的事情要准备。”他松开了尚浮云的手，然后把铁门再次锁上。

常白丁一溜小跑，奔着彩票店的方向跑去，把尚浮云甩在了一边。

尚浮云一边甩着刚刚被常白丁攥得通红的手，一边骂道：“You are crazy（神经病）！刚正常了几分钟，这会儿又疯掉了。”

难道又快到了开奖时间？虽然嘴上埋怨，但是主观上她还是想跟着常白丁，看看他到底想去干什么。

当她赶到彩票店的时候，发现常白丁又在跟之前那个赌徒模样的闲汉攀谈着。

“爷，当真？”

“小爷骗你干什么？事成之后，小爷给你三个号，保证你这个月吃穿不愁。”

“阿三，记住，不可打草惊蛇！”常白丁虽然一脸痞相，但是说起这话时却是极为认真的。

“好嘞！”阿三答应了一声，转身出门，临出门前他看了一眼尚浮云，眼神里突然流露出一种惊愕之情，“我操，邪门了！”

尚浮云也盯着他看，她确定阿三肯定认识自己，但是自己却是今天早上才初见的阿三。

“阿三，你他妈的还不快走？”屋里传来了常白丁的催促声。

阿三摇了摇头，像是若有所思，他朝着临街的另外一条路一头扎了下去。

“美女，别愣神了。”常白丁此时也走出了彩票店。

“那个赌徒要去干什么？”

“美女，不要一张嘴就当别人是坏人，小爷不是神棍，那个人也不是什么赌徒！他在帮我做事！”常白丁挠着头，头皮屑掉了一地。

尚浮云又退了两步，生怕路过的行人认为她和他有什么关系。

“对了，美女，还没问你名字呢？我们也该认识一下了。”

尚浮云这才意识到从和常白丁见面之后，始终没有提及自己的姓名，一来是她不想和这个神棍有什么瓜葛，二来她一直有种和常白丁非常熟悉的感觉，她甚至认为常白丁应该知道自己叫什么名字，但是她很确定，今天是他们第一次见面。

虽然初次见面很不愉快，但是尚浮云还是表现出了应有的礼貌。“我叫尚浮云，是个心理医生，现在正在做一项关于梦境的研究！”

“我说呢！范老头怎么会让你来找我！不过你算是找对人了，想做什么小爷一定全力配合。”常白丁说完，又色迷迷地眨了眨眼睛。

“希望你能把罗凯这个case让给我。”

“Case？他是我的顾客。”常白丁的英语发音很怪异。

“你刚才还说要全力配合。”

“这件事不行！”

“我知道，这样做会影响你的生意！但是你所谓的解梦是在故弄玄虚，是在骗钱，要解开他的心结，治好他的忧郁症，还是找我这个医生更实在吧？”

“我再说一遍，他是我的顾客！”常白丁板起了脸。

“他给你多少钱，我可以给你！只要他能接受正规的心理治疗。”

“你信奉的弗洛伊德那一套我很清楚是怎么回事儿，那套东西才是骗人的！如果相信小爷，明天一早你还到我的店里来！”说着，常白丁就走出了彩票店，朝着和阿三刚走的路相反的方向快步走去。

“Wait a moment！”尚浮云刚想跟过去，却发现自己站在彩票店的门口，但是彩票店里除了昏昏欲睡的老板，却已经空无一人。

尚浮云转过头，刚刚常白丁走过的街道也不见他的踪影，刚才的感觉是……催眠术？自己中了催眠术？难道刚才自己是在梦中和常白丁对话的？

作为顶级催眠师，她有着强烈的反催眠意识，但是却被眼前这个神棍在不知不觉中就实施了催眠。而且更让她惊奇的是自己研究多年，才掌握了一些进入他人梦境的门道，常白丁怎么也会？而且无需借助任何的药物和设备。

常白丁这个人是比自己先一步就已经研究出了梦境穿越技术，还是这根本就是一个骗局？

她拿不准！

突然起了点儿微风，尚浮云的头发在风中凌乱了。

5

尚浮云一整夜都在做梦，她梦见自己踉踉跄跄地跑进抢救父亲的医院，站在病房门口看着父亲奄奄一息的样子，泪水夺眶而出。

她跑过去使劲地摇晃着父亲的胳膊，父亲的嘴唇在不停地颤抖着，像是想要说什么。

但当她附耳在他的嘴边时，聒噪的噪音却塞满了她的耳朵，令她眩晕起来，她闭上眼睛捂着头。可当她再把眼睛睁开时，病床上已经空空如也，被单和枕头上只留下了斑斑血迹。

“爸爸！爸爸！”尚浮云的双手胡乱地抓着，但除了空气，她什么也触碰不到。

绝望的冰锥插入她的心脏，她全身的温度降到了冰点。

突然，有一只手搭在了她的肩膀上，这只手很宽厚，也很温暖，像父亲的大手。

“爸爸？”尚浮云抹抹眼泪，笑着回过头，却发现常白丁正眯着眼盯着自己。

“你想干什么？”

常白丁没有回答，从口袋中掏出了一把钥匙，在尚浮云的眼前晃了晃。然后，便把这把钥匙放在了尚浮云的风衣口袋里。

“这是？”

“来找我时，就用它打开我的门！”常白丁的言语深沉而优雅，一点没有他白天时不羁的样子。

说完，常白丁从正面熊抱住了尚浮云，并把嘴唇伸了过去。

“No！No！”

尚浮云努力挣扎着，顿时从梦中苏醒了过来。

“呼哧！呼哧！”她娇喘连连，发现床下一片狼藉，被子和枕头被她踹得满地都是。

怎么会梦到他？看来是白天这家伙把自己吓坏了。

她看了看床边的台钟，六点四十！常白丁和罗凯约定的时间是七点到九点，现在起床还来得及。

尚浮云睡得很晚，她试图用科学解释这一天里发生的一切，但无论她如何假设，却总有说不通的地方，“神棍”的骗术太惊人了，不由得她不佩服。直到躺下时，她还在纠结明天到底是该去还是不该去。

于是她决定让上天做这个决定，她没设定闹表，任由自己睡去，如果懒觉睡过了头，那就和那个“神棍”彻底说“bye”！但如果能够在那个时间醒来，那就……

没想到常白丁会出现在她的梦里，像是亲自来叫醒她，难道这是天意？又或者是这就是自己的决定？作为心理医生，她很清楚如此准时地从梦中醒来，是一种强烈的心理暗示所致。

尚浮云向来做事果断，既然醒了，就干脆去看看今天常白丁还能搞出什么名堂来。

梳洗、化妆只用了一刻钟的时间，她抿着嘴把口红涂均匀，然后对着镜子笑了笑，出发！

当她赶到大门前，横在门前的仍旧是那把大锁。这让尚浮云有一种再次被愚弄的感觉，这家伙又去彩票店了？这不是耍我吗？

不对！或许是罗凯没来！谢天谢地！他终于大彻大悟，没上这个骗子的当。尚浮云一边笑着一边走到了彩票店，因为来得太早，彩票店也还没开门。

他不在这！这会又该在哪？

尚浮云突然想起了自己做的那个梦！常白丁在梦中给了自己一把钥匙，放在她的风衣口袋里。

她下意识地摸了摸口袋，手上突然一阵冰凉，这是什么？她拿出来仔细一看，原来真的有一把钥匙。她确定这把钥匙不是自己的，这是哪把锁的钥匙？

尚浮云回忆着常白丁在梦中的话，“来找我时，就用它打开我的门！”

难道……

她恍然大悟，又三步并作两步跑回到了常白丁的店门口，左手擎起锁，试着把钥匙插进了锁孔里，果然是严丝合缝！接着右手一拧，锁开了。

他是什么时候把钥匙放进自己口袋里的？难道他昨晚暗自潜入了自己的家，那样就太可怕了！又或者是利用昨天下午自己被他催眠的那个空隙？关键是常白丁把钥匙塞在自己口袋里的梦为什么会变成现实？难道梦和现实是相通的？

尚浮云满怀戒备地推开了门，里边不像有人的样子，她放慢脚步走进了房间，屋里没开灯，光线很暗，陈设保持着原样，霉味仍旧弥漫在整个屋子里。

她又往前走了两步，发现从墙壁的另外一侧透出了一股亮光来。

原来，这间屋子里还有一道门。光是从门里折射出来的。

她走到屋子的尽头，拉开了那道门，里边有一条楼梯，直入地下。尚浮云想起了几天前，中国某地把女性囚禁在地下室充当性奴的报道，全身打了一个寒战。

不会是？她把锁头紧紧攥在手里，她这样做有两个目的，一来根据心理学理论，一旦心慌时如果手里握着一样东西，则可减轻紧张感，二来万一遇到险情也可借此防身。

这里显然是过去老北京们为了储存过冬的菜品自挖的菜窖改造而来的，虽然深邃，但是通风良好。顺着光亮，尚浮云走到了菜窖的底层，原来这里别有洞天。

这是一个三十多平方米的大厅，屋子的四壁点着七根蜡烛，屋子的正中间摆着一座香炉，墙壁上挂着一幅八卦太极图。

四壁铺着简易的墙砖，地面则是木地板结构。和楼上“脏乱差”相比，这里简直判若两地，一尘不染的地板在烛光的照射下，映射出了高贵的光泽来。

两个人正盘腿坐在中央。

她把手中的锁藏在了身后，左脚迈下了最后一层台阶。

“你来了！”一个穿着道袍的人，正用后背朝着自己，他右手捏着拂尘，毛穗从左臂耷拉了下来，细细分辨俨然是常白丁的声音。

而另外一个坐在蒲团上打坐的人，正是罗凯，他看了一眼尚浮云，并不答话。

外边明明上了锁，他们是怎么进来的？难道这间屋子还有其他的门？关键是，常白丁为什么要这么做？为什么总在自己面前搞这些神神秘秘的事？

常白丁缓缓站起身来，转过头，看了看尚浮云，一脸严肃，根本没有了昨日的痞子相。

尚浮云看见常白丁的装扮很想笑，刚才的紧张情绪稍稍缓解了一些，“你怎么换上这身了？”

常白丁一身道袍，手捏拂尘，虽然头上并没有道冠，发髻故意笼在了一起，整齐有致，看起来比昨天不知道精神了多少倍。

他并没有理会尚浮云的提问，“既然人到齐了，入梦便可以开始了。”

“入梦？”尚浮云越来越觉得眼前这个人高深莫测，疑点重重。

常白丁一指空着的蒲团，意思是让她坐下。

尚浮云坐在蒲团之上，仍旧牢牢攥着锁头，一点也没有放松警惕。

“画家，昨天我交代你的事……”

“这东西可不太好买，我跑了好几家药店才买到。”罗凯从随身的挎包中掏出了一个中药袋子。

常白丁伸出手接过了袋子先放在了地上。他的右手地上放着一个小盘子，盘子上摆着一个茶壶、几个小碗和一个烛台。他从其中一个小碗里挖出了一勺羊脂油，又把另一个小盘里的蜜蜡放在其中用食指搅和搅和，再把它倒在烛台里，随后他站起身来，取了离身体最近的一支蜡烛，点燃了蜜蜡和羊脂油的混合物。

屋中顿时飘起了一阵烧焦的味道，这股味道随着烛台上一阵青烟卷起的碎末，融合在了空气中。

常白丁又把药袋子拿了起来，从中掏出了一把草药，直接放到嘴里大口大口地咀嚼了起来。

看着常白丁如此，尚浮云胃中不断地翻腾，嘴里隐隐发苦。

然后常白丁把药渣一点点地吐了出来，紧接着他又喝了口茶，混着嘴中的药渣漱了漱口。突然，他把药渣连同茶水都喷在了刚刚燃烧着的羊脂和蜜蜡的混合物上，烛台灭了。

烧焦的味道消失了，顿时屋中泛起了一阵清香之气。

尚浮云知道这是灯心草的味道，她熟读《本草纲目》，记得上面说："灯心草可治小儿惊风、昏迷、搐搦、窜视诸病，又治头风胀痛，视头额太阳络脉盛处，以灯芯蘸麻油点灯淬之，良。"灯心草是治疗头痛的良药，可煎服，也可外敷。但是像常白丁这么个用法，她还是头一次见到。

"画家，我和这位尚小姐会帮助你解梦，你所要做的就是放松。记住！一会在你的梦境里无论发生什么，都不要逃避，逃得了一时，逃不了一世。"

"常爷，我既然来了，就信你！"罗凯缓缓地闭上了眼睛。

常白丁冲着一脸茫然的尚浮云缓缓说道："《列仙传·云房先生谣》一章中有一句诗，黄粱尤未熟，一梦到华胥。"

尚浮云眼睛眨了眨，"这个故事讲的是早在商末周初的时候，有个叫云房先生的仙人可以用仙术穿越梦境。"

"看来你懂得挺多的，老祖宗把这门技术叫作入梦术！"

尚浮云撇了撇嘴，"仙术？这靠谱吗？"

"其实仙术只不过是以讹传讹的说法罢了，这种仙术已经被现代科学证实是可行的，也就是你所研究的梦境穿越技术。"

尚浮云额头上渗下一丝香汗，在她的眼里，常白丁只不过是个神棍而已，即便是他做过诸多不可思议的事，也不过是为了骗财骗色而做的各种各样的障眼法。但是当他说到"梦境穿越技术"时，她整个人都不安起来。常白丁的解梦术难道是基于此而来的？

“你叫我来就是想让我见识一下你的梦境穿越术？”尚浮云用一种质问的语气说道。

常白丁很镇定，“这不正是范教授让你来的原因吗？”

“你需要我做什么？”

“闭上眼睛！”

尚浮云使劲摇了摇头，她下意识地捂住了胸口，可是却把那只大锁头暴露了出来。

常白丁一脸正气，“如果我有什么不轨企图，昨天在彩票店门口，大可以为所欲为。”

尚浮云脸色绯红，确实，自己昨天已经中了他的催眠术，他若想不轨，还等到现在干什么？但是，这一切可信吗？她还在琢磨着这是一个怎样的骗局呢，但是眼前的常白丁却像是个魔术师，他的身上正散发出一股让人无法拒绝的魔力，她不自觉地闭上了眼睛。

“拿好你的锁头。”

尚浮云把锁头紧紧握在手里。她感觉到常白丁在移动，所以睁开了右眼观察着常白丁的动向。

常白丁的右脚迈出，左脚跟上，绕着屋子的中间，走动着，口中不停地念叨着，“乾位、坤位、离位、坎位、颐位……”

尚浮云熟读《易经》，对八卦图的方位了如指掌，她知道常白丁口中正念叨的是《易经》中的几个卦名，她偷偷眯着眼睛偷看，发现常白丁的步子正是按照八卦图中这几个卦位走的。

此时常白丁正好转过身，眼神狠狠地盯着她。她只好又合上了眼睛，耳边只响起常白丁大声的念叨：“周公之梦，天地混元，常祖之德，我辈乃谦，何为今道？古来傅玄，正日梦来，晓得洞天……”

尚浮云觉得自己的眼前一阵眩晕，后脑开始顺时针地旋转起来。她渐渐听不到常白丁的声音，也不知道过了多久，她缓缓睁开了眼睛，此时她的眼前已经变成了一片令人恐怖的黑白色。

6

“这是哪？”

这是哪？这是哪？这是哪……

空旷的荒野上，回响着尚浮云的清脆的回声，她环顾四周，罗凯和常白丁根本不在自己的视线范围之内。

她突然感觉到有些不对劲，铺天盖地的黑白色，充斥在她的视网膜上，让她感觉到很压抑。

黑白梦？这难道就是罗凯的梦境？

虽然尚浮云已经通过实验证明了人类可以进入他人梦境的可行性，她也曾多次拿自己做实验，穿越到他人的梦境中，但是她的实验多数并不成功，常常会因为不知名的原因，莫名其妙地惊醒过来。由于药物和设备的强刺激，每一次实验过后，她的头都会疼上好几天。

而被穿越梦境的实验者，虽然没有如此强烈的后遗症，醒来后却也丝毫回忆不起梦中的任何细节，这让实验变得毫无意义。

如何稳定地进入他人梦境，并可以有充裕的时间寻找梦境背后的秘闻才是她这项研究的终极目标。

眼前如果真的是罗凯的梦，那这就是尚浮云一直追求的梦境穿越后的状态。这个梦稳定、清晰、自然，和自己的实验完全不同。

此时她站在原地，做了一次深呼吸，这让她的脑子里钻进了一种莫名的快感，刚刚还被黑白色填满胸膛的憋闷情绪被一扫而光。

但眼前的景象还是让尚浮云的想象力变得保守了，她的猜想越大胆，她就越怀疑眼前的一切的真伪。

这是骗局，还是真的是罗凯的梦境？如果这一切都是真的，无疑就是对她那个疯狂的猜想最有力的证明。

如果这仍然是个骗局，那常白丁简直是一个魔术师，他要花多少钱和时间才能搭建这样一个场景？而这样做的目的是为了骗自己的色？恐怕这样规格的骗局，就是想骗伊丽莎白女王当老婆也并非不可能。

尚浮云往前走了几步，她眺望远方，一片平原的尽头挡着一座高耸入云的山峰，山腰上隐约能看见有一座城堡。

这就是罗凯说的那个挂满了欧洲名画的城堡？

怎么这么远？按照这个距离她至少需要一个小时才能走到。对了，如果这是在做梦，是不是自己可以造出来一辆汽车开过去呢？

她闭上眼睛，开始想象奔驰C700的样子！

但当她睁开眼睛的时候，却失望之极，因为她眼前还是那一片旷野，根本没有自己想象中的“大奔”。

“变不出来大奔，好歹也变一辆悍马啊！”尚浮云自己都觉得好笑，她又看了一眼远方的那座山，好在那座城堡还在！自己总算还有个方向。

常白丁和罗凯呢？他们是不是此时正在不同的方向上，也正朝着那个城堡进发着？

说不好！自从自己遇到常白丁后，她已经无法理性思考了。

她只好硬着头皮向着城堡进发，但是也不知道走了多久，感觉腿有些发软。而这时她的耳边响起了风的呼啸声和另外一种说不出来是什么东西在叫的古怪声音。

突然，尚浮云看见前边站着一个人，她顿时感觉到头皮发麻，脑子嗡嗡直响。不！不只是一个人，许多“人”字形的黑影隐没在黑白色的影子里，他们在看着尚浮云。

尚浮云怕这又是常白丁的障眼法，所以冲着他们大声喊道：“常先生，是你吗？”

旷野中仍旧只有她的声音，这些人一点反应都没有，一动不动。这时，一阵冷风吹过，让尚浮云打了个寒战。

梦和现实难道会如此的真实？我真的是在梦中？尚浮云此时已经恐惧到了极点。

这个时候，尚浮云发现了不太对劲的地方，她觉得如果前边站的是人，怎么说也会动一动，即便纹丝不动，这样的微风，也该让他们的衣衫摆动一下，难道在梦中，这些都不受这些基本的物理原理控制？

她慢慢走了过去，发现这些人身上竟然长满了绿苔，原来是石人！准确地来说，是兵马俑！

他们一排排地摆成战阵的模式站在旷野之上，犹如即将要冲入对方的军阵一样。和尚浮云印象中的兵马俑不同，这些石俑，并非只是站立，他们已经做好了各种攻击的姿态来。

弩手已经做出了瞄准的姿势，步兵举着矛，马车夫的动作像是正在驾驭战马纵横驰骋。只可惜，他们都是静态的，否则很难想象这些俑都是石头人，因为他们被雕刻得过于写实了。

尚浮云继续往前走，她渐渐加快了脚步，却觉得自己怎么也走不快。她知道这符合梦境的理论，人类在梦境中想要奔跑时，却时常会有迈不开腿，胸口憋闷的感觉。

这是因为人在睡眠时，身体会释放麻痹神经的体液，睡眠做梦时你的大脑仍然想指挥身体动起来，而身体反馈给大脑信息是动不了，没有身体反馈的运动信息，大脑很难模拟出运动时重力和加速度以及相应运动的感觉，大脑只好慢慢模拟，所以做什么动作都显得慢半拍。

尚浮云觉得自己此时的感觉完全符合这种理论，这也让她更进一步确认自己是在梦境中。

她试图尽快穿过这个诡异的战阵。却总觉得背后凉飕飕的，而且好像有人在她的脖子上吹气。

而且她渐渐觉得，这些石人在慢慢地转向自己，各种武器的锋刃都在对准自己的心脏。

他们活了！尚浮云突然意识到自己好像陷入了一个包围圈，而这时她完全相信了自己是在做梦，因为即便这样的场景可以搭建，但能让这么多石头人同时动起来除非是通过电脑合成才可能做到，现在又不是在看电影，自己不是做梦是什么？

等到石人们从各个方向围上来时，尚浮云发现自己根本没有逃跑的方向。

更让她想不到的是，这些石人不仅会转向，就连四肢上的关节也动了起来，并且发出了“嘎嘎嘎”的摩擦声，他们举起各自的武器朝着尚浮云展开了攻击。

“躲开！”突然一个黑影从这些石人的后边展开了攻击，几下犹如闪电般的剑影，几个石人瞬间倒下，变成了一抔黄沙。

尚浮云定睛一看，原来是常白丁，他不知道什么时候已经把道袍脱下，换上了一身超酷的黑色冲锋衣，冲锋衣的帽子盖在头上，挡住了他的一只眼。他手持一把利刃，左冲右杀，把石人杀得七零八落，成功地把兵马俑们的注意力引向了他自己。

尚浮云早已吓得不知所措，她呆坐在原地，一动不动。

“云姑娘，你手中有武器，反击啊！”常白丁显然已经陷入苦战。

云姑娘？他为什么要这么叫自己？但听到这三个字后，她顿时惊觉起来，她看了看手中，不知道在什么时候多了一柄唐刀。她没空思考，用力一挥，这把刀竟然飞出一阵刀气，将一排石人砍得烟消云散。

这一下，让尚浮云看傻了眼，这不是武侠片吧？

常白丁咂了咂舌头，他也觉得很意外，但总算给自己解了围，他腾出空来，一把拉起尚浮云，朝着相反的方向跑了起来。好在石人虽然众多，但动作缓慢，他们显然没能追上来。

尚浮云心有余悸，边跑边向常白丁问道：“刚才那些是什么东西？”

“果然是艺术家，造出来的梦魔都这么厉害！”常白丁咬紧牙关，向前狂奔着，但他的手紧紧抓着尚浮云。尚浮云突然觉得自己在常白丁的带领下，可以飞速奔跑起来了，刚才迈不开腿的感觉消失了。

两个人跑了好一会才停下来。

“石人不会追上来吧？”

“应该不会，他们是负责保卫那座城堡的，我们离那个城堡很远了，他们也不会对我们赶尽杀绝的。”

尚浮云这才看了一眼常白丁，“为什么他们不让我们靠近那座城堡？”

“梦是每个人的隐私，有的隐私甚至是连做梦人自己都不愿意回忆起的事情，所以梦就需要守护者，梦魔就是做梦的人潜意识里造出来的用来保护隐私的怪物。”

尚浮云知道荣格的理论中，认为梦是一种自我保护意识。这倒是和常白丁所说的有几分相似。“那些石头人都是罗凯在梦中造出来的？这太不可思议了。”

常白丁表情凝重，深深地点了点头。

“这家伙是请你来为他断梦的，干吗弄出来这么多石头人？”

常白丁叹了口气，“他不是故意的，梦魔是我们在潜意识中创造出来的，每个人的梦境中都有梦魔守卫，谁都不例外。《龟甲记事》中记载有个叫神荼的将军，本是蚩尤的大将，他曾潜入黄帝梦中企图扼杀黄帝的元神，却没有想到黄帝在梦中幻化出无数个人身兽面的怪物来，让他无从下手，最后只能臣服于黄帝。就是最早关于梦魔的传说。”

“太恶心了，我可不想靠这些石头人守卫自己的梦。”

常白丁眼盯着城堡的方向，“每个人梦里的梦魔形象都是不一样的，这要看做梦人的想象力和经历。”

尚浮云表情里突然露出了可爱的表情来，“那我就让哆啦A梦戴着竹蜻蜓和空气炮来守卫我的梦！”

常白丁背对着尚浮云，伸出右手食指晃了晃，“不可能的！”

“Why？”尚浮云摊开了双手，表示不理解。

“梦魔是你负面意识造出来的怪物，既然是怪物，又怎么会可爱呢？”

“咦，我可不要那么恶心的东西待在我的梦里。”尚浮云吐了吐舌头，鼻子、嘴巴扭曲的样子非常夸张。

“你还真别说，越是你讨厌的东西，越有可能成为你的梦魔。”

尚浮云冷笑了一声，“那岂不是我的梦里会站满了常先生你？”尚浮云想到这里，突然打了个寒战。之前自己确实梦见了常白丁，难道那就是梦魔？

常白丁并没有理会尚浮云的奚落，朝着城堡的方向又迈开了步子。

尚浮云追了几步，“如果说那座城堡就是罗凯梦境的真相，那么我们越接近那座城堡，这种梦魔就会越多喽？”

常白丁似乎也非常感慨尚浮云的领悟力，所以停下来，深深地点了点头。

“那我们刚才把石人打死了，会对罗凯有什么影响？”

常白丁摇了摇头，“什么影响都没有，他们只不过是画家制造出来的幻象。”

“那如果我们被那些石头人杀死呢？”

“我们会从他的梦中醒来。事实上，梦魔并非只会攻击侵入梦境的外人，在做梦者的潜意识中也有一些不想让自己回忆起的事情，梦魔也会恪守这种秘密，对做梦者的本体进行攻击，其实每一次我们从梦境中惊醒，都是梦魔在作怪。”常白丁一脸无奈地朝四周看了看。

“那罗凯呢？他在哪？”

常白丁一指远方的城堡，“他是梦的本体，自然会把自己置身在离秘密最近的地方，不过那里也暗伏着梦魔，而且伪装得更为隐蔽，攻击力也比刚才那些兵马俑强得多。”

“那他的梦境岂不是已经开始了，那我们这时要是再赶过去，岂不是他已经从梦中惊醒了？”

常白丁用惊奇的眼神，上下打量着尚浮云，没有想到她的领悟能力如此之高，真是天才，“所以，我才让他买了灯心草，这种草药能够给予罗凯在精神上一定的控制，让他进入梦境的时间减慢。副作用就是，梦魔的威力也会加强。”

“那我们为什么没事？”

“因为我们是侵入者，灯心草只对做梦的本体人格起作用。”

尚浮云觉得常白丁掌握的知识非常深奥，这是一种已经游离于弗洛伊德之外的独立理论，但却并非是常白丁胡编乱造的，“罗凯会在多久后入梦？”

“梦中的时间是两个小时！现实世界的时间大概是两分钟左右。”

“我们就这么一路冲杀过去？”

“我们两个人都不是猎人！这样过去，不被那些石头人扎成筛子才怪。”

“猎人？那又是什么东西？”尚浮云觉得常白丁的用词越来越离奇，像是两个人上学时看的词典完全不一样。

“现在没有时间给你解释，我们现在必须另外找一条路过去。”

“另外找一条路？那边不会有梦魔吗？”

“你是心理医生，应该知道，所有人的潜意识都有脆弱的地方，这些地方就是做梦者的防卫盲区，你擅长的催眠术恰恰不也是利用这一点才能对人类进行催眠的吗？”

尚浮云点了点头，她觉得除了意识形态外，常白丁的解释完全可以让她接受，“可是……朝哪走呢？”

常白丁一指北方的山峰，“那座城堡依山而建，只有一条路上山，所以路上肯定会布满了梦魔，我们不妨绕到山的另外一面去，从悬崖下爬上去。”

尚浮云张大了嘴巴，“那么高的悬崖，咱俩要徒手爬上去？”

“没时间跟你解释了，再不快点罗凯就要入梦了，那样咱们就白忙活了，跟我来！”

常白丁说完便跑了起来，尚浮云跟着他，但是不知道为什么，离开了常白丁，她的脚又变得软绵绵起来，胸口还一阵阵发闷。

“你只要放松即可，在梦中奔跑靠的是意念，想象你不是在靠双脚奔跑。把那座高山锁定成目标，想象着那座山近在眼前。”常白丁没有回头，他奔跑的速度相当惊人。

果然，照着他的方法，尚浮云的身体顿时轻快了很多，而且跑了很长时间也不觉得累。

太好玩了！尚浮云很快就掌握了方法，像草原上的骏马，用优美的奔跑姿势撒起欢来。

他们不知道跑了多久，身处的地方正在山体的阴影中，四周又尽是黑石，这一刻真像是摸到了地狱的大门。

尚浮云努了努嘴，“要爬？”山下崩塌了一地的山石，只凭双手的力量扒住山体，说不定一害怕手上抓不牢，就得掉下来。

“等等！”常白丁往上看了看，然后他摇了摇头，“我是这样上去的，不知道你行不行？”说完，他一只脚踏在了垂直的陡壁上，然后另外一只脚也跟着踏了上来。他整个人竟然与峭壁形成了一个直角，站在峭壁上行走起来。

“你……你是怎么做到的？”尚浮云站在崖下尖叫了起来。

“这是做梦！你只要把这座峭壁想象成一座桥就可以了，但是精神必须集中！否则，桥就又会变成峭壁了。”说着，常白丁已经越走越远，声音也越来越小。

尚浮云突然意识到，这是梦！在梦里没有什么事是不可能发生的。她开始努力想象，空间调转，果然悬崖开始慢慢倾斜，一条垂直入云的悬崖，变成了一条笔直的山路。而星空就在自己的眼前，虽然是黑白色，但是星星的光亮还是让她感觉到兴奋。

她欣喜若狂，慢慢地跳上这座“桥”，一步步地前行，随后她便小跑起来，慢慢地她和常白丁之间的距离缩短了。

见尚浮云就在身后，常白丁回头一笑，“学得挺快嘛！”

“我爸说我学什么都快！”说完，她又努力向前奔跑了几步，超过了常白丁，眼看就离着悬崖的边缘很近了，她纵身一跃，眼看就要直接跳上悬崖的顶端，但是当她跳过去的时候，才发现，本来应该是平面的悬崖顶，竟然是垂直的，她脚下一空，身体悬在了半空。

而此时整个世界恢复了原状，陡崖变成了垂直的直角，她开始迅速下坠。

“啊！救命！”

她拼命一抓，右手正好抓住了一块突出的奇石。她身体愈发沉重，忍不住就想松手。

怎么会这样？她的脑子突然想起，如果陡壁变成了平面，那么崖顶就一定变成了垂直地面的方向，自己为什么会没想到这点呢？

突然，常白丁出现在自己的头顶，他探出头来，冲着自己笑，“刚学会走，就想跑！”

“别看笑话了，快拉我上去。”尚浮云的恐惧里透出一丝哀求的语气。

“上来？答应我一个条件呗！”常白丁坏笑了一声，似乎之前的那个痞子又附身了。

“你再说，我就从这跳下去。”尚浮云一点都不肯妥协。

只听得一声巨响，几块沙石掉落崖下，眼见山体的裂痕扩张，整座山转眼就会塌陷。

常白丁不敢再开玩笑，伸出了右手。

尚浮云把手递了上去，常白丁一把把她拉上了悬崖。她的心扑腾扑腾的，半天才说出话来，“要是刚才我从这里掉下去会怎么样？”

“从梦中惊醒！”

“为什么悬崖会突然掉转过来？”

“梦就像是数学方程式，无论你怎么倒腾左右两边的变量和常量，但是他是有一定规律所寻的，你已经把悬崖变成了横向的，那么崖顶就肯定会变成垂直的，你要会适时的把方程变回来才行。入梦有很多门道的，你需要更多的时间来积累经验。”

更多的时间？也就是说常白丁想要带自己进入更多人的梦境喽？他这样做的目的是什么？

尚浮云不住颔首，她现在有些信服常白丁所说的话了，“我还有个问题？”

“什么？”

“你这会儿说话怎么这么斯文？”

“斯文？我平时很粗鲁吗？”

“还不粗鲁？整天骂骂咧咧，满嘴脏话。现在你这么说话，我都有点不适应了。”

“梦是人精神的升华！在这里语言和灵魂都得到了一定程度的净化，而且祖师爷说过，入梦时需要谨慎自己的言行，因为你在这里做的每一件事情，都很可能会影响到做梦的那个人。”

“癞蛤蟆戴眼镜！楞充知识分子。”

“你还会歇后语呢？我还以为你只会说英文呢！”

尚浮云一笑，学着常白丁平时的样子，“你小爷我什么不会啊？他奶……”她学着“她奶奶的”口型冲着常白丁比划了一遍。

“你小点声！小心把梦魔招来。”常白丁丝毫没有埋怨的意思，也跟着笑了起来。

“最后一个问题。”

“你简直就是十万个为什么。说吧！”

“云姑娘又是怎么回事？干吗这么叫我？”

“梦很可能会造成一些记忆障碍，比如你想不来自己的名字，或者回忆不起来你熟知的人的脸，更可怕的是梦魔有时也会伪装成你我的样子。所以，在这里需要一个代号，云姑娘就是你的代号，我在梦里叫这个名字，就是在叫你。”

“怎么跟特务接头似的，那你的代号是？”

“你刚才不说最后一个问题吗？这个以后再回答你！”常白丁转过身，对尚浮云一摆手，“没时间了，我们去找画家！”

“好！”尚浮云举起了右拳，显得干劲儿十足！

7

眼前的巴洛克建筑在山下看时，像是一座小房子，但走到跟前却显得异常宏伟。

常白丁和尚浮云又花了一些时间，才从大殿的后边转到了前面，他们发现黑白色的大幕下站着一个人。

“不会又是石人吧？”尚浮云战战兢兢地说道。

“是画家！”常白丁快走了几步，站在了罗凯身前。

尚浮云注视了一下罗凯的服饰，还是他入梦前的样子，和常白丁和尚浮云的装束大不相同。

常白丁走到了罗凯身前，看他满头是汗，“还好！灯心草的药效还没有消散，我们再晚来一会，他就入梦了。”

说话间，罗凯便睁开了眼睛，他正用迷惑的眼睛注视着眼前的黑白色。他揉了揉眼睛，半天才缓过神来，“我是在做梦，对吗？”

此时，天际间响起了震耳的声音，像是电视台的播报员的声音：

“夜是这个世界上最简单的景色，神秘莫测的黑白色让人陶醉得浮想联翩。”

“这是什么声音？”尚浮云转头问道。

常白丁面色冷峻，“这是跫音！”

尚浮云歪了歪脑袋，此时像是想从大脑中搜寻出什么，“跫音？《庄子·徐无鬼》上说，夫逃虚空者，闻人足音跫然而喜矣。”

常白丁眼神有些迷离，“跫音是人类心底的声音，这是他的心魔在作祟。”

罗凯听到这个声音，才觉得自己的头痛缓解了一些，他直直站在原地，知道自己的梦开始了。

常白丁走到了罗凯的眼前，“好了，画家，带我们游览一下你的梦吧！”

“常爷，你怎么会在我的梦中？”罗凯的表情里丝毫没有掩饰他的吃惊。

“我一会再跟你解释，你先去把那道门打开！”常白丁一指台阶上的铜门。

罗凯点了点头，他一步步地迈上石阶，把手放在了铜门上，伴随着巨大的金属摩擦的声音，门缓缓打开了。

黑白色的夜幕让人恐怖，但是没有灯光的博物馆也如同藏着鬼魅，三个人蹑手蹑脚地走进了这间博物馆。

“注意你的脚下！”常白丁提醒尚浮云。

“咦？”尚浮云发现自己的影子早已脱离了自己的身体，它就像是一条黑色的虫子，在地上盘旋着。

“这也是梦魔！只不过换了种形态而已。这里的梦魔比那些石头人要隐蔽得多。”

尚浮云小心翼翼地跟在常白丁的身后，不知道什么时候她手中的那把唐刀又出现了。

“注意，当你手里出现武器的时候，说明梦魔就在附近。”常白丁说话时，尚浮云发现他刚才曾用过的那把龙泉宝剑也已经出现在了手中，他把宝剑举过头顶，做出了防卫的姿势。

显然，尚浮云并没有这么紧张，她很快被整个博物馆里琳琅满目的艺术品吸引了，它们太美了。她感叹罗凯的大脑本身就是一座博物馆，装着各种各样的奇珍异宝。

三人又走了几步，走廊的一面突然由欧式壁纸换成了一面石墙，墙面上凸凹有致，明显是一座浮雕，而浮雕中间镶嵌着一颗虎头，它虎目圆翻，瞪着三人，异常逼真的神态，让人看了头皮发麻。

罗凯突然驻足观看，他捂着头，摇摇晃晃，眼看就要摔倒。

“怎么了？”尚浮云上前扶住罗凯。

罗凯声音颤抖地说道：“这浮雕，我之前的梦里没出现过！”

“小心！”只听常白丁一声断喝，一把拉开了罗凯，手中的龙泉宝剑已经挥舞了起来。

尚浮云这才注意到，有什么东西像是从墙壁里爬了出来。

她定睛一看，原来是那颗虎头！老虎活了！除了狰狞的虎头，它的利爪正在墙壁上扒开了一个洞，显然这是一个庞然大物。

墙壁上的石块开始脱落，碎石溅了一地。伴随着一声令人恐怖的虎啸，它破洞而出，墙壁上留下了一个大洞，而砖石也被它撞得满地都是。

“云姑娘，画家，站在我的身后。”常白丁脸上毫无惧色，率先站在了老虎的身前。

罗凯手足无措，把胳膊缩在袖子里，藏在了常白丁身后。尚浮云手持唐刀和常白丁一前一后，护住了罗凯。

此时尚浮云才看清楚，这不只是一只老虎！而是一只穿着铠甲的老虎，还是直立行走的！只不过一切都是黑白色，谁也看不出铠甲的颜色来，所以视觉上这个庞然大物好像正穿着一身石甲。

“又是梦魔？”尚浮云用余光瞅了瞅罗凯，“画家，你满脑子里想的是什么？怎么能造出来这么多稀奇古怪的东西来？”

常白丁把宝剑晃了一个剑花，“这玩意儿可不是他想出来的，这东西叫陆吾，是神兽！”

“陆吾？《山海经》上说：‘昆仑之丘，是实惟帝之下都。神陆吾司之。’是那个陆吾？”尚浮云的脑子俨然就是一座中国古代经典文学的图书馆。

常白丁嘴角笑了笑，“你看的书还挺多的。陆吾又被称作开明兽，本是黄帝都城昆仑丘的守卫，他把自己化装成老虎的样子，这样便可以获得老虎的威严和力量。只是不知为何会出现在蜀山的神龙殿之中，而且似乎忘记了原本的职责，只知道单纯地阻挡一切进入神龙殿的人。中国古代传说中的各类神兽，其实都是守卫在梦中的怪兽而已。但，他们和梦魔不同，梦魔是人的防御意识想象而来的，而神兽却是被人为植入的，只有特殊属性的人才有！既然神兽入梦，那这个做梦的人一定不简单。”常白丁回头看了看罗凯，嘴角露出了诡异的微笑。

“我怎么听不明白？是谁植入的？”无论在何种境地，尚浮云的求知欲都不曾消退。

常白丁看着“陆吾”一点点靠近自己，没有理会尚浮云，转头大声冲着罗凯喊道：“画家！这东西我们不能杀，只能由你自己去降服它！”

尚浮云心头一紧，“降服它？开什么玩笑。”

常白丁没有理会尚浮云，而是继续朝着罗凯喊道：“在人意识里的神兽其实就是你自己的化身，你们是休戚与共的共同体，杀了它，就等于杀了你自己！你只能靠你自己的意志去降服它！不把它摆平，咱们就进不了你梦见的那座画廊！”

罗凯浑身哆嗦着，但他还是把手搭在了常白丁的肩膀上，“能让我过去吗？”常白丁和尚浮云闪开了一条路，罗凯毅然走到了“陆吾”的面前。

老虎一抖双臂，两臂上的护甲上突然冒出了三股锋利的虎爪，然后他冲着罗凯又是一阵虎啸！吓得罗凯倒退了两步。尚浮云也觉得一股阴风吹来，赶快用左臂护住了头。

常白丁大喊道："别害怕！他就是你，你就是他！他不敢真正地伤害你。"

罗凯稳住脚步，又往前走了两步，他冲着陆吾低声说道："我太痛苦了，我要知道我的梦里到底隐藏了什么秘密。既然你就是梦中的我，请你让开好吗？"

老虎又突然一声狂吼，但这次罗凯没有退缩，他站在原地一动不动，任凭虎啸产生的气流向他击来。

常白丁把一只手搭在了罗凯的肩膀上，"不要怕！"

罗凯的脸色突然变得严肃起来，眉目凝成一团，冲着神兽大喊道："我让你让开！"

"陆吾"被罗凯的气势吓退了一步，但随后它又爆发出了一声更为巨大的虎啸声，显然被激怒了。它一挥双臂，钢铁虎爪朝着罗凯划来，常白丁大惊，一把推开了罗凯，用手中宝剑隔开了利爪的进攻，两种武器碰撞在一起，蹦出了激烈的火花。

罗凯狠狠地摔在了地上，他的衣服袖子被虎爪划开了一个口子。

"陆吾"见右臂的进攻不成，又摇晃左臂，朝着常白丁的右侧攻来。常白丁自知难躲这一击，已经闭眼等待自己的命运。没想到"当啷"一声，又是火星四冒，他睁眼才发现原来尚浮云已经用手中的唐刀隔开了"陆吾"左臂的进攻。

常白丁的宝剑和尚浮云的唐刀都卡在了"陆吾"利爪的缝隙里，两个人想要奋力拔出，刀剑却纹丝不动。

两人一兽开始角力，双方僵持了起来，但是在力量上常、尚二人已经落入下风。

此时，罗凯晃晃悠悠地站了起来，他蹒跚地绕到了神兽的身后，一跃身跳上了虎背，然后一拉他的铠甲，又往上一蹿，便坐在了老虎的脖子上。

“陆吾”摇晃着脑袋，终于放开了常白丁和尚浮云，和罗凯独自缠斗起来。

罗凯身上的斯文之气在此时已经不复存在，换上的是他的一身杀气，他狠狠地捶打着虎头，但是能感觉到他的每一拳就像是落到了自己的头上一样痛苦，他龇着牙，瞪着眼，面目狰狞的样子和虎头别无二样。

“他们两个都不能有事！”常白丁对着尚浮云说道。

“那怎么办？”

“你去拉住虎尾！我攻他的腿！”

“好！”说着，尚浮云已经绕到了老虎的后背，刚想抓起老虎的尾巴，却被犹如钢鞭一样的尾巴甩到了手上的唐刀上，唐刀顿时飞出很远，插在了地上。

整个宫殿顿时摇晃了起来，不少碎瓦砾石掉落下来。

罗凯和“陆吾”同时捂着头，几块大石头砸在“陆吾”的背上，差点就伤到了罗凯。

常白丁趁机上前，一脚踢在老虎的脚踝上，老虎顿时倒地。

罗凯揪着它的头，一点都不敢怠慢，“陆吾”狠狠地摇晃着脑袋。尚浮云本想把地上的唐刀拔出来，却被常白丁拦住！

“你给我回去！”罗凯的眼睛像是喷出了一团火，他揪着“陆吾”的耳朵怒吼道。

“陆吾”一声虎啸，将罗凯重重甩在了地上，它捂着头，前爪着地，做出了奔跑的姿势，几个箭步重新跳入了石墙中。

“陆吾”又变回了一座灰色的浮雕，而整个宫殿也停止了晃动。

常白丁和尚浮云喘着大气，罗凯更是已经筋疲力尽。

地上插着的那把唐刀在一阵光亮过后，消失了。

常白丁走到尚浮云跟前，“如果武器插入地上、墙壁或天花板上，不要硬拔！因为这是梦，任何一点点从外界带来的震动和伤害，都会牵扯到做梦人的大脑。”

尚浮云还是心有余悸，“刚才太悬了，幸好你绊倒了老虎，咱们才能打败他。”

“不！打败老虎的是罗凯坚定的意志。”常白丁走过去，拍了拍罗凯的肩膀，“下面带我们去你说的那座画廊吧！”

“那只老虎到底是何方神圣？”罗凯显然还没从刚才的惊惧中恢复过来。

常白丁长出了一口气，“说来话长，真没想到，你的梦中竟然隐藏了神兽。”

罗凯一脸疑惑，“神兽是什么？”

尚浮云抿了抿嘴，“神兽的记载多出自《山海经》、《括地志》这些古籍，我记得《山海经》中共记载了三十九种神兽，刚才咱们见到的陆吾就是其中之一。”

常白丁的表情终于松弛了一些，“神兽入梦非常罕见。你能梦见陆吾，说明你是被赋予了特殊使命的梦中人！别说，画家，从你造的那些梦魔来看你还真是个可用之才！”

“梦魔？梦魔又是怎么回事？”罗凯看看常白丁，又看了看尚浮云。两个人互相使了个眼色，并没有说破。

“现在没时间跟你解释，剩下的以后再说吧！先带我们去那座画廊。”常白丁显然并不想浪费时间。

“画廊里还有神兽吗？”

常白丁摇了摇头，“我刚才说过，神兽其实是你的化身，你的梦里不可能同时有两个！我还可以告诉你，陆吾既然挡在这里，说明你梦背后的那座画廊里一定隐藏着什么你自己不愿意提及的秘密。”

罗凯攥着拳头，点了点头，但是这种点头是沉重的，显然越接近真相，他的心就越沉重。

8

走过了石壁，墙壁又恢复成了欧式风格的壁纸，整个气氛缓和了下来。

没走几步，罗凯又停了下来。

“怎么了？”尚浮云把手中的唐刀提了起来，警惕着周围的动态。

“再拐过去，就是画廊了！”罗凯的语气里带有一丝犹豫。

常白丁走到罗凯的身前，“不想去了？现在放弃还来得及，但是说好了，断梦的钱我可一分不退！”

罗凯苦笑了一声，“我不会放弃的！”说完，便朝着黑暗中又迈出了坚定的一步。

三个人终于来到了罗凯说的画廊，突然壁灯一齐亮了起来！这惹得尚浮云又一阵紧张，但是当她想用唐刀护身时，才发现自己手中的刀已经不知道在何时消失了。

刀不见了！难道这里没有梦魔？

尚浮云看了看墙壁，这里挂满了欧式的油画，虽然灯光不是很明亮，画也是黑白色的，但却完全可以看清楚画中的每一个脉络和油彩轻重的变化。

“哇塞，全部是世界名画！”尚浮云对油画情有独钟，所以对这些画她还是非常熟悉的。如此多的油画都这么清晰，说明罗凯的记忆力超强，他已经把这些画的每一个细节都刻在了自己的脑子里。

她一边走一边把他们的名字叫了出来：“卡尔帕乔《圣斯蒂芬在耶路撒冷布道》、菲利皮诺·利皮《圣贝尔纳的幻觉》、乔托《逃亡埃及》、波提切利《维纳斯诞生》、卡拉瓦《占卜者》、罗萨《战场》、鲁本斯《圣乔治杀龙》、斯丁《乡村音乐会》、米尔《窗前读信的少女》……”

“都是欧洲中世纪的作品吧？”常白丁停在一幅画前端详了半天。

罗凯并不像他们两人那样仔细端详画的细节，他站在走廊中间，眼睛丝毫不敢斜视，哪怕只是偷看一眼两旁的油画，“每次我经过这里时，都觉得好恐怖，他们为什么没有颜色？色彩才是油画的灵魂，没有了色彩，它们就变成了一具枯骨。”

“行了，行了，艺术家就是爱发这种牢骚，我这不正在帮你解梦嘛！”常白丁有些不耐烦。

“神棍，你看！”尚浮云突然指着一幅画喊道。

“为什么叫我神棍？”

“你不说需要个代号吗？云姑娘、画家都是代号，现在你也有了，叫神棍，挺合适，朗朗上口。”

常白丁没再理会她的奚落，走到了画前。

这是一幅风景画，风车的背后突然出现了一个黑发遮面的女子，看不清楚她的脸，她赤身裸体，孤零零地站在画中，和整个画的风格极不搭调。

“是她！她来了！”罗凯露出了惊惶的神色，转身要逃。

此时，画廊里的每一幅画里都出现了一个少女，她慢慢地朝着画框外走来。

一股银光闪了起来，尚浮云发现手中的唐刀又出现了，她意识到画中的女孩很可能是梦魔！

“别跑！”常白丁一把拉住了罗凯，把两只大拇指放在了他的太阳穴上，口中念道：“会元本神！正气毅然！”

罗凯闭上眼睛，手脚不停地发抖。

“别害怕，这些可怕的东西都是你自己想出来的！我现在就把你的梦恢复成彩色的。”说着，常白丁松开了手。

“真的？”罗凯的头痛稍稍缓解了一些，他的眼神里流露出了希望。

“过程可能有点痛苦，你要保证，不能逃！”

罗凯狠狠地摇了摇头，“我不逃！”

尚浮云知道常白丁又会有什么自己连想都不敢想的动作了，这会儿她已经不敢再插一句话。

每一幅画中此时都出现了一个穿着白衣的少女，她们长发披肩，秀发遮着头，一步步地朝着画框的方向走来。

尚浮云紧紧握住唐刀，做好了攻击的姿势。

常白丁手里并没有出现龙泉剑，他只是淡然地走到了一幅油画前，尚浮云知道这幅画就是雷斯达尔的作品《韦克的风车》，她看着那个白衣女子已经快走出画框了，心里一阵发紧，好在自己周围被黑白色包围着，周围的色素还没有把气氛衬托得十分可怖。

常白丁把手掌放在这张画上，然后突然攥紧了拳头。这张画竟然被他攥出了褶皱。

“你在干什么？”尚浮云潜意识的文物保护意识大声喊道，她忘了自己现在正在梦中，而不是现实的博物馆里。

罗凯却突然抱着头，痛苦之色难以名状，像是有人抽击他的头部。

常白丁并没有停下，他的手像是已经插入到了画中，用力一扯，竟然被他扯下了一大片来。那个要走出画框的少女，被他直接扯了下来。

尚浮云一惊，本以为他把画破坏了，但定睛一看，他扯下的不只是画，就连墙壁上黑白色的墙面也被他扯掉了一部分。画和墙就像是贴在墙上的壁纸一样，就是那么薄薄的一层。而黑白色犹如壁纸的墙面背后，是一张彩色的画，墙面的背景也变成了彩色的大马士革欧式壁纸。常白丁把撕下来的“壁纸”揉了揉，扔在了地上，顿时变成了一捧细沙。

罗凯已经瘫软在地上，呆呆地看着墙面。

尚浮云见左侧的墙壁，有几幅画里的女孩也即将走出画来！她学着常白丁的样子，走到这面墙前，伸出手，在另外一面破损的角落里拉起一条缝隙，也按照常白丁的样子扯下了一面“壁纸”。

墙壁上露出了一幅画，画中一个裸体少女犹如真人一般，甜美地望着尚浮云。当然这幅画是彩色的。

“啊！啊！啊！”罗凯痛苦地大叫起来，常、尚二人撕掉的，像是他的皮。

但是常白丁并没有停手，而尚浮云也就跟着常白丁一起扯了起来，伴随着罗凯的吼叫声，整个画廊被两人全部扯了个干净，灰白色的画廊焕然一新，彩色的壁纸上挂着的不再是欧洲古代名画，而是中国现代人体油画，画的主人公都是一名裸体的长发少女。她脸庞清秀，明眸皓齿，身材修长，乳房圆润坚挺，美不胜收。

尚浮云把自己刚刚扯下的“壁纸”狠狠摔在地上，顿时黄沙弥漫起来，但是很快就溶解在了空气中。

“你的梦现在变回彩色的了！抬起头看一看吧，你的记忆就是被这些东西盖住的！”常白丁盯着这一幅幅画，眼神里突然柔和下来。

罗凯看着彩色的图画，慢慢站了起来，他摸着这些画，一步步地朝着走廊的深处走去，最终他走到一幅画前，突然停了下来。

常白丁和尚浮云见罗凯站在这幅画前，哭了！哭得很伤心！渐渐地他跪了下来，号啕大哭起来。

尚浮云看着这幅，突然眼前一亮，“《喀纳斯湖少女》？”

“你的梦之所以会变成灰色的，是因为这幅画中的少女，对吗？”常白丁站在罗凯身后，呆呆地望着这幅画里的裸体少女，她正坐在湖旁的沙石上，深情地望着正在看她的人。

“哎！神棍，你好色的毛病又犯了是吧？干吗盯着人家姑娘看！”尚浮云环顾四周，才意识到，这里挂着的所有的画里的少女都是一个人，“原来黑白色是罗凯自己涂抹上去的，为的就是遮住这位少女的裸体画像，肯定是像你这样的色魔太多了，他不想亵渎心中的女神，才变成这样的。”

常白丁没有理会尚浮云的奚落，“梦这个东西，从来不是抹去记忆的毒药，而是将自己不愿意回忆起的记忆蒙上一层幔而已。这和你信仰的弗洛伊德说的完全不一样。”

尚浮云点了点头，“弗洛伊德说，痛苦可能会让人忘记很多东西。但这么看来，记忆并非是被忘记的，而是被自己的其他记忆覆盖了，掀掉这层记忆，消失不见的记忆就回重新回到自己的潜意识中。”

常白丁对她笑了笑，然后继续对罗凯说道：“画家！你现在应该想起来她是谁了吧？”

罗凯一言不发，谁都知道他已经找回了过去的记忆。

常白丁一脸木然，“好吧，既然你不愿意说，我就帮你回忆一下，这个女孩叫卞晓，是你的模特，也是你的女友，一年前突然坠楼而亡。原因是……”

罗凯突然打断了常白丁的话，“当我还不是什么名家的时候，她就跟着我……”

此时，这些画突然混沌了起来，像是变成了一张张幻灯片连成的电影。

9

“这些画真的太丑了！你别看我不太懂，我也知道这画里缺点神韵。”卞晓一努嘴，把罗凯刚刚画完的油画，翻过来掉过去地看。

罗凯躺在床上，裸着上半身，下半身蜷在被子里，“我总觉得这些风景画里如果没有人，就没有神韵。”

“那你往上面画几个人不就好了吗？”卞晓穿着内衣趴在床上，一边看着，一边品评。

“你知道我在大学里，最喜欢画的就是人体画！”

卞晓一拍罗凯的脑袋，“色狼！是不是裸体的那种？”

罗凯一阵坏笑，算是承认了，“可是美院里那些模特，大多又老又丑的，别说神韵，看着就恶心。”

“我告诉你，罗凯！你要是以这个为借口到外边去找女人。我就把你那玩意剁了！”卞晓说着便板起了脸。

罗凯下意识地捂起了自己的私密之处，“干吗？谁说要到外边找女人当模特了，再说我身边不是有个这么好的模特吗？干吗还要去找一个。”说完，他色迷迷地看着卞晓的“事业线”。

“我做模特？你别说，好主意啊！你等等！”说完，卞晓便把衣服解开，脱掉了内衣，露出了雪白的胸脯。

“哎哎哎，干什么啊你？耍流氓啊？”

“少废话，你还少看了？你给我画一张。”卞晓一边说着一边摇晃罗凯。

“你当咱俩是杰克和罗丝啊？我可告诉你，情侣给情侣画画可不吉利，泰坦尼克不就这么沉的吗？”

“我就不信，你给我画幅画，咱们这房子还能塌了？”

“好吧，好吧，我给你画！”说着罗凯起身，拿起了铅笔和画板。

卞晓则摆起了泰坦尼克号上罗丝的姿势，洋洋得意地摆了摆头。

……

“不错嘛。”卞晓把这幅刚刚完成的画，拿在手里摆来摆去，“别说，油画只有上了颜色才最漂亮。”

“那当然了，我说过，我画人体，一绝！”

“哎，这画怎么没有背景啊？”

“我准备把我去过的最美的地方画在后边。”

“哪？”

“新疆的喀纳斯湖。那是我见过最美的景色，再加上你这个最美的人，我觉得这应该是一幅世界上最美的画。”

“那个什么景色肯定不是最美的，但是人肯定是！”

“你脸真够大的，我这就是夸夸你，还真找不着北了！”

“人家都这么说！”

“谁说的？”听见有人夸自己的女友美，罗凯立即警觉了起来。

卞晓走到了镜子前，突然问道："镜子！镜子！谁是这个世界上最美的人。"然后，她学着老太太说话时沙哑的声音说道："是卞晓！"

然后，她转过头对罗凯说，"你看，就是它说的！"

罗凯乐得前仰后合，但是他的笑容很快就凝固了，他皱着眉头，"哎！也不知道哪天我能成为大画家，再也不用租这样的小公寓住了。"

"我老公，总有一天会成为世界级的大画家。"卞晓一把搭上了罗凯的脖子，深情地望着他。

罗凯一脸愁容，"这个月的房租又该交了。"

卞晓一笑，"没关系，我找到了一个打工的地方，工资还不错。等你把画卖出去了，就什么都解决了。"

"让你受委屈了。"

"没关系，谁让我爱你呢！"说完，卞晓把嘴唇递了上去。

……

"晓晓！他们通知我去参加画展了。"罗凯冲进了房间。

"哦。"卞晓无精打采地回了一句。

"你怎么了，老婆？"

"没事！我有点累！"

"你到底怎么了？"

"没什么？"

"不可能，我还不了解你，快说什么事？"罗凯刚刚还兴高采烈的脸上换上了关切之情。

卞晓把嘴唇压了压，半天才说："我……老板，我老板知道我给你做裸模的事了，今天拿这事要挟我，对我动手动脚的。"卞晓有些委屈，眼圈红了。

"他妈的，这个混蛋，老子去宰了他！"罗凯说完，就要往外闯。

卞晓一把拉住了罗凯，"你干什么啊？我已经辞职了！"

罗凯一下子愣住了，“辞职了？辞职了好，晓晓，你放心，以后我成了名画家，咱们有的是钱，咱们找个好日子结婚，然后，你就给我生个孩子帮忙带孩子就行了。”

卞晓用祈求的眼神看着罗凯，“罗凯，我求你一件事！”

“什么事，你说！”

“以后别画我了！拿我当模特的画，也别拿出去展览什么的。我是你老婆，不是商品！让别的男人看到了，我就没法见人了。”卞晓说得言辞恳切。

罗凯迟疑了一下，但是还是狠狠地点了点头。

……

罗凯面露难色，“老师，我想把那些人体画都撤下来！”

一个老人背着手，仅有的几根头发梳成一根辫子，扎在脑后，“撤下来？开玩笑吧！你就那几幅画还拿得出手，想要参加画展，成为名画家，这可是个机会，这时候想起来打退堂鼓了？”

“不！不！我只是觉得那些画，有点……”

“我知道，那里面画的是你的未婚妻，但是这有什么关系呢？作为艺术家的老婆，就应该知道这是艺术，能为艺术献身这多光荣啊！再说了，这可是你成名的好时机，日后铺天盖地的宣传，你不知道能赚多少钱呢！”

“可是，我……”罗凯显得很为难。

“一个男人，怎么老是婆婆妈妈的！要不我现在就把你的名字从画展的名单上撤下来？”

“不！不！”罗凯使劲摇晃着双臂。

……

罗凯拿着一个信封，站在躺在血泊中的卞晓面前，慢慢地跪了下来。

他不敢相信这个女人已经离开了自己，打开那封书信，里边有一份剪报，上面大标题写着著名画家罗凯《喀纳斯湖少女》真实身份大揭秘。信封里还附着一封遗书，上面写着，“我爸妈已经知道我当裸模的事了，他们说我不要脸，我已经没法再活在这个世界了！再见，我深爱的罗凯！”

“为什么？”罗凯抱着头痛苦地捶着地，险些晕厥过去。

天上下起了瓢泼大雨，罗凯任由雨水刷洗着自己的身体和卞晓的尸体。

此时，画壁上的油画又重新聚合到了一起，恢复了原状。卞晓迷人的笑容，还是那么灿烂，谁也不相信这么美的女孩已经离开了人间。

尚浮云已经泪流满面，而常白丁走了过去，拍了拍像刚才幻灯片里跪在地上一动不动的罗凯。

“好了！现在我已经履行了合同，把你的梦恢复成了彩色的。但是现在不是难过的时候，如果要找回灵感，你就还得跟着我！咱们去解开你最后的谜团吧！”

10

此时整个画廊已经变得流光溢彩，各种颜色映衬下格外阳光，丝毫没有了刚才的压抑感觉。

三个人终于走到了梦的尽头，见到了那幅《迪奥的世界》。

这幅画尚浮云并没有真正见过，它比她想象中的要小很多，几乎只有一平方米左右的大小。厅堂里的一切都变回了彩色的，唯有在走廊尽头的这幅画仍旧是灰白色的。

画中的外国小男孩眼神空旷混沌，而小女孩的眼睛却黑洞洞的，整幅画有种说不上来的恐怖。

罗凯看到那幅画，眼神略显混沌。

尚浮云靠过去，小声说道：“你之前真的没见过这幅画？”

罗凯摇了摇头。

常白丁走到画的跟前，用手扶着这幅画。

尚浮云觉得他可能又会用手把画撕扯下来，她很想看到这幅画的背后到底是什么？

但是，常白丁却像一个讲师一样，站在这幅画的面前。

“你知道为什么这幅画会出现在你梦的尽头吗？”

罗凯还是一脸茫然地摇了摇头。

尚浮云一脸淡然地说：“弗洛伊德说，梦的尽头，是自己的思想根源！”

常白丁把手放在了《迪奥的世界》这幅画上，轻轻抚着，“这个外国佬这点算是没说错，几千年前周公也说过这个道理，所谓梦尽则缘生！这幅画代表了你的真实想法，包括感情上的，事业上的！”

“我不明白你的意思！”罗凯的眼睛紧紧地盯着常白丁的眼睛。

常白丁在这幅画前踱来踱去，“大家都说，《迪奥的世界》是美国画家比尔·斯托纳姆在1972年创作的作品，这幅画在2000年在eBay上拍卖时，店主为了提高页面点击率而编造出了看到这幅画并念叨着迪奥这个名字时，就会有人死亡的传说，导致画价从199美元狂飙到1025美元。”

尚浮云仔细地听着常白丁口中的每一个字，此时她觉得他说的每一个字都有价值。

“但是，这幅画似乎远远没有达到画廊老板的要求，因为只有1025美元而已。当然这对于一个刚刚出道的画家来说，这样的售价已经不错了，但是他需要更多的炒作点和价值，赚更多的钱。”

罗凯的表情里带有一种忧郁的眼神，很显然他的头痛已经减轻了不少。

“不久这幅画又传出了一个很离奇的传说，这幅《迪奥的世界》其实是比尔·斯托纳姆花重金，从黑市购买的一幅意大利画家的作品，因为他的画每次都画不出任何的神韵来，特别是眼睛的部分。他想借此把画描绘得更完美。”

尚浮云的眼神一闪，“虽然，这个传言很快就被辟谣了。但是，很多关于这幅画的恐怖故事却在这个传言之后甚嚣尘上。”

“我昨天下午在图书馆里，翻遍了整个欧洲中世纪的画作名录，竟然发现真的有一个叫索拉道克拉的意大利画家，他有一幅画也叫《迪奥的世界》！但是这幅画早已失传了。”常白丁不知道什么时候，手里多了一把壁纸刀，他用刀子狠狠地剐蹭着这幅油画上木偶女孩的眼睛，结果，一幅更为恐怖的底画显露了出来，当然它是有颜色的。

尚浮云惊愕之余，喃喃道：“难道传言是真的！”

常白丁已经将画的颜料刮掉了大半，女孩的头变成了恶魔的头！恶魔红色的眼睛像是要滴出血来一样。

罗凯看得目瞪口呆，“没错！就是它！这只红色的眼睛，每次我到这里，都会醒来！”

“这次不会了！”常白丁没有停手，继续把刀刮向了小男孩的脸。渐渐地，整幅画初见端倪。

画的内容曝光了：一个男人在坟堆里，脑袋露在外边，正在和一个魔鬼做交易，他把眼睛卖给了魔鬼，而魔鬼正在把一把黄金交给他。

常白丁放下了小刀，“这个传言是真是假，我不知道！因为这是你的梦，梦可能是你的真实回忆，也可能是你虚构出来的！但是画家，在你的意识里你肯定认为这幅底画就是真的，因为你自己就是一个像比尔一样的画家。”

尚浮云若有所思，“比尔声名鹊起，但又很快被世界遗忘，最后神秘死亡。在临终前，他反复说着你梦中听到的这句话：夜是这个世界上最简单的景色，神秘莫测的黑白色让人陶醉得浮想联翩。你的梦中能够反映出比尔生前的全部细节，说明你对这个人有过特殊的研究。”

罗凯显然已经回忆起了自己曾经熟悉的一切，他的声音低沉到了地板上，“没错，我最崇拜的画家就是一夜成名的比尔·斯托纳姆。”

“比尔·斯托纳姆死后，这幅画被炒到了千万美元的价值，甚至还被英国皇家收购。而人们记住的却是这个被油彩重新渲染过的《迪奥的世界》，这幅画只不过是借助了魔鬼的眼睛，是他和魔鬼做的交易。比尔是一流的画家？自然不是！他只是个低劣的模仿者而已！而你也是一样，说白了，你的艺术本源，也不过就是个模仿者。没有了模特，你只会渲染气氛，画出那种三流的画作来。外加，公众们对于画本身的价值并不认可，只能靠一些所谓的花边新闻炒作才能提高画的价值。这也是你对艺术追求的真实心理写照。你追求的其实是金钱和名画家的地位，而不是艺术的价值。这幅画，就代表着这个意思，是你内心的真实写照。”常白丁此时像是站在法庭上侃侃而谈的法官，对罗凯做出了道德的审判。

罗凯闭着眼睛，双手合十，像是在深深地忏悔着。此时一道白光照在了三人的身上。

……

罗凯睁开了眼睛，醒来时他的眼圈红了。

尚浮云睁开了眼睛，醒来时她仍然坐在蒲团上，她有很多话想对常白丁说，但是刚刚还在眼前的常白丁却已经没有了踪影。

他在哪里？

此时，罗凯揉着眼睛，看得出他的眼神已经开始清明，显然他已经领悟了很多事情。他缓了缓心神，然后站了起来，在尚浮云的眼前深深鞠了一躬。

尚浮云并没有客气，“我也不知道要怎么形容你，如果刚才的梦都是真的，那我真的很看不起你。”

“这个已经无所谓了。是你们让我找到了重新站起来的勇气，也让我知道了，我毁掉了自己最珍贵的东西，我错了！谢谢！”说完，他转身离开了地下室。

尚浮云没有说话，目送他离开，她发现自己的手中仍旧握着那把大锁。

……

常白丁对着那幅《迪奥的世界》中的魔鬼之眼呆呆出神。

整个宫殿此时已经开始坍塌，地面上出现了一道道的裂缝，但常白丁仍旧站在那幅画前一动不动。

突然，眼前的画开始慢慢褪色，渐渐地连画的形状都开始发生了变化，扭曲得像是一块烂泥蜷缩成了一团掉在地上。

此时一股白色的光芒从天花板射下，照在这团泥巴上，泥巴顿时像是被注入了生命，从中绽放出一朵白色的花，这朵花长得很怪，只见花，不见叶，花朵的所有花瓣则向外翻转着，像是倒垂着头发的少女。

常白丁一手摘下花朵，拿到鼻尖嗅了嗅，“师父，我终于找到了梦中的第一朵曼陀罗华，再找到七朵，也许我就能成为像你一样的解梦师了。”

就在那一瞬间，整个梦境的宫殿开始剧烈地摇晃起来，博物馆就像没有支架的躯体，突如其来地倒塌，不给人一丝喘息的时间。常白丁从容地闭上了眼睛。

……

彩票店里爆出了阿三的欢呼声，“常爷！你也太神了，说三个数就三个数啊，这笔钱够我花三个月了。”

“昨天多亏了你！调查出这么多内幕来。小爷还真是没白疼你！”常白丁的声音挺大，他好像恢复正常了，又变回了那个痞子。

阿三拍着胸脯说道：“咋说原来也当过刑警！这点事算啥啊，也就一盏茶的工夫就都搞定了！”

“你少给我吹牛，告诉你！这钱不许拿去赌！我这两个月不会告诉你新的号码了。”

“知道了！常爷，给您鞠躬！”阿三说着给常白丁鞠了个躬，便跑出了彩票店。

当他出门的时候，仍旧看了一眼尚浮云，口中喃喃道：“妈的，邪门了！怎么又撞上了！”

尚浮云刚想问两句，为什么阿三每次见到她时，都说奇奇怪怪的话。

但阿三的屁股被常白丁狠狠地踢了一脚，一个踉跄就飞了出去，他没站稳，扭头对两个人笑了笑，便一溜烟跑了。

常白丁走出了彩票店，他不知道什么时候，又换回了那身邋邋遢遢的衣服，“这家伙原来是个刑警！因为受贿，丢了公职，整天无所事事的就泡在这个彩票店里。不过，他的外号鹰眼，调查能力很强，所以，我用他为我做一些基础的调查工作！画家的底细和他女朋友的事，都是他调查出来的。”

“那你为什么不直接告诉罗凯真相？”

常白丁嘴一撇，“我靠！小姐，我再说一遍，小爷这是生意，不把事给他搞悬一点，让大家都知道知道小爷的本事，以后谁还找我断梦啊？再说，我和罗凯的约定是把他的梦变成彩色的，帮他找灵感，不是帮他找真相。”

“好了，说不过你！我是来还钥匙的！”尚浮云说着，便把那把钥匙拿了出来，递给了常白丁。

常白丁一翻白眼，“干吗还，想来就来呗，小爷每天晚上都等着你！”

“流氓！反正东西还你！还有我要警告你，不管你用的什么方法，以后别再用这种方式给我东西。”

常白丁一点都没有理会尚浮云刚才说的话，“真不用还了！以后你用它的时候多着呢！跟小爷入梦了一次，现在不想走了吧？”

“范老师说得对，你可能真的是对我研究有帮助的人。”尚浮云的嘴边露出了一丝微笑，虽然这笑容一闪而过。

“美女，别说的这么勉强好不好？不过，我也想让你留下来帮我！”

“帮你？我有什么能帮你的……”尚浮云又警惕了起来。

“你的脸蛋当然是一个重要原因啦！”说完，常白丁伸着脖子，又开始近距离地盯着尚浮云看。

尚浮云一扬手，把他的脸拨到了旁边，“是因为我是心理医生？而且我会催眠术？”

“行了吧，你那些所谓的催眠术，不过是些三脚猫的功夫，我想留你，是因为你是能进入第四层梦境的人。”

“第四层梦境？什么意思？”尚浮云见常白丁又说了个自己连听都没听过的新词语，她很兴奋。

“第四层梦啊！就是……哎，坏了！坏了！晚了，都是因为你，耽误小爷的事了！”常白丁一边跑着，一边骂着。

“你干什么去？”

“快十一点半了！股市快停盘了！”常白丁疯跑着离开了彩票店，中途他的拖鞋又掉了几次。

尚浮云没有追，她冷笑一声，“能用几秒钟就把股票总市值算出来的人，却忘了今天是周六！真是笑话！”她说完，打开手掌，看了看手中的钥匙！

第二章　双生花开

女孩睁开眼睛时，发现自己穿着睡衣，正孤零零地站在悬崖之巅。夜空中点点繁星，镶嵌在蓝黑色的苍穹上。月光照在崖顶上，折射出一股银白色的反光。

她正在不知所措之时，突然天空黑云密布，狂风卷着一些沙砾，在山谷中呼啸而过，与空气摩擦出了一种令人恐怖的沙沙响声。

女孩睁开眼睛时，发现自己穿着睡衣，正孤零零地站在悬崖之巅。夜空中点点繁星，镶嵌在蓝黑色的苍穹上。月光照在崖顶上，折射出一股银白色的反光。

她正在不知所措之时，突然天空黑云密布，狂风卷着一些沙砾，在山谷中呼啸而过，与空气摩擦出了一种令人恐怖的沙沙响声。

悬崖边种着一棵高大的歪脖松树，看样子足有几百年的树龄。这股邪风像是街边打架的流氓习惯先揪着对方的头发一样，它“拽”着树冠，貌似想把它扔进万劫不复的深渊中。

女孩的身子有些冷，她抱着肩膀，任由凛冽的风拍打着她稚嫩的面庞。

呵呵呵！呵呵！呵呵呵！呵呵！

一阵孩子银铃般的笑声，随着回旋的风在女孩耳边回响了起来。

听到这个声音，女孩有些耳鸣，浑身颤巍巍的，双臂抱得更紧了。

“你是叫王婷婷吗？”那个声音再次响了起来。

女孩左右环顾，什么都没有。但她又看了看脚下，一道黑影从自己脚下穿过，她能感觉到自己的背后有一股微弱的呼吸。

女孩全身发抖，战战兢兢地回过头，她发现自己的背后还站着一个女孩，而当她仔细观察这个女孩的五官时，表情突然僵住了。

背后的女孩不仅穿着和自己一模一样，连长相也和自己一模一样。

对面的女孩微笑着看着她，没有任何动作，这让女孩怀疑她是不是在照镜子。

猛烈的风吹散了两个人的头发，比起自己的一脸病容，对面女孩的脸上堆满了灿烂的笑容，这让她相信对面的那个女孩不是她自己。

她又把手试探性地伸了过去，当她触碰到对面女孩的红扑扑的脸庞时，一股暖流深深注入到了她的血液中，透彻心扉。

对面的女孩笑了笑，再次重复了一遍自己的问题，“你是叫王婷婷吗？”

女孩点了点头，“我是！你是谁？为什么和我长得一模一样？”

“我是你的姐姐啊！”对面女孩笑了，她的笑容是那么灿烂。

“姐姐？”王婷婷睁大了眼睛。

“对！是双胞胎姐姐！”

王婷婷警惕地倒退了两步，“我怎么没听妈妈说过。”

“我……”对面女孩刚想说些什么，突然一阵阴冷的黑雾伴随着一道闪电降临了人间。

当它快要接近地面的时候，突然开始膨胀了起来，逐渐化成了一道黑色的旋风。

这股旋风像是一种智慧生命，它跳过了王婷婷，朝着对面女孩的位置，直冲而来。

“啊！”伴随着一声女孩的尖叫声，她被风卷了起来，在半空中被悠来悠去。

王婷婷扬着头，急切地观察着“姐姐”的安危，但是她却怎么也喊不出声来。

突然旋风像一只追逐玩具的宠物狗，一下子被别的东西吸引，而对“姐姐”失去了兴趣，它转而远去，把“姐姐”抛向半空。

这个抛掷的位置像是“黑旋风”计算好的，她紧紧擦着悬崖的边缘坠了下去。

“啊！”王婷婷赶紧伸出右手，死死抓住了“姐姐”的胳膊，但是危情并没有逆转，巨大的重力，让王婷婷的手臂有些吃不消，而“姐姐”还在一点点地下滑。

“抓住我！”王婷婷重重摔在山崖上，手却没有松开，“姐姐”此时已经挂在了悬崖之下，王婷婷的手变成了她的一线生机。

“姐姐”拼命地摇着头，“放开我，婷婷！这样你会掉下去的。”

“不！我不要！”王婷婷也拼命地摇着头，她的身体朝着崖边移动，眼看着她就要被一起拽下山崖，好在她一把揽住了崖边的那棵歪脖松树的树干。

“记住，婷婷，姐姐的名字叫王蓉蓉！”姐姐的胳膊渐渐脱离了王婷婷的手，慢慢地，她的身体已经不受妹妹的掌控，坠了下去。

“姐姐！蓉蓉姐姐！”不知道为什么，王蓉蓉的下坠速度极慢，她的表情，王婷婷看得清清楚楚，这份表情里没有惊吓，没有恐惧，只有无比满足的笑容。

渐渐地，王蓉蓉消失在了黑色的深渊中。

“妈妈！爸爸！救救姐姐，救救蓉蓉姐姐！”王婷婷在床上大哭大叫起来。

妈妈听到了女儿的喊声，立即掀开被子，从床上跳下来。睡眼蒙眬的爸爸也随之坐了起来，他揉着眼睛正在分辨到底发生了什么事。

妈妈率先跑进了房间里，一把抱起女儿，抚摸着她的头，“宝贝儿，是不是做噩梦了？”

女儿一边哭一边接着喊：“妈妈，救救蓉蓉姐姐。”

“蓉蓉？”此时，慢了一步进房间的父亲刚才还满脸的困倦之意被“蓉蓉”这两个字刺激得荡然无存。他走近女儿，关切地问道：“蓉蓉？你梦到的？”

王婷婷点了点头，“是个跟我长得一模一样的女孩，她掉下山崖去了，我好害怕！爸爸，你救她！”

妈妈把女儿搂在怀中，“宝贝儿，刚才是在做梦！别害怕，别害怕。”

爸爸却没有妈妈那么轻松，他皱着眉头，若有所思，口中喃喃道：“难道是蓉蓉回来了？”

妈妈听到这话，立刻抬起头来用严厉的眼神警告他不要再说下去了……

1

常白丁指着锦旗上的字，一个字一个字地念了出来：“春……秋……大……梦！”

看着这样“哭笑不得”的锦旗，尚浮云在一旁忍俊不禁，咯咯地笑出了声来。

“他妈的，这是谁送的？夸我呢！还是骂我呢？”常白丁看着锦旗发呆，锦旗下边也没个落款，也不知道是谁送来的。

“你去彩票店的时候，有个快递小哥送来的，我看你不在，就替你签收了，邮寄单上面也没写谁邮寄的。”

“太没文化了！”常白丁把墙上一本已经过期了五年的挂历摘了下来，把锦旗挂在了上面。

“嫌没文化，还挂它干吗？”

“怎么说也是个荣誉！好多年没有人送这玩意了！”

“之前还有人送过？”

常白丁的脸上浮现出一股轻浮的表情，“小爷我当初，什么样的锦旗没见过，什么人民卫士啦！无私奉献啦！为民服务啦！解梦大师啦……”他说得手舞足蹈，空中白沫纷飞。

“给神棍送锦旗，我这还是头一次听说！”尚浮云虽然忍住了笑，由于惯性，她的脸上还是有一丝微微的抽搐。

“算了，好汉不提当年勇！”常白丁摆了摆手，然后点燃了一根烟，一边目不转睛地盯着锦旗，一边吐着烟气。

此时，门外传来了一阵呼叫声，“常爷在吗？”

“谁啊？”常白丁答应了一声。

尚浮云听着这声音很耳熟，便伸着脖子朝外看了看。

罗凯大步流星地走了进来，虽然他的脸上仍旧没有一点表情，但是看得出，笼罩他多日的阴云已经散去。

“呦？画家！”常白丁一看是他，便满脸堆起了笑容。

尚浮云一看是罗凯，因为上次奚落过他，而且挺看不起这种男人，本想避而不见，却已经来不及了，所以表情上多少有些尴尬。但罗凯显然没有在意，他冲尚浮云点了点头，便直奔常白丁而来。

“常爷！这是上次断梦的钱。”罗凯拎着一个皮包，从里边掏出了两捆钱放在常白丁跟前的茶几上，上面打着银行的封条，一看就是刚取的。

“断个梦两万块？”尚浮云终于知道了常白丁的心肠有多黑。

“这有什么大惊小怪的！你要找小爷我断梦，我就收两万dollar了！”常白丁伸出两根手指，嘿嘿一笑。

“这锦旗是你送的？”常白丁上下扫了扫罗凯，又指了指墙上的锦旗。

罗凯把头摇了摇。

“我料想一个艺术家也干不出这种事来！”说着，常白丁把两万元钱又推回给了罗凯，“钱你先拿着！”

“常爷嫌少？”罗凯的眉毛微微皱了一下，但是很快又恢复了平静。

“就算你欠我个人情吧！小爷我以后有些事，可能还得麻烦你帮忙。”

罗凯用诚恳的眼光看着罗凯，“如果想画肖像画，随时可以找我！”

“得了吧！”常白丁一边说一边用眼瞄了瞄尚浮云，然后凑到罗凯的耳边小声说道，“你看她合适不？能不能给小爷画一幅她的裸体画！你就把她想象成裸体就成。”

“啊？这就是您让我还的情？”罗凯睁大了眼睛看了看尚浮云。

尚浮云料想常白丁不会说什么好话，刚想发作，却被常白丁打断了。

“哪这么简单啊！两万块的情呢！”

“那常爷您说吧！想让我干什么？”

常白丁欲言又止，坐在那里把烟屁股抽到了过滤嘴才把它掐在烟灰缸里，一点点都没浪费。

“你的梦中出现了陆吾这种神兽，说明了一个问题。你是茅伯的后裔。”常白丁的表情突然变得庄重了起来。

罗凯瞪大了眼睛，“茅伯？那是什么人？”

常白丁对尚浮云使了个眼色，“美女，你肯定能回答这个问题！”

尚浮云很快接过了话茬儿：“茅伯是周公旦第三个儿子！被封为茅国的国君。茅国就在今天的山东省金乡县、微山县一带。”

“嘿，博学！小爷最佩服的就是你这点！”常白丁对尚浮云竖起了大拇指，对尚浮云深厚的知识功底表示赞许。

面对这样的评价尚浮云不知道是该高兴，还是该懊恼，反正是心情有些不上不下，但她的眉目间还是传递着一种骄傲的气息，像是在说“这算什么”。

常白丁挠了挠自己的头发，头屑犹如雪花乱舞，纷纷掉了下来，“茅伯还有个称号叫植梦人。”

“植梦人？”罗凯很疑惑。

尚浮云的心中疑云又起，“我记得东汉王符的《潜夫论·梦列》一书中提到过入梦和植梦两个词！但是这本书中，并没有具体解释这两个词的含义。入梦，你已经让我们见识过了，说吧，植梦又是怎么回事？”

“王符确实和本门有着一些瓜葛，不过他也只知道这里边的一点皮毛而已。”常白丁听到王符的名字很不屑，这和他对范教授的态度差不多。

尚浮云本来很讨厌常白丁这种蔑视权威的做派，要知道王符可是东汉时期的著名政治家和思想家。但是常白丁又常常能提出一些让人目瞪口呆的理论，他的知识体系比自己不知道要庞大多少倍。所以，她只能继续“不耻下问”，“我在问你植梦是怎么回事，谁让你评价王符了？”

“植梦吗？”常白丁故意拉长了声音，显然又要卖关子。

“请问有人在吗？”屋子的门口响起了一个男人的声音来。

三人回头望去，看见一对夫妻已经推门进来，站在了屋子中央，他们的身后还站着一个六七岁的小女孩，她面容清秀，这点显然来自她母亲的遗传。

她的母亲体型标准，穿着得体，是个不折不扣的素颜美人。

女孩扎着两条小辫，手中还抱着一个玩具熊。但是她一直微微低着头，脸色很难看。

尚浮云小声嘀咕了一句，“来生意了！”

“哪位是常爷？”孩子的爸爸推了推脸上的眼镜，他的眼镜片上反射出了一阵寒光。

常白丁站了起来，“我就是常白丁！请问有什么事吗？”

“我女儿做了一个怪梦！想请您来给断断！”显然，孩子的父亲很虔诚，至少表情上能表现得出来。

“规矩您懂？”

“这是羊脂油和蜜蜡。”说着，男人把一个纸包放在了桌子上。

“我这里收费可很贵的！”

男人的脸色平静如水，“只要您能开出个价来！就不是问题。”

2

女孩的父母并排坐在沙发上，女孩很有家教，低着头，拎着熊的胳膊，站在一旁默不作声。

罗凯似乎也没打算离开，他走到桌子旁已经泛黄的墙面前看了又看，然后从上衣口袋里掏出了半支铅笔，不知道他想干什么。

常白丁对他的怪异举动，毫不在意。

而尚浮云，靠在锦旗旁边的墙上，竖着耳朵聆听着这个梦境，经过上次的事件，她已经不敢再轻易插言，似乎只有聆听才是她在这间屋子里最好的选择。

常白丁一只手轻轻地摸着自己的下巴，坚硬的胡须，能给他的手掌一些刺痛感，这使他可以全神贯注地倾听顾客的梦。

整个事件完全是父亲在陈述，母亲和女孩则一言不发。

这个女孩很快引起了尚浮云的注意，她只有六七岁的样子，脸色白得有些瘆人，嘴唇呈一种黑紫色！像是心脏有什么问题。她的精神有些萎靡，尚浮云从她呆滞的表情里能够推测出她可能做了一个匪夷所思的梦，而且这个梦和她的疾病有着巨大的联系。

“我女儿叫王婷婷，今年六岁了，身体单薄，我让她晚上了一年学。”孩子父亲的语气沉稳而有个性，带有一种强烈的“纯爷们儿”的气息，看得出他应该是一个成功人士。

“我的女儿因为一直受到病痛的困扰，所以她的一半时间都躺在病床上，再加上她的周围也没有什么朋友，所以情绪一直很低落。”女孩的父亲一边说，眼睛一边观察着常白丁的反应。

常白丁眨了眨眼睛，意思是他正在听，请继续。

“最近，我女儿总在做一个梦！梦见自己在悬崖边，此时另外一个女孩也出现在了她的梦中，这个女孩后来就掉下悬崖去了，我女儿无论怎么拉也拉不住！那个女孩就这么掉下去了。”

常白丁从烟盒里抽出了一根烟，但是看了看小女孩，又把香烟顶了回去，“梦到悬崖，主大凶！”

“我知道做这样的梦肯定不会有什么好事。但是如果只是这么简单，我们也犯不着托了这么多关系，来找常爷您断梦了。”

找他断梦还要托关系？难道之前在他门前吃闭门羹的那两个中年妇女是没找对他的门路？尚浮云起初只认为常白丁是个穷困潦倒的、靠断梦糊口的神棍而已，但一件又一件的事实证明，自己可能严重低估了这个人的能量。

常白丁耸了耸肩膀，“抱歉！打断你了，请继续！”

此时，罗凯竟然用铅笔在墙面上做起画来，尚浮云偷看了几眼常白丁，他好像并不在意。

“据我女儿说，梦里的那个女孩跟我女儿长得一模一样，还自称是我女儿的姐姐。”

尚浮云认为这个梦还是不难理解的，根据弗洛伊德的理论，梦是心灵深处被长久控制的潜意识的体现，现在的独生子女家庭里，由于小伙伴的缺失，每个孩子都希望自己有一个兄弟姐妹，女孩没法想象出自己的兄弟姐妹到底长什么样子，就照着自己样子复刻了一个。这是完全符合梦境逻辑的，但是，悬崖又代表什么呢？很可能是，她对突然出现了一个另外的兄弟姐妹，产生了一种恐慌感。梦中的姐姐掉下悬崖说明，女孩在潜意识中很可能是不愿意让别人分享父母对自己的爱，这种自私的负情绪创造了梦中的这个情节。

常白丁一脸严肃地说：“梦中见到和自己长得一模一样的人，更是不祥之兆！”

女孩的父亲把身体凑了过来，“是吗？这也是《周公解梦》里说的？”

常白丁显得很淡定，但声音很细，像是下面这几句话只想让孩子的父亲听到，“不！这是一个国外的传说，英国诗人雪莱在湖畔遇到自己的分身后次日身亡，世传凡目击分身者数日内必死。”

听到常白丁连这样的典故都知道，尚浮云就开始怀疑他平常那一份痞子相都是装出来的，但是他干吗要把自己伪装成一个痞子呢？

听到常白丁的话，女孩的母亲把女孩叫了过来，死死抓着她的手不放。

女孩父亲晃了晃手，“不是什么分身啦！婷婷梦中见到的那个女孩可能真的是她的姐姐，也就是我另外一个女儿。她们是双胞胎姐妹。”

“What？”尚浮云这才觉得这个梦境果然不寻常。而在一旁作画的罗凯也突然停下了手中的铅笔，在短暂的停笔后，很快他又恢复了画作，这一次他的手越来越快了，像是一个疯子勾绘着这幅画。

常白丁再也按捺不住，把刚刚放回去的香烟又抽了出来，但他只是含在嘴里，没有点燃，“妹妹梦到姐姐，这不是很正常的事情吗？”

“这有个隐情！”女孩的父亲很显然有一点难言之隐。

“说说看！”

“我家的两个孩子出生时前后相差了十个小时。”

“十个小时？”常白丁显然也对这个时间距离非常惊讶。

“嗯！婷婷的姐姐出生后，医生才发现婷婷的胎位有问题，一时难产，当时的情况特别危险，医生忙活了十个小时，孩子才安全降生。可就在这十个小时里，不幸的事发生了。”

“怎么？”常白丁眉头一皱，显然是被婷婷爸爸的话吸引了。

“由于护士的失误，之前生下来的那个孩子，也就是婷婷的姐姐……丢了。”

常白丁表情严峻起来，尚浮云也觉得这件事有点蹊跷，她摸了摸额头，然后从指间的缝隙中观察着这一家三口的表情。

父亲的讲述仍旧有条不紊，丝毫没有受到情绪的影响，“刚生下来的女儿被放在了一个婴儿间中，其中一个值班的护士那天有事请了假，所以婴儿的护理间当时只有一个护士值班！那个护士去接了一个电话，结果再回来的时候，我的女儿就不见了！”

罗凯停下了手中的笔，而尚浮云也正在思索着什么。

“遇到拍花子的了吧？”常白丁的声音很微弱，像是生怕刺激到对面三个人的哪根神经。

“什么叫拍花子？”女孩的父亲扶了扶眼镜。

尚浮云解释道：“这是北京土语，就是人贩子的意思！”

女孩的父亲这才明白，他将衬衣最上面的扣子解开，松了口气，“哦！是！当时一共有六个新生儿被偷！很可能是个专门盗窃婴儿的犯罪团伙干的！事后也证明了那个请假的护士是有问题的，她在案发后便人间蒸发了，而那个叫走另外一个护士的电话，后来也被证实是这个犯罪团伙的人打的！”

“其余的五个婴儿都先后获救了，只有我们家蓉蓉，到现在都没有音信。”，说到这，女孩的母亲已经掩面而泣。

孩子的父亲一把搂住了她，表情里也带有一种难以名状的痛苦，显然这是这个家庭不愿回忆的过去。但是婷婷的父亲很快就用面部肌肉把这份痛苦掩埋了起来。

屋子中的空气立刻凝结了起来，只听到罗凯的画笔发出的沙沙声。

过了好一会，也没人说话。尚浮云此时终于按捺不住，沉寂被她打破了：“从梦的角度上来说，即便是没有见过面，妹妹梦见姐姐这也很正常啊！再说他们是双胞胎！”

孩子的父亲似乎知道她会这么说，他的作答就像早有准备一样，“关键是，我们根本没有告诉过婷婷她还有个姐姐！”

常白丁终于把那根烟点上了，不过他只是深深吸了一口，就把烟掐灭在他用易拉罐做的烟灰缸中。

此时，女孩的母亲终于说了话，她的声音甜美婉转，伴随着些许哭腔，更显得憔悴可怜，“我们在结婚前把两个孩子的名字都想好了，我的名字叫蓉婷，所以我们夫妻就约定，如果两个都是女孩，就叫蓉蓉和婷婷。可是没有想到，孩子就这么丢了！婷婷难产，生出来后就发现有先天性心脏病，出生后的两年，她几乎就没离开过医院。她经过了几次心脏手术，差点就挺不过来了，这之后她就一直呆在家里，我们从来没有跟她提过她还有个姐姐，更没有告诉过她，她姐姐叫蓉蓉。”

尚浮云也觉得这件事很不可思议，孩子是生下来就丢了，不可能留下影像、照片之类的材料，除了警局不可能留下什么相应的记录，如果父母不说，这么小的孩子恐怕是不可能知道这件事的。这么一来，刚才她所做的推断就完全不成立!

婷婷的妈妈用断断续续的哭腔继续陈述着当年的不幸，“我和我先生找了整整两年，但是警察那头都说，没希望了，这孩子被偷走时太小了，即便她长大了，也只会认养她的父母，而不会再认我们了。后来，婷婷也长大了，所以我和我先生就下定决心放弃寻找蓉蓉，而全身心地把婷婷养育长大。”

尚浮云突然问道：“孩子的爷爷、奶奶和姥姥、姥爷呢？他们没有对孩子吐露过什么吗？”

“我和我先生在北京创业，父母都在老家，他们身体都不好，所以就连坐月子时，我们也没让他们过来。为了不让他们担心，我们也从来没有告诉过他们我们丢过孩子的事，只说孩子生了，就是婷婷，所以消息也不可能是他们透露的。我生完孩子后，就没再管生意上的事，二十四小时陪护着我的孩子，这孩子一时一刻都没有离开过我。所以，我肯定，没有人对她提过这件事。”婷婷妈妈的情绪变得越来越激动，语速也越来越快，此时她空洞的眼窝里只能读到“孩子”两个字。

尚浮云从墙边走了过来，冲着婷婷妈妈发起了质问，“孩子不是因为身体原因才不上小学的，而是你不想让她去上学的，对吗？”

婷婷妈妈低下了头，握着女儿的手攥得越来越紧了。婷婷显然被她抓得很疼，但是她一直忍着，不敢叫出声来。

父亲发现了女儿的痛苦表情，走过去，想把母女两个人的手慢慢分开，但是婷婷妈妈还是握得很紧，他摇了摇头，使劲一掰，手终于分开了，他把女儿带到了自己的一边。

尚浮云走到婷婷身边，半蹲在她的身前，细声细语地说道："小朋友，你叫婷婷对吧？"

婷婷缓缓地点点头。

"那阿姨问你几个问题？"

婷婷看了看他的父母。她的父亲认为尚浮云肯定是常白丁的助手或是朋友，所以对她点了点头。

"你这个梦，做了多长时间了？"

婷婷掐着手指，小声说道："五天了！"

"五天一直都在做这个梦吗？"

"只要是睡着了就会做！午觉和晚上都会梦到。"婷婷虽然一脸病容，但是当她用那双清澈无邪的眼睛直视你的时候，是那么的招人怜爱。

"梦中你看清那个女孩的脸了，是吗？"

婷婷点了点头，"嗯，和我长得一模一样。"

"平常，婷婷爱照镜子吗？"

婷婷摇了摇头，她能用肢体动作表述的话，几乎不用语言。

"梦里的你，和你的穿着也一模一样。"

"嗯！"这次她连嘴皮都不愿意张。

"你确定之前从来不知道你姐姐的事，或者说你爸爸妈妈曾经私下里谈过这件事，被你无意中听到过？"

婷婷的妈妈像是受到了巨大的刺激，突然站了起来，眼睛里冒着血丝，她刚才那楚楚动人的模样，瞬间换成了一张魔鬼的面庞，"你什么意思？不相信我们说的话吗？"

婷婷爸爸还算理智，把妻子笼在一旁，"这位小姐，我不知道你为什么会这么问，请你尊重一下我们的感情好不好？"

"这也正是我想知道的！请你们如实回答。"常白丁突然开了口，他面若冰霜，向夫妻俩泼了盆冷水。

婷婷的爸爸抿了抿嘴唇，他显然不喜欢这么被问，但是思量再三，他还是压住了火气，“我发誓我和我的妻子从来没有再谈论过这件事，因为这也是我们不愿意提及的伤痛。”

“Sorry！”尚浮云松了松肩膀，继续说道：“从弗洛伊德的理论来说，在一段时间内重复一个梦，是有心结的表现。而梦见有人坠崖，也是在内心深处一种压力的释放。这些都不足为奇，但是，如果有人在梦里说过你一件从来没听说过，却又真实存在的事，这在理论上是不可能的，完全违背了……”

“闭嘴吧！”常白丁突然粗暴地打断了尚浮云的话。

尚浮云被他惊得满脸通红，一阵委屈。心中暗骂：该死的常白丁，简直就是精神分裂症患者，刚才还像个深沉的学者呢，这会又变成痞子了，还是那种带有点暴虐倾向的痞子。这么比较起来，她还是更喜欢梦中的常白丁，可惜那个形象只出现在梦里。

“你们去过心理诊所了吧？”常白丁盯着婷婷爸爸的眼睛。

他缓缓点点头，“去过了，说法和刚才那位女士一样！那些心理医生也在怀疑是我们无意中透露了给了孩子这件事的某些细节，但是我发誓我们没有。”

“这件事，心理医生是没法解释的。但是我可以给你个交代。”

“太好了！常爷，这个梦到底预示着什么呢？”

“这个暂时不能跟你说，明天早上八点，还来小爷我这里！记住，只让你女儿一个人来。”最后一句话，常白丁故意放慢了语速。

“不行，可这孩子从来都没离开过我的视线。”婷婷母亲用一种要杀了常白丁的眼神，死死盯着他。

“我再说一遍，明天让这孩子一个人来，否则，我就不会告诉你们这个梦背后隐藏了什么秘密。”常白丁故意把后面这句话的语速放慢，“这个梦对你们一家三口来说，有着不同寻常的意义。”

“神棍！我们再也不来了！”婷婷妈妈拉起孩子的手就要走。

“随你！”常白丁眼皮都不抬一下，他的沉默就是一道“逐客令”。

“等等！”婷婷爸爸站起来拉住了妻子的手，他说话时的气势颇有男人气概，他的女人立即停下了脚步，“既然我们来了，就应该信常爷！不信常爷也应该信中间人！”

中间人？一个断梦的，还有经纪人？尚浮云在想怎么和常白丁在一起总能听到点儿新鲜事！

婷婷爸爸看了看常白丁，叹了口气，“常爷，刚才我妻子失礼了，您也知道丢了孩子的家庭，都有这么点神经质……自从蓉蓉丢了后，婷婷这孩子我们从来没撒过手。我们真怕再失去这个女儿。不过，您放心，明天八点婷婷准时到！”

“人送到这门口，这位美女会在门口负责接孩子。”常白丁一指尚浮云，“你们把孩子交给她，就可以离开了，十一点钟，你们俩再来我店里接她走就是了！放心吧，孩子不会丢的。”

尚浮云觉得自己很没面子，自己一个堂堂的医学博士，在常白丁这里变成了被他呼来唤去的打杂小厮。

“对了，还有几个问题，”常白丁揉了揉眼睛，无精打采地问道。

婷婷的妈妈把女儿放了下来，背对着常白丁，说不出话来，听得出她在抽泣。

“您说！”婷婷的爸爸还算冷静，但是看得出他的情绪也有了一丝波动。

“把你两个女儿的生辰八字都告诉我！”

“两个？”

“对！婷婷和蓉蓉两个我都要！”

“婷婷是2008年8月14日上午9点出生的，蓉蓉因为没有正式的出生记录，我只记得他比蓉蓉早十个小时，是前一天的深夜十一点多。”

“这么算来，姐姐的生日是阳历的2008年8月13日夜里11点钟。”常白丁的手掐指一算，“也就是说妹妹的八字是戊子、庚申、丙戌、癸巳，五行：土水、金金、火土、水火、缺木。姐姐就是……”

此时，罗凯好像也已经完成了画作！他的脸上仍旧没有表情，墙上面一幅精致的铅笔素描呈现了出来。

尚浮云看得清清楚楚，画很逼真，画的是在悬崖边，婷婷伸出手，一边哭一边呼喊，而和她长得一模一样的女孩，正在朝着山下跌落，那张脸被恐惧扭曲得不成样子。整个场景描绘得就跟他亲眼所见一般。

婷婷看到这幅画，突然哇哇大哭起来，她使劲摇晃着常白丁的胳膊，“救救姐姐！救救蓉蓉姐姐！”

“常爷，她一做完这个梦就会这样大哭大闹的。”显然，婷婷爸爸在哀求常白丁能不能给自己想想办法，让女儿别这么痛苦。

“我给你个偏方！你买一个羊心，玫瑰花50克，藏红花6克。羊心洗净切片备用，玫瑰花捣烂取汁，放人小锅内，加清水、红花略煮片刻，这汁里加点盐。然后把羊心串在不锈钢烤针上，蘸玫瑰花汁在火上翻烤，至羊心熟透，让孩子吃了，今晚便可安然入睡，放心，肯定是一夜无梦。”

尚浮云心想这不就是街边卖的烤羊心吗？玫瑰花和藏红花据自己读的药典中说，补脑安神倒是有一些疗效，能让人一夜不做梦，这也太玄乎了。常白丁这人真让人捉摸不透。

但婷婷爸爸似乎对他深信不疑，他把这个简单的药方默念了一遍，“我记下了！明天孩子就拜托您了！”

常白丁轻描淡写地说道：“放心，我会好好照顾她的！”

婷婷爸爸刚想走，却好像突然想起了什么来，“差点忘了！常爷，中间人还让我给你带来四个字，我不太明白是什么意思，什么曼……”

“曼珠沙华？还是曼陀罗华？”说完，常白丁的嘴角露出了一丝别有深意的诡笑。

婷婷爸爸挠了挠脑顶的头发，“是曼珠沙华，因为不明白是什么意思，也不知道是哪几个字，我背了好几遍才背下来。”

“曼珠沙华？梦幻花？”听到这个词，尚浮云皱紧了眉头，这个花名似乎对她别有意义。

3

尚浮云气得直跺脚，“你到底在想什么？”

在婷婷和她的父母走后，将近一个小时的时间里，常白丁两眼发直，盯着墙壁上罗凯的画，看了又看。

罗凯也没走，坐在沙发上闭目养神，似乎是在坐等常白丁发表对自己这幅大作的意见。

听到尚浮云大发雷霆，常白丁并没有理会她，而是对罗凯说道：“画家，你这画有一点问题啊！”

“哦？”罗凯显然对自己的作品很有自信。

常白丁指了指王蓉蓉的脸，“这张脸你画得也太难看了，挺漂亮的一个小姑娘，小爷我觉得她当时应该是很幸福的样子才对，你应该画上一张笑脸。”

“你要是从悬崖上掉下去，还能笑得出来？”尚浮云眼中冒起了三昧真火，真想上去踢他两脚！

“没试过！不过小爷推断的事，一般是八九不离十！”很显然，“男神”常白丁又消失了，那个痞子再次附身。

“你的根据是什么？”

“根据？小爷我断梦多年，这样的梦没见过一千，也有八百！这叫经验，经验！伊克斯拍润丝！懂吗？”常白丁再次向尚浮云展现了他蹩脚的英文。

“是Experience（经验）！大话王！”尚浮云一脸不屑。

常白丁转过头，这会儿表情倒是很郑重，“画家，明儿这事就得请你帮个小忙！”

“常爷您有什么要帮忙的，尽管说！”罗凯虽然话不多，但句句掷地有声。

“刚才跟你们说到了一半，植梦的事……”

“什么一半，压根就没说！”尚浮云还在努力平复自己的心情，但一听这话，火气又被勾了上来。

“好吧！现在小爷就跟你们仔细讲讲，什么叫植梦！”常白丁一边说一边晃起了脑袋，“小爷我这身解梦的功夫，虽然厉害，但却是一点一点跟着师父学的，那时候，为了学能耐，什么苦没吃过……”

“说重点！”尚浮云的额头上绷起了一根青筋，显然已经忍无可忍。

“好吧！好吧！小爷学的东西，你们之前也见识过了，叫作入梦，也就是带大家进入梦境。”

尚浮云不再说话，因为她知道这些话，常白丁并不是在胡诌。

常白丁又一指罗凯，“这家伙可就厉害了！他身上的能耐不是学来的，而是遗传了先辈的优良基因，被赋予了一种独特的能力。”说这话时，常白丁的语气显得很神秘。

罗凯仍旧不苟言笑，“除了那个画廊的梦外，我没觉得自己做的梦和别人有什么不一样。”

常白丁冲着罗凯说道：“你自己的梦当然显不出什么来，但是当你进入别人的梦时，可就不一样了。像我们入梦，那是人家做什么梦，我们就得跟着做什么，完全被人家做梦的人牵着鼻子走。但是你不一样，你可以通过你的想象，改变别人的梦境。”

尚浮云终于安静了下来，重新开始审视常白丁所说的话，“你是说，画家可以把自己的梦境植入到他人的梦中，这就叫植梦？”

常白丁说着就要拍尚浮云的肩膀，“孺子牛可教！”

尚浮云早防着他来侵犯自己，躲得远远的，让他拍了个空，口中讥讽道：“是孺子可教！白痴！”虽然这么说，但她知道这是常白丁故意说错的。

尚浮云突然像是想到了什么，“可是我们在罗凯的梦中不也创造出了一些我们可以利用的武器吗？这算不算植梦？”

“当然不算！美女，你还记不记得，你我入梦前手里都拿着什么？”

尚浮云仔细回忆了一下，突然眼前一亮，“我拿着锁头，而你拿着拂尘。”

“没错！你我，只不过是通过实物，在梦中幻化出了武器，还有我们穿的衣服，也是这个道理，这不叫植梦！而是王符书里提到的另外一个词儿，叫象梦。”

尚浮云仔细回忆《潜夫论》这本书里，确实有这么个词，“也就是我们入梦前贴身的东西，都可以在梦中有所变化，可是只限与自己身体接触的东西，这就叫象梦。”

“孺子牛可教！”

尚浮云懒得再纠正他，因为她正在想一件事，“当时在进入罗凯的梦后，我曾想如果能有辆奔驰开着该多好，但是无论她怎么想，奔驰都没有出现。也就是说在梦中变出汽车来就属于植梦的范围？”

“这种事我们就做不到，但是他就能做到。”常白丁又指了指罗凯。

尚浮云心中的这个疑团终于解开了。可是，她很快又有了新的疑问，“我俩在梦中，让悬崖变成了和地面平行的状态，这难道也不是植梦吗？”

“这叫御梦，就是在梦中控制你的思维和身体的能力！因为梦不受地球重力的影响，只要梦中事物的形态不改变，我们都可以在空间上随便更改他的坐标轴，但是这也必须遵循物理学的一些规律。御梦还有很多种形式，比如想在梦中跑得更快，跳得更高，这些都叫御梦，完全可以通过脑力训练完成，但是这些提高也必须都在人体机能的范畴之内。当我们进了别人的梦时，谁也不可能把自己变成神通广大的孙猴子！就算我们是孙猴子，人家做梦的人才是梦里的老大，是如来佛祖，想什么时候把咱们捏死都行！”

尚浮云的眼睛转来转去，她在联想着很多有意思的假设，“也就是说，植梦人是可以和做梦的本体人格对抗的那个人喽！”

罗凯仍旧面无表情，但是看得出他也很激动。

“完全不是那么回事儿！”常白丁用异常坚定的语气，否定了尚浮云的判断。

“哦？”

“植梦者只是可以把自己或者任何梦中的本体伪装成各种东西，也可以在他人的梦中变化出各种自己想要的东西来。但是本质上来说，这些也都是幻象，虽然也具备一定的攻击力，但更多的只能起到迷惑作用，遇到了厉害的梦魔，照样玩儿完！”

“孙悟空虽然会七十二变！但是遇上二郎神这种厉害的角色，还是会让哮天犬咬了尾巴。”尚浮云的脑袋里豁然开朗，常白丁所说的这些话酷似疯言妄语，在经过上次入梦后，她觉得其中很多理论好像很符合逻辑。

“这一次，我们进入那个女孩子的梦，必须是秘密潜入，所以需要有人为我们伪装！邀画家来，就是帮我们干这个的！”

“我觉得这是多此一举！”尚浮云始终对罗凯抱有成见，她不太愿意和他共事，“上一次那么多厉害的梦魔，我们还不是化险为夷？再说这么小的孩子，即便是她能造出梦魔，能有多厉害？”

“这次任务的难点并不是梦魔。而是梦中出现的姐姐到底是谁？”

“难道那个姐姐不是婷婷创造出来的影像？”尚浮云的想法一个接一个地被常白丁否定，心中不爽。

“美女你有没有想过，如果刚才婷婷父母说的都是真的，该怎么解释这个梦？”

“我会首先想梦中出现的蓉蓉到底是谁？难道……”尚浮云的脑袋里突然冒出来了一个大胆的想法。

常白丁见自己的点拨起了作用，便继续往下说道：“你想的没错，小爷也怀疑掉下山崖的那个女孩，其实也是本体人格！换句话说，她和我们一样，都是入梦者！”

尚浮云的脑子有些乱，“蓉蓉入梦了？她也掌握了梦境穿越技术？”

常白丁摇了摇头，“这倒未必！入梦这事，可不是一般人能学的！小爷我也是跟着师父学了好多年，受了好多苦，才……”

“能不能别跑题？”尚浮云的脖子憋得发紫，她早就萌生了上去抽常白丁耳光的冲动。

常白丁挠了挠脑袋，终于又把话题拉回到了正轨，“在机缘巧合的条件下，很多人也能穿越别人的梦境。只不过，我掌握了相应的规律和方法，相对容易罢了！”

尚浮云顺着常白丁的思路，继续在想象的田野上奔驰，“这对姐妹是双胞胎！根据心理学和遗传学的理论，双胞胎很多时候，脑电波的频率相当接近，梦境互通也不是不可能的。这样解释，就完全能说得通了。”

“我也是这么想的！所以，咱们这次能帮助这个家庭找回失散的姐姐也说不定。”

“我听着都很兴奋！”尚浮云攥紧了双拳，做出想要大干一场的姿势。

“今天就到此为止，你们先走吧！小爷还得去趟彩票店！”常白丁又突然想起了什么。

“又去找那个阿三？”

“对！我去找阿三。”

“是要他帮忙调查，是谁偷走了当年的王蓉蓉吗？”

“开什么玩笑，警察查了这么多年都没有查到，他一个人怎么可能办得到？我是让他去查查那个女孩爸爸的背景。”

尚浮云拇指和食指一搓，发出了一声清亮的响指，“我也觉得那个家伙很可疑！”

“美女，你想哪去了？我是让阿三调查一下，她爸爸到底是干什么的，能给我多少钱？帮他找到女儿这么大的事，可不是个小数目。”

尚浮云气得咬牙切齿，“势利鬼！”

常白丁一点也不在意尚浮云的指责，“哎，对了，画家。你墙上画的这幅画值多少钱？”

“值不了多少钱！”罗凯的回答很简单。

常白丁刚刚还充满喜感的脸上，顿时阴云密布，“不值钱你在这瞎划拉什么？明天麻溜地把这面墙给我刷了。还有，别忘了，明天八点以前到！”

“好的！”罗凯板着脸，不知道他在答应哪件事情。

常白丁的心思显然已经不在这幅画上，他兴冲冲地出了门，门外传来了他飘渺的叫声：“美女，走时别忘锁门，破家值万贯……”

“这家伙！”尚浮云气愤难平，再看看身后那个永远都是一个表情的罗凯，她总有种说不上来的别扭，但是她忽然又想起了什么，“对了，神棍，梦幻花是怎么回事儿啊？”

此时，常白丁头也不回，不知道是没听见，还是不想回答这个问题。

4

尚浮云从来没有想过自己的梦境之旅会以这样的方式开始，也不知道遇到常白丁这个人到底是她的幸运还是不幸。

当天晚上，她和范教授通了电话，对他讲述了这几天的经历。

电话听筒里传来了范教授苍老的笑声，“浮云，看样子你对我介绍给你的这个人很满意哦！”

“老师，又不是介绍男朋友，没什么满意不满意的。我只是觉得这个人对我的研究很有价值。”

“那样也好！”范教授在电话那头突然停顿了一下，虽然看不到表情，但是尚浮云却觉得他似乎是话里有话。

“老师，我一直都想问您，您是怎么认识的常白丁的？”

“我认识他，比认识你还要早！不过，我和他有个约定，保守他的秘密。”

“男人间的那种约定？”

“算是吧！不过，浮云啊，有些话，我不得不提醒你。常白丁的确不是什么坏人！这点是毋庸置疑的。但像常白丁这样的男人，就像是一座酒池。开始时，你会被酒香吸引，踏进这座池子里饮上几口，慢慢地就上了瘾，但是当你越喝越多时，头就会越来越晕，这样下去你早晚会醉倒在这座酒池里，那样你就会有被淹死的危险。所以，你要懂得适可而止。”

“老师……我不太明白你的意思。”

“哈哈，有些事就像做梦一样，也说不得太明白了！也许你是千杯不醉的武松，能把他那座酒池吸干也说不定呢！”

“老师，您放心，我会谨记您的忠告！”尚浮云的脑海里突然闪过了一件事，“对了，我还有件事，想问您！”

“嗯，你说！”

“您还记得曼珠沙华吗？”

电话那头，范教授突然沉默了，不知道是在思索，还是不想说话。

“就是梦幻花！我记得我父亲临终前的几个月，去过一次日本，之后回来就把家中花盆里的所有的花都拔掉了，然后把能种花的地方都种满了这种曼珠沙华。我记得当时您到我家里来，还说我爸爸是着了什么魔怔。”

范教授那里沉默了好一会儿，才说道：“你怎么突然想起这件事来了？”

“今天，常白丁那有个顾客，突然提到了有人要给常白丁捎句话，说的就是曼珠沙华这四个字。我知道曼珠沙华是梵语，在《佛经》中是地狱之花的意思，它所指的就是父亲曾经疯狂种植过的这种梦幻花。我也不知道为什么，当时突然就联想到了这件事。”

“很久以前的事了，我也记不太清楚了，只是那时觉得你父亲的精神有些恍惚，至于他种的什么花，我还真没有太在意。”范教授在电话那头打着哈欠，似乎已经困了。

“可能是我想多了吧！老师您早点休息！”

撂下电话，尚浮云一直在思索着老师刚才的态度，似乎另有深意。但是，父亲种花这件事已经过去多年，怎么也不会和中间人与常白丁的这句暗语扯上什么关系的，所以她觉得也许是自己想多了。想到这，她又开始思考范教授对常白丁刚刚做出的评价。

常白丁绝对是个不简单的人物，在她的印象中，骗子、神棍这样的标签，已经被她完全抹去。现在，在她的眼里，常白丁只配得上两个字，那就是“神秘”！

常白丁所讲的这些千奇百怪的梦境知识到底是从何而来？他的这些知识显然已经形成了体系，但是自己虽然曾阅遍古籍，也没发现哪本书上记载过常白丁所说的理论。

更神秘的是，他又是跟谁学到的入梦这门技术的呢？范教授肯定知道，但是他不会说，自己也不好再问，所以还是只能从常白丁的身上寻找突破口。只不过，常白丁成天“满嘴跑火车”，谁知道他说的哪句是真，哪句是假。

尚浮云有些头痛，她沏了一杯绿茶，打开台灯，按动了电脑启动的开关，把这几日，常白丁透露出的零星的入梦理论，都记录在了一个word文档中，就连常白丁入梦时念叨的咒语，走的步子，她都一一记录在案。但是无论怎么联系，她都觉得这和自己研究的梦境穿越技术有着天壤之别，根本无法直接借鉴。

这就像是谁都知道数学是机械制造的基础，但是有多少人能说清楚，数学和一架飞机之间能有什么联系。虽然常白丁所讲的理论，听起来很有道理，但是他却对“如何利用数学造出飞机的过程”只字不提。这样下去的话，自己也只能是在他旁边看看热闹。

但正像范教授所说，常白丁的入梦术太诱人了，可以肯定，这就是她一直追求的梦境穿越的最佳状态。身临其境的美妙感受，让尚浮云欲罢不能，可以说她已经深深陷入到了这座“酒池”中。

既来之则安之！

所以，她下定决心，要像上班一样，整天泡在常白丁的店里盯紧他，就这么磨着，靠着，黏着他，即便他再讨厌自己，也绝不离开他半步，直到从他那里学会梦境穿越技术。

尚浮云保存了文档，又用优盘拷贝了一份，才关上了电脑。她躺在床上，迷迷糊糊的，各种想法在她的脑壳里上蹿下跳。

这一整夜，尚浮云做了好几个梦，她又梦到了父亲，这次并非父亲临终前的样子，他很年轻，站在高山上望着远方，他的四周长满了红色的梦幻花。自己那时还是个扎着马尾辫的小女孩，围着父亲的脚边转来转去，突然之间父亲拿出了一个针管，把一大瓶药剂吸入针管中，又把这一针管的药剂推入到了他左臂的静脉里去，刚才还无比快乐的小尚浮云，此时惊恐不已……不知道过了多久，她的梦中出现了一些奇怪服饰的人，这些衣服尚浮云认识，应该是宋朝的官服，他们山呼万岁。高高的台阶上站着一个身着皇袍的男人，大手一挥，说道：“爱卿平身！”她看得清楚，皇帝的龙袍上绣的不是团龙，而是梦幻花……然后她又进入了一个梦，梦中一个金甲将军交给了尚浮云一封书信，她清楚地记得，他满脸是血，从他焦急的表情中能体会到当时的情形已经十万火急，他要她把这封密函交给洛阳的刘总兵，关乎到皇帝的安全，而她打开信一看，上面只写了四个字，曼珠沙华……又过了一会，尚浮云发现自己站在了一片平原中间，一个士兵将一朵花送到了她的眼前，尚浮云看得清清楚楚，那是一朵梦幻花，她将梦幻花高高举过头顶，随后刺耳的锣鼓声几乎要把她的耳膜震碎……

尚浮云醒了，原来擂鼓的响声是闹钟发出来的“铃铃铃”的声音。

虽然从她家到常白丁的店里坐地铁只需要半个多小时的时间，但是她今天还要接王婷婷，可谓责任重大，所以她把闹表设定为了六点半。

尚浮云咬了两片面包，算是吃了早点，简单化妆后，披上了一件运动装便出门了。

她快走了一刻钟便到了地铁站，地铁站里还没有什么人。

几分钟后地铁到了，四号线地铁上难得这么清静。

呼啸而过的地铁带着她高速地运动，穿过漆黑的隧道时，窗外的广告宣传图动了起来，连贯成了一个简短的动画片。虽然画面并不稳定，但是完全可以看清楚它要表达的意思，是一对男女明星正在为一款游戏做的广告。

尚浮云此时在想，这多像是一场梦！如果站台是现实，那么隧道就是梦境，而地铁就是带自己穿越梦境的工具，它的速度让人脑海中的许多记忆串联成了一个梦。如果梦境穿越的原理能如此的直观该多好！想到这里，尚浮云的脸上浮现了些许惆怅。

“梦”很快就结束了，当她再重现光明的时候，菜市口站到了。

此时，才刚刚七点十分，尚浮云下了车，今天她终于可以轻松地坐一下地铁站的电梯，惬意地升入地面。

中国北方这两年的天气很不正常，虽然已是春末夏初，白天燥热，但是清晨依旧还有些寒冷。因为太早了，铁口胡同除了两家卖豆浆和油饼的早点铺外，都还没有开门。

王婷婷和他的父母显然还没到，尚浮云心里有点不踏实，他们还会不会把女儿送来？谁敢轻易把孩子就这么交给几个陌生人三个小时？况且他们家还丢过一个孩子。

如果真是这样，精明的常白丁可就要失去这单生意了，早知道应该提前收点定金才对，尚浮云突然觉得自己的想法怎么也变得如此市侩，这种事干吗为那个神棍着想呢，这让她脸色一下子变红了。

尚浮云看到常白丁门上的大锁发着呆，这锁是她昨天锁的，连锁的位置都没有变，看来常白丁并没有回来过。就这么傻等着，还真有些冷！所以，她打算在周围转转。

她突然想到在给罗凯断梦时，明明是自己从外面开的门，但是进去才发现常白丁和罗凯早已进了屋子，难道这间门面房还有其他的门吗？

由于是连排的院落，所以尚浮云只能绕到这一排平房的后边去看一看。这几天由于来去匆忙，她也没有心情多关注一下这个古老的胡同街区，一大片红色的砖墙已经脱落掉色，一种破败的沧桑感遁入眼帘。

她向左一转，走到门面房后边的胡同里，这是由两道砖墙砌成的死胡同，并没有发现其他的门，原来铁口胡同的结构是由两排平房背对背而建，平房的墙脊构成了胡同的通道。

她清楚地记得，那天她也曾仔细检查过那间菜窖改造成的地下室，也没有发现通往室外的暗门。外边上着锁，常白丁和罗凯又是怎么进去的呢？她一边想着，一边又围着这间房子绕了两圈，还是没发现什么特别之处。

又绕到了屋前的台阶上，门上的大锁还在原来的位置上。

不过，不知道什么时候，台阶上多了一个小碗，一只黑色的猫正在吃碗里的食物。见到黑猫，尚浮云便心中一沉。

在欧美国家也有一些象征祸福的动物，黑猫就是其中之一。传说，遇到黑猫的人身边会有亲近的人故去，所以黑猫在国外是不幸的象征。

猫哪来的？她不记得上次来的时候有什么小碗，也没见过什么猫，怎么自己离开一会儿，就有人来送食物？

这猫长得并不讨喜，它瘦骨嶙峋，却也并不怕人，只是抬头瞅了瞅尚浮云，丝毫没有戒心，又把头埋在了小碗中。

尚浮云知道时间还早，所以只能坐在台阶的另一边等王婷婷。她和猫之间保持了应有的距离，还算相安无事。

那只猫很快结束了进食，一黄一蓝的眼睛瞪着尚浮云，像是在监视她的一举一动。这眼神看得尚浮云心里有些发毛。

好在此时，王婷婷一家三口出现在胡同口。婷婷的爸爸看到尚浮云，径直走了过来。她的妈妈似乎还是有点不情愿，把女儿推在身前，自己的步子比女儿还慢。

尚浮云站起身来，对着王婷婷的爸爸淡然一笑，她自己都觉得这是一种虚伪的笑容。

而婷婷的爸爸也只是勉强点了点头。由于昨天的不愉快，婷婷的妈妈更是连看都不愿意看一眼尚浮云。

尚浮云毫不在意，走到婷婷面前，弯下了腰。

“婷婷，昨晚睡得好吗？”

婷婷点了点头。

婷婷爸爸转过头拉住了女儿的手，“常爷的偏方挺神！昨晚婷婷一个梦都没有做！”

“是吗！那太好了！孩子交给我就可以了。”尚浮云伸出了手。

婷婷看看爸爸，爸爸对她微微一笑，婷婷便撒开了爸爸的手，把小手放在了尚浮云的手里。

“十一点钟再来这里接孩子！”说完，尚浮云转过身，从口袋里掏出了钥匙，对准了锁眼，右手一拧，锁“咔吧”一声便开了。

此时一件让人心惊的事发生了。

只听“喵”的一声，黑猫腾空而起，它一下扒在门前的铁栅栏上，又是几蹿便跳到了房顶，俯视着下边的四个人，然后不屑地转过头，那表情真的像人一样能表达出自己的七情六欲，最后它发出了一声令人恐怖的喵呜，便无影无踪了。

“婷婷……”婷婷的妈妈好像改变了主意。试图抢回女儿。

但是，婷婷的爸爸挡在了妻子的面前。

尚浮云心跳骤然加速，但她还是强作镇定，拉开了栅栏门，一推门，带着婷婷进去了。

她怕婷婷的父母跟进来，里边的那道木门也有插销，她从里边把门重新锁上，但她转念一想，常白丁他们还没进来呢。

“你终于来了！”屋子中响起了一个声音。

“谁？”尚浮云虽然能分辨出这是常白丁的声音，但是整间屋子尽收眼底，一个人也没有。

5

尚浮云左手紧紧攥着婷婷的手，而自己则向着那间地下室的门走去，她小心翼翼地拉开门，发现里面仍然亮着。

难道常白丁已经到了？可是他是从哪进来的，正门？或许是他打开锁之后，又把锁头扔给外边的人，比如阿三，然后再让阿三把门锁上，但问题是锁头的位置不可能一点都没有变啊！她相信自己的记忆能力，即便是有轻微的挪动她也能分辨出来。

但是，她肯定，那把锁是昨天她亲自锁上的，绝对没有人再动过。

尚浮云怕吓着孩子，虽然思绪万千，却还是满脸堆笑。她领着婷婷一个台阶一个台阶地走下去，她发现王婷婷并没有她想象中那样胆小，相反她的小眼神里流露出一种探索的欲望。

来到地下室的底部，尚浮云发现常白丁和罗凯果然已经打坐在厅堂中央的蒲团上，屋中的摆设和之前无异。

“你们是从哪进来的？”

“门！”常白丁依旧穿着一身道袍，手捏拂尘，头发梳得油光锃亮。

“废话！”尚浮云知道常白丁又在搪塞自己，他又瞅了瞅罗凯，希望从他那得到答案。

罗凯是一身nike运动装，他已经合上了双目，脸上依旧没有表情，这种“老和尚入定”的感觉让尚浮云觉得浑身不爽。

难道是趁着自己溜达到胡同后面的空隙进来的？两个人约好一起？而且还顺道把猫喂了？算了，一个在装傻，一个在装蒜，问了也是白问。

“你带着小朋友坐在这里！”常白丁指了指自己旁边的一个蒲团。

尚浮云盘腿坐在了蒲团上，她的手里依旧握着那把锁头，心头感觉踏实了一些，“婷婷，咱们坐下好不好？”

婷婷很听话，顺势坐在了尚浮云的前边，也学着她的样子盘起腿来。

“这次我们的任务虽然没有什么危险，但是我们要进入的是一个孩子的梦境，我们的一举一动都很可能会影响到她，所以，尽量不要有过激的行为，只要能顺藤摸瓜找到那个潜入梦境的人即可。”

“这次我们和婷婷一起入梦吗？用不用灯心草？”

“不用，一来孩子的知识和经历都是有限的，她造出来的梦魔想来也不会有多厉害，二来孩子本身没有什么需要保守的秘密，我们离她本体的位置应该不会太远。”

尚浮云心中还有很多谜团，但是此时已经接近八点钟，她知道入梦的仪式该开始了。

果然，常白丁取过来一个烛台，把蜜蜡和羊脂拿了过来，放在一个灯心里烧了起来，整个屋子里瞬间弥漫着一股难闻的味道。

“阿姨，好难闻啊！”婷婷捂起了鼻子，把头抬起来看着尚浮云。

“一会就过去了。”尚浮云冲着婷婷一笑，“跟着阿姨把眼睛闭上。”

婷婷点了点头，缓缓地把眼睛闭上，但是她还是好奇地眯着眼睛在看常白丁的古怪装束。

常白丁的右脚迈出，左脚跟上，绕着屋子的中间转动着，口中不停地念叨着，“乾位、坤位、离位、坎位……”

听到这样熟悉的声音，尚浮云的意识渐渐地消失了，抓着婷婷的手也慢慢地松开了。

……

“醒醒！”尚浮云的肩膀被轻轻地摇晃着。

尚浮云努力地睁开了眼睛，但是觉得自己的头还是很痛。

“昨天晚上是不是没睡好？”常白丁仍旧穿着一件黑色的冲锋衣，帽子盖在头上挡住了他的一只眼，他在梦中的装扮显然很酷。

尚浮云揉了揉眼睛，“嗯，昨晚做了一夜的梦，乱七八糟的！”

常白丁身后的罗凯则换上了一件灰色的冲锋衣，和常白丁的款式相同。

尚浮云闭上眼睛，很快又睁开了，她发现自己也已经换上了一套暗红色的冲锋衣，依然是常白丁的款式。

穿着自己设计制作的“衣服”，她兴奋得暂时忘了头痛，像个模特一样在常白丁身前转了一圈，“这样就配套了。”

常白丁似笑非笑，“看来御梦术，你现在已经掌握得差不多了！”

尚浮云也满意地笑了笑，“还好，还好！对了，婷婷在哪儿？”

常白丁一指右边的草丛，她应该就在这片草丛的后边，离我们只有二十米左右的距离。

“那我们还不……”

“等等，画家，这会该你了！”常白丁把手插在冲锋衣口袋里，朝着罗凯发号施令。

“常爷，教我怎么做吧！”罗凯一脸茫然。

“在梦里请叫我神棍！”常白丁冲着尚浮云使了个眼色。

罗凯抿了抿嘴唇，似乎有些不好出口，几次张嘴又都闭上了！

“行了！行了！甭费劲了！爱叫什么叫什么吧！”常白丁也好像对这

个临时组建的解梦团队没什么信心，“你现在只要把自己想象成一块石头就行！你先试试！”

“我试试！”罗凯说着闭上了眼睛。

罗凯渐渐地发生了不可思议的变化，这种变化绝对游离于物理和化学定理之外，尚浮云的眼睛睁得越来越大了。

罗凯自己先变得模糊起来，而他的周围焕起了亮晶晶的金色沙雾，随后这些沙雾沿着几何图形的对角线开始横向散开。很快不规则的直线又转换成了曲线，棱角分明的怪石外貌已经构建完成。然后一层层岩石的灰白色，开始迅速铺漫开来，转瞬间一块一人多高的巨型山石就完成了。

“Perfect！”尚浮云情不自禁地走了过去，伸手抚摸怪石，“连手感都是岩石！这也太真了吧！”

“对于一个掌握植梦术的人来说，这算什么！”常白丁冲着罗凯变化的石头一挥手，“好了，画家，现在把我们俩也变成石头。”

“也只是通过想象就可以吗？”石头竟然在说话，但看上去它依然纹丝不动。

“跟刚才一样！把我们想象的比你更怪，就行了！”

石头上出现了两只萌萌的大眼睛，直勾勾地盯着两人。

尚浮云突然觉得全身模糊了起来，而身边的常白丁也在发生着和自己一样的变化。渐渐地她感觉不到自己的存在，像是已经分解成了空气，突然这些分子又重新聚合在了一起，之后她感觉到自己的脚越发沉重，已经不能动弹了。

很快，又两块灰色的巨石出现了，草丛边三块巨石搭建成了一个正三角形。

“太棒了，画家！中国的大卫科波菲尔啊！”尚浮云很兴奋，但是她却寸步难离，“喂喂，我不能总这么呆着啊，我们得去找婷婷。”

尚浮云旁边的巨石发出了人类的声音：“这不过都是画家做的幻象罢

了，你如果想走，只要把自己想成自己的样子就可以了。”

尚浮云只有视觉能保持正常，她甚至连眼睛都闭不上，但是她开始想象自己的样子，青春美丽的尚浮云，渐渐地她的手能动了，她的脚也变得轻盈了起来，眼睛也可以一眨一眨的。

“喂！喂！我能动了，但是我不会变回原状了吧？”

“不会！现在你的外表都是由画家控制的，你的行动才是由你自己控制的。”

“那我们现在就过去。”

“动作一定要慢，因为这个梦里，还有其他的闯入者，小心被她发现了。”

三块巨石缓慢地移动着，它们压倒了一片片矮小的灌木，来到了一片空旷的地带，三块巨石前后站立，像是布了一个石阵。

天上繁星点点，眼前是一片悬崖，空气顺着山谷中的沟壑从下至上形成了凉爽的山风。一棵歪脖的古松垂在悬崖边，茂盛的树冠，耷拉在半空中，形状酷似伸头往悬崖下看的顽皮孩子。

王婷婷正站在悬崖的边缘，她的背部对着三块巨石，而她的斜后方还站着一个穿着、高矮都和王婷婷一模一样的女孩。

三个人心头一惊，这恐怕就是另外一个侵入者。

王婷婷的梦开始了……

“你是叫王婷婷吗？”背后的女孩，发出了银铃般的笑声。

王婷婷转过了头，“我是！你是谁？为什么和我长得一模一样。”

“我是你的姐姐啊！”

“姐姐？”

“对！是双胞胎姐姐！”

“我怎么没听妈妈说过。”

一切都是按照婷婷爸爸所述发展的，看来王婷婷又在重复着同一个梦，尚浮云想要把她们的对话听得更清楚一些，腿便往前又挪动了两步。

突然，背后的女孩转过了头，她警惕地盯着身后的几块巨石，下意识地把王婷婷护在了身后。

“怎么啦？”王婷婷从女孩的旁边探出头来，露出了那张天真无邪的脸。

“婷婷，我总觉得身后有人！”

王婷婷显然比她的胆子要大一些，“我想起来了！刚才有几个叔叔、阿姨和我在一起！肯定是他们！”她好像回忆起了入梦前的事情。

“叔叔？阿姨？”女孩一脸怀疑。

王婷婷却没有丝毫的戒备，煞白的脸上带着一种期许。

女孩率先走到三座怪石前，绕来绕去，伸手摸了摸三块石头，没发现什么异常。然后她又朝着石头后的灌木看去。

“咦？”当她看到灌木被巨石压成的那三条“巷道”的时候，警觉地回头重新审视着这三块怪得不能再怪的巨石。

她像是突然意识到了什么，赶紧穿过石阵，返回到了王婷婷的身边。

“婷婷快跑！”说着，女孩拉起了王婷婷的手，就往山崖的方向跑。

婷婷却被她拽得有些痛，哇哇地大叫了起来。女孩瞬间停了下来，看婷婷到底有没有事。

此时一股黑色的旋风从山崖之下，迅速上升，直接越过了这姐妹俩，直奔着三块巨石而来。

“婷婷爸爸不是说，风会卷走她姐姐吗？怎么冲着咱们来了！”尚浮云忍不住喊道。

“别说话！那是梦魔！”常白丁恨恨地嚷了一句。

黑色的旋风率先朝着尚浮云攻来，本想如此巨大的磐石，一般的风怎么可能对它有什么威胁。

但是尚浮云变化来的巨石，却被这股邪风渐渐带离了地面。

“画家！暴露了！快把我们变回来！”常白丁大喊了一声。

罗凯和常白丁瞬间变回了原样，风中的尚浮云也恢复了原样，但是她在风中却犹如一片叶子一样，四处乱转。

女孩一边护着婷婷，一边呆呆地看着被悠来悠去的尚浮云，拍手发笑，“好玩！真好玩！”

常白丁瞅了瞅女孩，虽然离自己只有十步远，但是不解决了梦魔，看来很难接近她们。此时他的龙泉剑已经握在手中，所以他冲着罗凯喊道：“画家，是你大展拳脚的时候了！”

“可是你刚说过，这是孩子的梦！最好别乱来！”站在一旁的罗凯似乎有些不知所措。

常白丁转念一想，也有道理，但是尚浮云在高空中，自己不可能和空中的梦魔搏斗，只能继续冲罗凯喊道：“你变出一双翅膀来，托我上去！”

“我试试！”罗凯集中精神，他的背部渐渐地伸出了许多羽毛来，渐渐地，这一片白羽翻着白色的花朵迅速绽开，紧接着他双翼一展，羽毛已经扩展成了一双翅膀，两只翅膀呼呼扇了起来，强大的风力，让常白丁倒退了几步。

“天才！”常白丁情不自禁地叹道。

罗凯扇了扇翅膀，双脚向上一蹦，真的飞起来了，他在空中兜了几圈，貌似已经掌握了飞翔的技巧。在飞行的过程中，他又把自己的脚变成了一双鸟爪，随后，一个俯冲滑翔，他飞到了常白丁的肩头，双爪一夹，便把常白丁拽上了天。

这股邪风就像是一个顽皮的孩子，它无心暗害尚浮云，而是把她在空中摇来摇去，尚浮云被它搞得头昏脑涨，已经无法忍受，只得在空中大声嚷道：“放我下去！”

罗凯和常白丁已经赶到旋风的尽头，常白丁刚要挥剑，黑旋风突然分成了两股，一股继续裹挟着尚浮云在空中“玩耍”，而另外一股旋风则换了一张面孔一般，它加大了风速，疯狂地朝着罗凯冲来。

常白丁猛地一挥手中的宝剑，风立即从他的周围散开，竟然砍空了。

“画家，你也可以攻击！”常白丁见一击不中，便知道这梦魔有些棘手！他看了一眼，悬崖边的婷婷，一个六岁的孩子，竟然能造出这种程度的梦魔来，太让人震惊了。

黑旋风很快又从四面八方聚集在了一起，恢复成了原来的模样，它的风力变得更大了，似乎马上就要把常白丁和罗凯撕扯成碎片。

罗凯集中意念，双掌合在一起，冲着黑旋风比划了一下，突然他的手掌中射出了一个光球，光球以极快的速度射中了黑旋风，旋风瞬间变成了虚无缥缈的空气。

常白丁看到这一幕，拍手喊好，“干得漂亮！跟谁学的？”

罗凯也觉得有些傻眼，他眨了眨眼，看了看自己的双手，“跟《七龙珠》里学的，龟派气功！”

常白丁一挑大拇指，“好样的，说不定你一会还能变成超级赛亚人！”

尚浮云还在另外一团黑风中苦苦挣扎，她见两人在一起调侃起来，气急败坏地喊道：“你们俩干什么呢？赶快让这家伙把我放下来！”

“飞过去，救云姑娘！”常白丁一指那一团黑风，右手的龙泉剑已经做好了攻击的姿势。

但是常白丁突然觉得自己的头顶一股邪风不善！罗凯和常白丁一起抬头观瞧，不知道为什么，刚刚被罗凯打散的那一股黑风又重新聚集在了一起，这一次它变成了一股强大的龙卷风，巨大的风眼犹如一个怪兽张开的血盆大口。

地上的砂石被邪风卷起，吸进了黑风中，这股黑风像是吸收了营养，变得越来越膨胀起来。

“怎么会？我刚刚明明击中它了！”罗凯显然也很吃惊，但是他已经身不由己，无论他怎么扇动翅膀也无法摆脱黑旋风的“吸引”。

常白丁也觉得身体慢慢飘了起来，“你是植梦人！无论你的招式再怎么花哨却都是幻象，说到底刚才的气功，不过华丽躯壳下的一种常规的攻击罢了，再加上这个梦魔很厉害，它刚才可能躲开了你的攻击。”

“那怎么办？”

“看来，只有我亲自干掉这个梦魔才行！”

“可是，这黑旋风也太狡猾了！”

“我有办法！你现在应该能幻化出无数个你和我！用这些幻影把这团黑风围住，我们伺机而动。”

“常爷，我怎么听着自己越来越像孙悟空呢！”

“你现在就是孙悟空！”

“我试试！”罗凯说着闭上了眼睛，而他的周围迅速出现了无数个“鸟人”夹着常白丁的形象，它们越来越多，把这团黑旋风围了个严严实实。

黑风突然咆哮起来，吼着呼呼的风声，但是很显然它的风力减小了不少，因为它的四周布满了鸟人罗凯，它一时也无法决定自己的进攻方向。

黑旋风似乎还在观望，但是他的背后却突然遭到了重击！常白丁突然出现在这股旋风的头顶，狠狠地劈了一剑！原来罗凯使用了隐身术，成功地声东击西。这一次黑旋风变成了一阵散落在空中的黄沙，渐渐地融化在了空气中！

罗凯呼呼直喘，额头见了汗。此时众多的分身一同消失了。

常白丁刚想告诉罗凯飞向尚浮云的方向。

但是裹挟尚浮云的那股黑风，突然发生了变化，它从里到外射出了一股金色的光芒，这股光芒形成了一个巨大的光环。一把金色的回旋利刃，从黑风中翻滚着破肚而出！将黑旋风劈为两段。

“回旋之刃”带着金色的光，终于在半空中停止了转动，原来是尚浮云！她手中正握着一把金色的利刃。

尚浮云显然已经被它折腾到了极限，胸中的怒火形成了强大的力量。

被断成两截的黑旋风瞬间变成了尘沙，撒落在空中消失殆尽。

“老虎不发威，你拿我当HelloKitty？”尚浮云体会到了一种复仇的快感，但是她很快便觉得自己脚下一空，也从半空中坠了下来。眼看就要掉下悬崖，罗凯一个俯冲，用双手抓住了尚浮云，并把它稳稳地放在悬崖的平地上。

尚浮云虽然不喜欢罗凯，但是这次确实是他在千钧一发之时救了自己，她由衷地说了声，“Thank you！”

“不用谢。”罗凯脸上的肌肉绷得紧紧的，像个木头在说话。

三个人一齐来到了两个孩子身边，果然如婷婷所说，两个孩子无论从服饰还是长相都一模一样。但是从气质上，还是非常容易分辨。

女孩将婷婷护在了身后，自己像个小大人一样，质问起了三个人：“你们是谁？”

“小鬼！这是你应该回答的问题！”常白丁用标准的长辈口吻说道。

“这就是和我一起来的几个叔叔阿姨！是爸爸请他们来的！”婷婷一脸无辜地看着女孩。

“爸爸？”女孩似乎听到了一个陌生无比的词汇。

婷婷点了点头。

“他们和你一起来的？”女孩冲着婷婷拧着眉，但是很快这道眉毛便松弛了下来，她一脸释然地抚摸起了妹妹的头，“算了！可能是姐姐打扰到你们的正常生活了！姐姐以后再也不会出现了。好好照顾自己，记着姐姐的名字叫蓉蓉！”

说完，她转过身，朝着悬崖的方向，一跃而下！

罗凯和尚浮云也赶到了悬崖边，朝着悬崖下看去，王婷婷哭着喊道：“姐姐！姐姐！”

此时，时间像是变慢了一样，女孩冲着王婷婷喊道：“婷婷！记住！我的名字叫蓉蓉！”然后，她的脸上露出了满足的笑容。

尚浮云看到女孩的笑脸，惊讶地说道：“果然是笑脸。”当她想对旁边的常白丁说你又猜对了的时候，才发现，常白丁已经纵身跃下高崖。

“神棍！”尚浮云惊呼道。

伴随着婷婷震天动地的哭声，大地开始摇晃起来。天际的颜色开始一点点脱落，整个梦境像是一座巨大的建筑物，在剧烈的地震下随时可能坍塌。

尚浮云看着常白丁和蓉蓉的身影渐渐变小，先后消失在了黑暗中，把心一横，也跟着跳下了悬崖。

尚浮云之所以敢从悬崖上跳下，是因为她知道这是梦，也因为自己信任常白丁。但是当她触及到黑暗时，却发现这黑暗其实是一个巨大的网！

梦网把她裹在其中，释放出了让人全身发麻的电波来。

而此时，崖顶婷婷的哭声震天动地，整个天空开始碎裂开来。一片片犹如瓦砾的碎片砸向山崖深处。

……

王婷婷和罗凯睁开了眼睛！

尚浮云也睁开了眼睛！

他们都从这个噩梦中醒来了！

但是常白丁却还在自己的蒲团上打坐。罗凯揉了揉脑袋，走到常白丁的身边，“常爷！常……”

当他刚想摇晃一下常白丁时，却被尚浮云一把拦住，“等等！”

“怎么了？”罗凯有点纳闷。

“别叫醒他，他现在应该正在梦中追婷婷的姐姐。”

“可婷婷已经醒了，他在谁的梦中？”

尚浮云表情凝重，“I don’t know either.”

6

常白丁的呼吸很沉重，精神有点恍惚，他揉了揉自己的头，这是在哪？怎么周围一片漆黑？

他仔细回忆了刚刚发生的事，自己随着王蓉蓉跳下了悬崖，之后便坠入了无尽的黑暗之中，随后他的意识开始变得混沌起来，脑子里闪过了无数的影像，这些影像交织在一起让人应接不暇，这让他有了种晕车的感觉，每一根神经都被这些画面牵扯得痛彻心扉，胃部像是遭到了重击一样，恶心想吐。

不知道何时他才又重新触到了地面，他也回忆不起来，自己到底是哪个部位先着的地，但是可以肯定的是，除了头，自己毫无疼痛感，也没受伤。

常白丁一边摇着胳膊，一边恢复了一下神志。他遥望四周，这里不仅满目黑暗，甚至静得连自己的心跳声都听不见，常白丁把耳朵贴在地上，仔细辨别，也没有听到任何声音。

他此时确定了一件事，当下已经不是王婷婷的梦境，但这也并非是现实世界，自己进入了一个特殊的梦境里，这个梦境除了他和王蓉蓉之外，无人能进！这恐怕是……“黑梦！”常白丁自言自语道。

尚浮云等人恐怕在触碰到这个梦境的边缘时就被弹了出来，这会儿应该已经醒来了。常白丁祈祷着尚浮云和罗凯千万不要一时毛躁，把他推醒，那样自己就前功尽弃了。

“你到底是谁？”一个声音在常白丁的身后响了起来，音色和王婷婷特别相似，但是却没有童音的那种天真烂漫，却多了几分镇定和从容。

常白丁回过头，依旧伸手不见五指。此时，他的手心突然亮了起来，一盏明亮的火炬出现在了常白丁的手上。

他试着照过去，才发现王蓉蓉被黑暗笼罩着，她正盯着他，她的右眼角下，有一层淡淡的黑影，在她的眼神里看不到丝毫的善意，而她此时已经换上了一身猩红的儿童装，显出了一股和自己的年龄不相符的成熟感。

常白丁在黑衣服的掩护下，完全隐身在黑暗中，只能透过火炬的光亮窥探到他的半张脸和一只眼睛，看上去像是一个来自地狱的黑暗使者。

常白丁依然用一种长辈的口吻质问着眼前的女孩，“刚才那股黑风是你带到王婷婷梦里的？”

“那又怎么样？”王蓉蓉的脸上没有丝毫的歉意，相反她带着一种小女孩身上独有的高傲和叛逆。

“我说呢，像王婷婷这么一个整天被父母呵护的孩子，怎么能造出这么厉害的梦魔来！”

“梦魔？你是在说我的小旋风吗？小旋风是我唯一的朋友，我走到哪它就跟到哪！”女孩说着，自己的脚下便刮起了一阵旋风，这股旋风把王蓉蓉托了起来，让她坐在了风椅上，她的头发被风一根根地挑起，犹如女王一般。她的脚边还有一团小旋风，王蓉蓉用手抚摸着它，犹如在抚摸宠物狗的头。

“你真的是王婷婷的姐姐？”

“叔叔，是我先问你的，你是谁？”虽然装成一股小大人的模样，但是王蓉蓉的嗓音还是有一种难以褪去的稚嫩。

“我叫常白丁，是个解梦师！”

“哦？怪不得。好吧，我也回答你的问题，我是婷婷的姐姐，王蓉蓉。从来没有一个人出现在我的梦中，你是第一个，你是来找我玩的吗？”

“你知道这是梦？”

“当然知道！四周黑洞洞的，什么都看不见，不是梦是什么？你到底陪不陪我玩？”王蓉蓉的手晃了两下，像是在撒娇。

“那咱们玩什么？”

“跳房子你会吗？”

“不会！”

“跳皮筋呢？”

“也不会！”

“女孩的游戏你都不会！真没意思！”

“你去找王婷婷，就是想找她玩吗？”

“嗯！嗯！”王蓉蓉说着把脚边的小旋风抱在了怀里，这股风把她的头发撩了起来，“我一直都在黑暗中，除了小旋风，见不到任何人，能碰到妹妹，当然要她陪我一起玩啦！”

“这么黑的地方，你是怎么找到你妹妹的？”

“我从来不用眼睛去看，只要能感觉到小旋风的位置，他会带我到任何我想要去的地方去，只不过……”王蓉蓉像抱着孩子一样抚摸着旋风。

“怎么了？”

王蓉蓉沮丧地说：“除了能见到妹妹外，我什么都看不见。”

“你是从什么时候开始，见到你妹妹的？”

“记不清楚了！但是见到她后，几乎每天我都会到妹妹那去玩一会儿，但是这个小淘气好像是怕我抛弃他，所以每当我要跟妹妹聊天的时候，他都会冲出来把我卷回到这个黝黑黝黑的地方。”说着，王蓉蓉做出了一个打屁股的动作，小旋风的风力似乎此时也增强了一些。

“你没有找过其他人去玩吗？”

王蓉蓉摇了摇头，“我只记得我有个妹妹叫王婷婷！跟我是双胞胎。剩下的，除了我的名字，我什么都不记得了。”

“邓琪这个名字你还记得吗？”

王蓉蓉突然把手中的小旋风扔在了地上，小旋风摔成了几瓣，又重新组合在了一起。她的表情突然凝结了起来，“好熟悉的名字！我好像在哪听过。”

“王铁和季蓉婷呢？”

蓉蓉摇了摇头，“没听过！”

“王铁和季蓉婷是你的生身父母，而邓琪应该是你的养母的名字。小妹妹，你仔细回忆一下……”常白丁顿了顿，刚要接着说，“还有……”

王蓉蓉突然发作了，“别说了！我没有妈妈！讨厌讨厌，我好讨厌你！”她一边跺着脚，一边舞着双手，似乎很生气。

常白丁感觉到大地都在颤抖，火炬中的火苗开始左右摇摆，女孩的影像也变得忽明忽暗。

“你怎么了？”常白丁说着又往前迈了两步，想要触摸一下王蓉蓉。

“我没有爸爸妈妈！你是坏人，我不跟你玩了，你走！走开！”王蓉蓉的瞳孔里喷射出了红色的火焰。脚下的旋风，也突然膨胀成了一只巨大的“怪兽”。

强大的风力让常白丁倒退了几步，他本想用手中的火炬攻击旋风，但是强烈的风却率先将他手中的火炬吹灭了。

他的周围又变成了一片漆黑，他感觉到自己的脸像被无数把刀划过一样，随后他的腹部又受到了一次重击，自己像是被一股风墙推出了很远，随后他的腿像是被什么拽住，他被这股强大的力量操控着，像风扇的扇叶三百六十度地转了起来。常白丁再也难以掌控这个梦境，自己的眼前一片漆黑，只能听到耳边一股呼呼的风声。

“蓉蓉，你想干什么。相信我，我是来帮你的！我是来帮你找你的爸爸妈妈的！”常白丁使尽最后的力气喊道。

“我不要你帮！我没有爸爸妈妈！我没有……”黑暗中，只有王蓉蓉的两只眼睛依稀可见，而此时她的双目已经露出了红色的凶光。

常白丁的头开始眩晕起来，他知道自己已经到了梦境的边缘，现在说什么都晚了，他又重新经过了黑暗的隧道，那些交织在一起的图像又重新倒退了回去……

随后常白丁快速地睁开了眼睛，直愣愣地发呆，口里还喘着粗气。

此时，他发现自己坐在蒲团上，尚浮云此时正用关切的眼神看着他，而罗凯一言不发靠在墙上。

王婷婷则在尚浮云的身后，也直勾勾地盯着常白丁。她的身后，站着她焦急等待的父母。

“你终于醒了！吓死我了！”尚浮云蹲在常白丁的身前，有点傻兮兮地笑着。

“对不起，我又做了一个梦！我比你们晚醒了多长时间？”常白丁挤着眼睛，抚了抚脑袋，显然他的脑袋还在嗡嗡作响。

尚浮云看了看手表，又指了指婷婷的父母，“大约半个小时吧，我看婷婷的爸妈已经在门口等着，就让他们进来了。”

“还好，是第三层梦境！”常白丁自言自语道。

“第三层的梦？我记得你说过我是第四层的梦！”这个新词语又引发了尚浮云的好奇心。

常白丁又把眼睛闭上，摇了摇头，显然他现在没有心思回答这个问题。

“还有，为什么我们会先醒来？”尚浮云依旧问题不断。

“这些一会儿再说！”常白丁推开尚浮云，从蒲团上站了起来，然后对婷婷的爸爸说道，“你女儿的梦，我已经解开了！”

婷婷的父母站在原地沉默着，他们正在等候着结果。

“婷婷梦里出现的和她长得一模一样的女孩，正是你们的女儿王蓉蓉！”

“蓉蓉？你是说那真的是蓉蓉？她托梦了？”婷婷的爸爸王铁一步跳过来用力摇晃着常白丁的胳膊，一改他原来的温文尔雅。

“不知道什么原因，蓉蓉和婷婷的梦境可以联通在一起。蓉蓉就来到了婷婷的梦里，我刚刚还进了蓉蓉的梦，证实了这一点。”

“我们家蓉蓉在哪儿？她在哪儿？”婷婷的妈妈季蓉婷慢慢地瘫坐在地上，她正在重新遭受那种撕心裂肺的痛苦，但眼神里似乎又燃起了已经被浇灭了四五年的希望。

“人还活着！”常白丁的话很简单，也很沉重。

婷婷的爸爸王铁一皱眉，“人还活着？这是什么意思！”

常白丁的语气显得有些冷酷，“王蓉蓉做的是一个黑梦。”

王铁皱着眉头，“黑梦？”

“《山海经》中曾经记载了这么一个故事，一个叫刑天的巨人因为和黄帝争神座，结果被黄帝砍了头颅，黄帝怕刑天找到自己的头颅，干脆劈开了常羊山，把他的头颅埋葬于山中。可没想到这刑天并没有死，他的两个乳头化作了眼睛，肚脐化作了一张嘴，继续跟黄帝作战。黄帝命令两名女巫把祭品堆满了常羊山，刑天才渐渐倒下，但是他并没有死。据《周公解梦》上说，刑天倒下后，一直在做一个梦，这个梦便叫作黑梦。如果用现代科学解释，做黑梦的人虽然表面上还有口气，但是大脑已经死亡了，也就是说蓉蓉现在是个植物人。”

尚浮云立即反驳道：“这是违背神经科学的，脑死亡的人怎么还会做梦？”

“不要总去迷信科学！在周公的理论里，植物人也会做梦，只不过黑梦是个完全封闭的梦世界，一般是不会和其他人的梦境相连的，就连牙派传人都很难找到黑梦的入口。但婷婷和蓉蓉是双胞胎，可能存在着某种特殊的联系，所以蓉蓉不知道怎么就钻到了婷婷的梦里。”

在场的所有人被常白丁这句话惊得说不出一句话来，连面无表情的罗凯，面部肌肉也不停地在抽动着。

“我关心的是我女儿现在在哪儿。”王铁显得很激动，这是他第一次失态。

“我被她直接推出了那个黑梦，现在我也不知道她在哪。”

此时，季蓉婷拉起了王婷婷的手，甩下了一句“骗子”，便带着女儿上了楼梯，离开了地下室，婷婷有些不舍，回头一直看着常白丁和尚浮云。

王铁停留了三秒钟，他也无奈地摇了摇头，说道：“这次断梦多少钱？我不想听你胡扯了！”

“三天后还来我这里，我会告诉你蓉蓉在哪里！如果我提供的信息对你有价值，打二十万到我的账户里。”

王铁叹了口气，不置可否，转身离开，当他走到地窖的门口时，突然停了下来。

“三天后见！”

7

“你能不能对我们坦诚一点，你刚才到底去哪儿了？”尚浮云仍在不停地追问，似乎她认为还没从刚才的梦境中解脱出来的常白丁比现实中的他靠谱一些，趁着他这会儿痞子劲儿还没上身，赶快问个究竟。

“没长眼啊！小爷我一直都坐在这，哪儿也没去！”常白丁挺横，但他还是偷偷瞄了尚浮云一眼，观察着尚浮云的表情变化。

“完了！”尚浮云叹了口气，感叹痞子再次附身。

“小爷想喝水，渴死我了！”常白丁突然伸了伸懒腰，刚才脸上的阴霾一扫而光。

“常爷，我去给你拿！”站在一旁的罗凯自告奋勇。

“你给我一边呆着去。让她去！”常白丁一指尚浮云，也不知道从哪里来的这么大的派头！

尚浮云十分看不惯常白丁小人得志的样子，面色铁青，“我要是不给你拿呢？”

“那小爷就不告诉你我刚才去哪儿了。”常白丁的眼睛翻来翻去，一点都没有退步的意思。

尚浮云憋得脸通红，她甩开大步，走出了地下室。如果放在几天前，她恐怕已经一走了之，但是现在她只能强忍怒气，把已经发霉了的委屈继续埋在心里。

她把这间屋子翻了个遍，才找到一个保温壶，但是晃了晃，觉得手发轻。拧开壶盖，朝里边看了一眼，瓶子里不但没有水，还从壶里散发出来一股怪味。

“这家伙是生化动物吗？”她捂着鼻子，差点把壶丢在地上。她本想涮涮壶，再重新接一壶水，但拧开水龙头，却发现水已经停了，估计是有几个月不交水费了吧！

“这家伙天天连水都不喝？”尚浮云真想把手中的保温壶摔了，但还是压住了脾气，她打开门，走了出去。

门外的风已经有些热度！尚浮云不知道，北京最热的桑拿天已经如期而至，此时对面街的那家小卖部正好刚开门，老板正在理货。

她看到对面的店铺和常白丁的门脸房结构完全一样，她一边走过去，一边还在琢磨着那个老生常谈的问题，常白丁和罗凯是怎么进到这间屋子的。

“姑娘，又来了，还没找到那个小子？”小卖部老板看见她脸上堆满了笑。

尚浮云学着老板的语气，“找到了！那个小子让我给他弄点水！”

老板也觉得好笑，嘿嘿了一声，“姑娘，你干吗都听他的？”

“我上辈子欠他的！老板，来瓶矿泉水！”尚浮云显然没什么好气。

“要什么牌子的？”

“只要能喝，毒不死他就行！”

老板一笑，“放心，砒霜那东西我这也不卖，来瓶娃哈哈吧！”

“行！”尚浮云说着，就从钱包里拿出了十元钱。

“不用了，兔崽子在我这赊账，又不是你喝水，我算他账上了。”店老板一阵坏笑。

尚浮云这一早晨滴水未进，也觉得自己有些口渴，“那老板，再给我来两瓶！也记在他账上！”

老板打出一个ok的手势，又把两瓶水放在一个塑料兜里，塞在了尚浮云的手中。

尚浮云想起自己早上只啃了一块干面包，干脆又把几袋奥利奥饼干放在了塑料袋里，然后抬头对老板使了个眼色。

老板眯着眼笑道："放心，一块结！"

尚浮云的脸上迸发出一种"君子报仇，十年不晚"的喜悦，接着她看了看店老板的门脸房，所以又问道，"对了，老板，我还想问您个事儿！"

"姑娘，你说！"

"像你们这种门脸房，一般有几个门？"

"几个门？就这一个啊！"老板看了看身后的门，有点丈二和尚摸不着头脑。

尚浮云一指对面常白丁的门面房，"那边也是一样吗？"

"都一样。"

"您确定？"

老板急赤白脸地拍着胸脯，用标准的京腔说道："我从小就在这儿长大的，哪家哪户我没串过门啊，别说大门，就连这房子有多少块砖我都知道。"

尚浮云一指常白丁的门脸房，"这间屋子有个地窖您知道吗？"

"知道啊！老年间谁家不挖个地窖，冬天储菜！我这屋子也有。"

"地窖也只有一个门？"

"对啊！你觉得有几个？"

"我……我也觉得就一个，一个就好！"尚浮云一脸迷惑。

"姑娘，我……"老板有些犹豫。

"老板，有话您直说！"

"那个小子神神叨叨的！我劝你别跟他走得太近了，断梦这东西，肯定是有些门道的！但是，我感觉一大半也都是在忽悠人。你这么年轻漂亮，别上了坏人的当！"老板的眼神里带着一股关切。

“我知道！谢谢您！”尚浮云一笑，她当然明白老板的意思，但她心中对此事早已有了判断，常白丁所掌握的知识，绝非算卦、断梦这么简单，而是与现代心理学完全背道而驰的一种科学。没错，是科学。

有的人用科学的外衣把迷信伪装了起来，但是尚浮云觉得常白丁的解梦技术却恰恰相反，他是用迷信包裹着科学的本质。

她向老板道了谢，坚定地回到了常白丁所在的门面房中。

当她进入屋子的时候，发现常白丁已经坐在了屋中的沙发上开始抽烟，而且已经把道袍换下，又穿上了那件皱巴巴的T恤。

“画家呢？”

“走了！”

“走了？从哪走的？我怎么没看见？”

“你十万个为什么啊！小爷的水呢？”常白丁有些不耐烦，心思丝毫没在尚浮云的身上。

尚浮云把一瓶娃哈哈“咚”的一声墩在了常白丁跟前的茶几上。

“我问你画家什么时候走的？我刚刚就在街对面买的水，根本没看到画家走出这个门。”尚浮云一指门的方向。

“嘁，非要走门吗？窗户，烟囱，下水道，哪儿不能走？”常白丁打开瓶盖，咕咚咕咚地喝了起来。

尚浮云不再与他纠缠，而是把屋子搜索了一遍，没有！她又进入了地下室，也没有人影，这才走了上来。

常白丁此时已经喝完一整瓶的水，又把一根香烟点上，继续在那里怡然自得。

尚浮云知道常白丁掌握着很多秘密，但是若不到他想告诉你的时候，一定会守口如瓶，再追问也没有任何意义，所以她连“你到底去哪了”这个问题也干脆不问了，而是改变了话锋：“好吧！也许是我看漏了！我现在想知道，你真的想帮那对夫妇找女儿？”

常白丁把两只脚摞放在了茶几上，“二十万就摆在那儿！我傻啊！干吗不挣？”

“王蓉蓉是在刚出生时被拐走的，现在被卖到哪儿，谁也不知道，中国这么大，你怎么找？报警？说你断梦时找到了六年前丢失的王蓉蓉？”

“我是干什么的！”常白丁一指墙上的“春秋大梦”的锦旗，“当然要靠它啦！”

梦？尚浮云恍然大悟，“你还想进入王蓉蓉的梦？”

“王蓉蓉做的是黑梦，这样的梦对侵入者是完全抵触的，即便是道行高深的小爷我，如果不是王蓉蓉逃走，暴露了黑梦的入口，我也不可能进入这个黑梦。再说就算进去，那个梦里的王蓉蓉未必知道自己现在在哪儿。”

尚浮云一指常白丁，气急败坏地说道：“我现在没工夫听你卖关子！你到底要怎么做？”

“我还没急呢，你倒先急了！跟你撂底吧！这事要靠你，美女！”常白丁说这话时，正好吐了一个烟圈出来，眼睛眯起来目不转睛地盯着尚浮云的胸部。

尚浮云指了指自己，“我？”她的表情既诧异又无辜。

“你不是一直想知道第四层梦境到底是怎么回事吗？想要找到王蓉蓉，就得靠你这第四层的梦了！”常白丁把烟掐灭在烟缸中，终于进入了尚浮云喜欢的授课模式。

“到底是怎么回事？”尚浮云郑重其事地坐在了常白丁对面的沙发上，这是两个人第一次心平气和地面谈。

“说来话长，江湖上断梦的门派众多，大多数门派都行得是些骗人的勾当。但是其中有三个却是响当当的名门正派，分别是牙派、痴癫和鬼行。”

尚浮云努了努嘴，“听这些名字也不像是名门正派。”

常白丁并不理会她的奚落，继续说道：“冥冥之梦，起于商周。小爷所属的这个断梦的门派就是牙派，兴起于商周！牙派是中国最正统的解梦门派。可谓千年老号，绝无分店！痴癫和鬼行虽然也是解梦的正派，但是和牙派相比却晚了两千多年。”常白丁挤眉弄眼，一副卖弄的表情，这让尚浮云怎么看都觉得生厌，“牙派，每一代只有一个传人，能够继承祖师爷衣钵的人必须是当世最聪明的那个人，区区不才，小爷我就是现任的牙派掌门。”

“失敬！失敬！常掌门！”尚浮云突然露出了笑容，但是她的笑容很快就收了起来，换上了不屑一顾的表情，“别在这做广告了！我就想知道第四层梦境是怎么回事，至于你是少林的，还是武当的掌门，我没兴趣！”

“我说你这个人！小爷跟你说的是历史懂吗？历史！”常白丁激动地站了起来，“你不了解牙派的发展史，怎么可能了解我们是如何解梦的？又如何了解梦境的层次？又如何……算了，不愿意听拉倒，小爷还省了这么多唾沫呢！”

尚浮云刚想与他争辩几句，又觉得自己忍了这个无赖这么久，干吗不能忍下去！她马上换上了一张笑脸，声音也变得软软的，然后把手往下压了压，意思是让常白丁坐下说，“常掌门！常大师！常爷！我不是那个意思，其实我也是挺爱听人讲故事的。您大人不计小人过，就给我讲讲你们牙派的历史，好不好？”说这话时，尚浮云心中暗暗作呕。

常白丁重新坐了下来，“算了！本掌门大人大量！也不会跟你这种小女子计较！现在就跟你说说本门的历史！”

尚浮云强作笑容，点了点头。

“小爷这一派信奉的是周朝的开国元勋周公旦所留下的一本书。”说着，常白丁抱拳向左方拜了拜。

“《周公解梦》？这书我倒是看过，但是没看出有什么过人之处。”尚浮云听范教授说过常白丁信奉的就是周公旦，而常白丁为别人解梦时，也不时地引用过《周公解梦》这本书，她觉得常白丁下面可能要说些正经话了。

常白丁突然变得很神秘，他小声地对尚浮云说道；“当下流传的《周公解梦》大多都是后人附会的山寨书，周公他老人家一生最大的贡献也不是解梦，他的发现如果放在现在，这绝对是可以获得诺贝尔奖的。”

尚浮云冷笑一声，“诺贝尔奖可没有神学奖！”

“说什么呢？这压根就不是神学，也不是什么心理学，而是物理学！人脑物理学！”常白丁的眼睛突了出来，双手在脑袋上挥舞起来，虽然常白丁一直都有点不着调，但尚浮云从来没有看过他这么疯狂的举止。

尚浮云做出了很想知道答案的样子，把脑袋伸了过来，“周公到底发现什么了？”

“这个发现可大了去了，他发现原来人与人之间的梦境是互相连接的。”常白丁说这句话时，几乎是一个字一个字吐出来的。

“人的梦是互相连通的？”尚浮云终于在常白丁这里听到了自己想要听到的东西，“就像王婷婷和王蓉蓉那样！”

“不！这不仅限于双胞胎，周公曰：天地之精，溶于辰齐，人之獬豸，本函也，思念之达，情义之思，盖天下梦同耳！意思是说周公认为，每个人的梦境都是相连的，而志同道合的人往往会做同一个梦！”

“世界上所有人的梦境都是相连的？这也太不可思议了。”尚浮云的知识体系像是一瞬间被这句话炸了个稀烂，但是当自己的经验和知识被炸成废墟后，她觉得自己能够想象的空间更加宏大了。

“美女，你想一想！这两次你穿越梦境，是直接从现实钻到了别人的梦境中的吗？”常白丁露出了诡异的微笑来。

尚浮云脑袋嗡嗡发鸣，她抓了抓头发，“我好像是先被你催眠了！你那个乱七八糟的入梦仪式，其实是一种催眠术。”

“没错！从现实世界直接钻入别人的梦境中难度很大，即便是硬邦邦地插过去，也会产生很多问题。”

常白丁的话像是捅破了一层窗户纸，按照他的理论，尚浮云突然意识到自己研究的缺陷性，自己每一次都是借助一些脑电波设备，通过强刺激后把人的意识直接镶嵌到别人的梦中，但多数实验最终以失败告终，即便短暂地进入了某个人的梦境，梦境也极其不稳定，这和常白丁所言一模一样。自己能如此轻易地被常白丁带入到稳定的梦境中，是因为从自己的梦穿越到别人的梦中，而不是从现实直接穿越过去，这绝对是个很靠谱的思路。

但问题也随之而来，尚浮云继续问道："那你说说，一个人的梦和另外一个人的梦是如何连接的？"

"哈哈！问得好！这事也是个机缘巧合，因为商末周初的时候，两位伟人遇到了一起。一个是我们牙派最崇敬的伟大导师周公，而另一位就是我们牙派的开山祖师爷，姜尚姜牙他老爷子。"

"姜牙？不是姜子牙吗？"

"姜尚，字牙，'子'不过是对他的尊称，是德高望重的人的意思！"说这几句话时，常白丁倒不是在特意卖弄。

尚浮云点了点头，西汉之前多用"单字"，比如陈涉字胜，项籍字羽！常白丁这样解释也合情合理！

"可是周公和姜尚跟解梦又有什么关系？"

"周公发现了人的梦是互相连接的，但是姜太公却找到了人类梦境相连处的坐标。你懂我的意思吗？"

"就像是一个人想到另外一个房间去，最好的方法是走门！姜太公发现了这道门。"

常白丁摇头晃脑地说道："孺子牛可教！"

尚浮云的脑子里浮现出了很多新的问题，"两个相隔十万八千里的人，梦境也能相连吗？"

"梦境入口位置的计算，并不是在三维空间内解析几何！而是一种抽象的数学计算，无论做梦的两个人空间距离有多远，在理论上，都能通过计算，找到他们梦境的连接点。"常白丁手舞足蹈的，很显然，他现在所说的，只不过是他所掌握的那个无比庞大的知识体系的冰山一角。

“那也要有个公式吧？”

常白丁又点燃了一根烟，“要说公式吗！就是生辰八字！”

“《易经》？你是说，通过每个人生辰八字的计算，可以知道人与人之间的梦的入口？”尚浮云恍然大悟，为什么每一次常白丁都要问一问来断梦的人的生辰八字。

“简单来说！就是这么回事！传说《易经》是周文王所著，是姜太公把它发展光大的。《易经》之所以被视为迷信的产物，是由于其所呈现的世界并非是我们的现实世界，它揭示的是我们的思维方式和潜意识的运行规律，这些规律都能通过《易经》的计算来获得。梦境是我们潜意识的产物，所以梦的连接处就是我们潜意识的连接处，但这个接口并不是人和人之间的物理距离决定的，而是潜意识的契合度。计算梦连接处的坐标是远远超过了人类想象的复杂运算，这门技术世代单传，小爷我就是牙派的第二百三十一代传人。说白了，这世界上只有我一个人知道如何穿越梦境。”说完，常白丁的眉毛一挑，轻浮之态溢于言表。

“可是我并没有告诉过你我的生辰八字啊？你是怎么找到我的梦境链接口的？”

这个问题让常白丁又深深地吸了一口烟，“这个……”他显然对这个问题猝不及防，“你是个特殊案例，不谈这个，今天咱就光讲点基础的！”

尚浮云知道常白丁有所隐瞒，但是他如果不想说，就算自己再怎么追问，也问不出来个所以然，还不如接着从他的嘴里套出更多的解梦理论来得实在，“现在该说了吧，我的第四层梦境又是怎么回事？”

常白丁说这个话题时，表情很轻松，“牛顿发现了运动三定律，够伟大了吧？可比他早两千七百多年的周公却发现了梦公理三定律，这个发现可比牛顿三定律牛一百倍。”

“梦公理三定律？这是周公给下的定义？”

“当然不是！这是小爷起的名字！够高大上吧？”

如果是几天前，尚浮云肯定要说这是迷信披上了科学的外衣，但是她现在也不得不承认，常白丁所说的理论肯定不比弗洛伊德的《梦的解析》差多少，甚至在一定程度上，这套解梦理论完全盖过了弗洛伊德的风头。

“如果说，人类梦境是联通的，是周公第一定律，那么人类自身的梦是分层次的就是周公发现的第二定律，我也管这个定律叫作周公第二定律。这个定律完全脱离物理学和现在所谓心理学的范畴，而是一项新的科学。”

“别说的这么邪乎，梦怎么还会分层？”尚浮云的额头上见了微微的汗，她已经完全陷入了常白丁所说的理论之中，她的大脑细胞此时正在无限地分裂出各种各样的问题来。

常白丁伸出了五个手指，然后开始计数，“周公曰：梦六者，一为鹿草，二为禽兽，三为人，四为苦，五为虚空，六为轮回！”

“也就是说梦共分为六层！我是最苦的那一层！”

“别瞎掰！周公的意思是，地球上的所有生物都在做梦！但是由于智力上的差异，普通的植物只能做到第一层的梦，而一般的小动物只能做到第二层的梦，而我们人类会做到第三层的梦。”

尚浮云面露喜色，有些沾沾自喜，“你是说，我比一般人的梦要高一级喽？可不可以说，我是个非常聪明的人呢？”

常白丁点了点头，“第四层梦和第三层的梦境的确有很大区别的。”

“区别？”尚浮云仔细回忆了一下自己的梦境，没觉得有什么异常。

“对于人类来说，能够进入第四层梦境的人，是可以通过梦境回顾历史的！也就是说，我们可以通过你的梦境窥探到人类的历史。”

尚浮云惊得张大了嘴巴，她丝毫没有想到自己的梦境是如此强大。

“你自己想想看，你的梦中是不是总是出现以前的事？或者是古代的事？”

尚浮云仔细回忆一下，自己的梦里好像从来没有过什么特别光怪陆离的事情，都是一些自己曾经的记忆画面，不过她又突然想起了昨晚做的那个怪梦，皇帝！将军！战争！还有年轻的父亲和父亲最喜欢的梦幻花。

“周公把第四层梦定义为苦字，可能是他老人家认为，历史充满了人类的心酸和苦楚吧！”

尚浮云总能在梦中梦见自己与父亲生离死别的样子，一个“苦”字还真是恰如其分地表达出了自己的心情。

“正因为你第四层梦境的特点！我才要借助你的梦，找到王蓉蓉。”

“我有点明白你的意思了！你是想让我在梦中帮你找寻丢失的蓉蓉，因为我的梦可以回顾过去。”

“理论上就是这么回事，但是这里也有一些问题！”

“你能不能一起都说了！”尚浮云有点急了！

“第四层梦境总归是梦！有很多是会随着你的意愿扭曲和修改的东西，很容易让做梦的人产生一些曲解历史的情况。所以，除了你之外，我也要进入你的梦。”

“但是你是第三层的梦，不同层级的梦也能连通吗？”

常白丁突然又发作起来，把烟狠狠地掐在烟灰缸中，“太看不起小爷了，小爷是第五层的梦！好不好？”

尚浮云淡然一笑，“你是说，你比我聪明喽？”

常白丁显得挺郁闷，“这都没看出来啊！”

尚浮云也不生气，笑着摇了摇头！

常白丁强烈地咳嗽了两声，像是被尚浮云的话呛到了，他使劲拍了拍自己的胸脯，想把刚吞进去的几个烟圈吐出来。

尚浮云正急等着答案，常白丁却咳嗽起来没完没了。她只好走过去，帮常白丁拍着后背，“常掌门，你是第五层梦境的人，您比我厉害多了！”

常白丁几乎一下子就直起了腰来，但是说话还是有点断断续续，“从……第五……层梦境……穿越到第四……层梦境，这就涉及了梦公理的第三个定律，在周公的理论中，人类的梦境除了可以横向穿越外，其实也可以纵向穿越，也就是说一个人可以从第三层梦境穿越到第四层梦境。也可以从第五层梦境下到第四层梦境，只要你掌握坐标就可以。但是如果小爷我想从自己的第五层梦境，穿越到你的第四层梦境就必须要走两步！”

“先从你的第五层梦境穿越到你的第四层梦境，然后再横向穿越到我的梦境中。”

常白丁狠狠地点了点头，“是的！周公发现的梦境穿越技术，没有捷径！只能一步一步来，谁要是想走捷径，都有可能掉进意识的深渊里，永远也醒不过来了。”

“你的梦境层次比我还要高一层？第四层既然是回顾历史，那么第五层……”尚浮云想到了常白丁预测彩票数字的镜头，“难道第五层梦境的人是可以预测未来的？所以周公管第五层梦境叫虚空！”

常白丁睁大了眼睛，他似乎已经拜服了属于第四层梦境的人独特的思维能力，“不是小爷我自夸，能够达到第五层梦境的人，都是这个世界上的最强大脑！大脑的运算能力已经达到了非常恐怖的地步。”

尚浮云知道常白丁并不是在吹牛，但是她还是不忘奚落他两句，“常掌门！我知道你聪明伶俐！人见人爱，花见花开！可是，你要是想挣你那二十万，你还要靠我，不是吗？”尚浮云嘴角上的笑容突然消失了，因为她又意识到了一个问题，“可是你既然能从第五层梦境穿越到第四层来，为什么还要借助我的梦？”

“任何的纵向穿越，都不稳定！我一直处于第五层梦境，一旦到了第四层梦境中，我的梦境就变得很难被自己操控，这样就容易出现危险。因为你一直处于第四层梦境的常态中，梦境相对来说是稳定的，所以我们进入你的梦境中去寻找五年前被偷的王蓉蓉，就相对容易一点了。”

尚浮云听得越来越兴奋，“那还等什么？叫上画家，赶紧入梦啊！”

“还不行！”

“还不行？”

常白丁沉重地点了点头，“历史层是无比真实的现实世界。这次画家帮不上什么忙！我们还得去找另一个帮手帮忙！”

8

风一直在一座石头砌造的房子跟前打转，刚刚升起的太阳照在青石墙面上，细细的石纹像是波浪一样，向四周慢慢地扩散开来，风里带着一股清新的味道。

但城中静悄悄的沉寂，还是让人感觉多少有些毛骨悚然。

突然，恐怖的枪声打破了这种沉寂。

AK47的枪口里吐出了一条令人胆寒的火舌，枪响之后，两个全副武装的SWAT缓缓从墙边倒了出来，显然已经毙命。

“真他妈不堪一击！”悍匪面无表情，又朝着下一个拐口跑去。

突然，一阵嘈杂的乱枪狂噪！

“我靠！我也挂了！”一个领着人质，头顶上拴着一根红布的匪徒，突然倒在了他的面前，身体只是抽动了几下，便不动了。他尸体的后边是几个满脸惊恐的人质。

“废物！”悍匪的脸上没有一丝紧张，他举起AK47扬起枪头，“突突突”一阵精准的点射后，眼前的所有人质全部倒在了血泊之中。酣畅淋漓的屠杀后，他的脸上还是那股毫无人性的惨白色，他顺势把手中的AK47扔在了地上，捡起了尸体旁边的一把沙鹰手枪和一只狙击步枪。

“混蛋！他把人质杀了！”隔着一道大门，警员们的喊叫声已经变得歇斯底里。

他仔细盘算了一下，似乎自己要以一敌四！所以放轻了脚步，慢慢退去。

四个特警一起从人质被杀的那道门的两侧冲了进来，他们显然配合默契，四支M4A1卡宾枪的枪头朝着不同方向，很好地防卫了来自不同方向的打击。

领头的特警朝着后边的三个战友做了个手势，三个人各自会意，朝着不同的方向搜寻而来。

“啪！”一声巨大的枪响后，一个特警捂着心脏，摇摇晃晃倒了下来！

“在那边！”剩下的三名特警朝着一个低矮的小楼的窗户上一阵疯狂地扫射，墙体被子弹激起的石屑，飞舞得密布漫天。

悍匪蹲在墙后，左手提着狙击步枪，右手举沙鹰伺机而动。

特警头目见没有了动静，又做了个攥拳的手势，然后从腰间拽出了手雷，朝着那个小窗口扔了进去，后边的两个特警也跟着把手雷扔了进去。

三个人做出了躲避的姿势，静等着悍匪被炸成碎片。

但就在爆炸前的瞬间，悍匪突然破窗而出，从天而降，他右手的沙鹰，连开三枪，一枪直接将左侧的特警爆头，另外一枪则结结实实打在了另外一个特警的胸部。

接连的三声爆炸，把小楼炸了个粉碎，显然悍匪的背部也受到了严重的冲击，但是他却没有停下脚步，把狙击步枪和沙鹰同时甩在地上，边跑边从腰间抽出了一把匕首，然后轻轻一跃，在空中来了一个三百六十度的“死亡翻滚”，锋刃直接划向了特警队长的喉咙。

一道血线，特警队长把枪抛在一边，身体摇摇晃晃的，拼命地捂着自己的脖子，但是他的血液似乎已经不再受他的控制，鲜血像是一个个淘气的孩子，从他的喉管中喷洒而出。最终，他直直地倒在了悍匪的面前，他的眼睛突着，像是在问这是为什么。

“晓天！太牛了！”坐在网吧的另外一台电脑前观战的男孩对正在电脑上操作的少年竖起了大拇指。

少年没有说话，熟练地按动键盘，鼠标被他滑动得像是到处乱窜的活老鼠。

“你挺牛逼啊！16比0！”一个混混打扮的高个男子，操着一口纯正的东北口音，站在了少年身后，他的胳膊上文了一条灰色的蝮蛇，蛇头吐着蛇芯，像是要把人一口吞下。刚才还在拍马屁的少年见情况不妙，赶紧不再说话，专心玩起了自己的游戏。

“服输了？”

“跟我出来！”混混一拎少年的后领。

少年毫不顾忌，一手把混混的胳膊甩掉，跟混混对了对眼神，然后脸上露出了一丝坏笑，“傻逼！”

“我操！这逼崽子！”混混身后又站起来两个金毛混混，看上去像是刚才那个混混的跟班，上来就要拽少年的胳膊。

“你彪啊，能在这动手吗？”为首的混混一指少年，“跟我们出来。”

在三个混混的裹挟下，少年来到了网吧的后巷，三个人一个圈子，把少年围在了墙边。

少年只有一米六五左右的个头，看上去只有十五六岁的模样，他后背靠着墙，一点都没有慌张。而对面站的三个“混混”个头都在一米七五左右，身材壮硕，他们的头发染成了各种颜色，横肉贴在面颊上，跟着自己的脸摆动着。

少年不再说话，默默地举起了五根手指。

“我操！你那是干吗呢？”为首的混混挺纳闷。

“五秒钟之内，让你们知道你吴爷的厉害。”吴晓天还是一脸无所谓的样子。

几个混混被这股气势吓得倒退了一步，他们互相望了一眼，谁也没敢先出手。

吴晓天顺势做出了一个架势，马步弓腰，双拳外倾，活脱一个螳螂，口中喊道：“螳螂十三式！”

“操你妈！”左边的一个混混迟疑了两三秒钟，终于忍不住，上去就是一脚，顿时吴晓天捂着肚子蜷曲在了地上。但是他很快就站了起来，还是一脸无所谓的样子。

“就这点力气，还出来充黑社会！看我的……”吴晓天冲着他们再次冷笑了起来，这次摆出的似乎是洪拳的模样。

“我操你妈！装逼犯！”三个人终于一齐攻了上来，对吴晓天一阵拳打脚踢！

吴晓天毫无还手之力，被三个人打得只能抱头翻滚，但他口中还是不饶人，“孙子，有本事让小爷起来！我要是能站起来，分分钟灭了你们！我靠，哎哟！”

三人正打得尽兴，突然身后有人大喝一声，“住手！”

三人立即停止了殴打，转头观看，只见一个邋遢的男人正站在他们身后，而男人的身后站着一个尢比靓丽的美女，她提着包好像正好路过这里。

美女一脸不屑地骂道：“你这都认识的什么人啊？不是赌徒，就是混混！”

“小娘儿们，你说谁是混混！”率先出手揍吴晓天的混混一指女人，他脸上的横肉差点没掉下来，眼睛瞪得有点吓人。

女人下意识地朝着邋遢男的身后躲了起来，但是她的嘴中却不饶人，小声说道：“人说话，狗打岔！”

“我操，小娘儿们，不想活了！”

“大哥，这小娘儿们长得不错啊！”旁边的金毛突然发出了一声坏笑。

“操！让她陪咱们玩玩。”另外一个混混也跟着附和。

听到这，对面的男人一声冷笑，他突然伸出了五个手指。

为首的混混又纳闷起来，“我操！你这又想干什么？”

“小爷我五秒钟内就能解决了你们！趁着小爷我还没出手，都他妈给我滚！”说完，男人一阵冷笑，笑声很阴森。

为首的混混被气得笑出了声来，“我操，太他妈背了，一天遇到两个装逼犯。”可是他的笑声还没持续多久，迎面就被一记重拳击中，仰面而倒，左右两个混混还没看清楚怎么回事儿，两个人的小腹各挨了一拳，这两拳又准又狠，正砸在两人的胃经穴上。两个人顿时捂着肚子打起滚来，一时半会儿怕是站不起来了。

男人收起了拳头，踢了踢躺在地上的三个人，从他们身子上迈了过去，走到少年的跟前，然后对他轻松一笑，“臭小子，还能动吗？”。

“常爷，其实不用你出手！再用五秒钟，我就把他们都撂倒了！”

来人正是常白丁和尚浮云，常白丁一阵苦笑，“小兔崽子，还他妈吹呢，你当这是玩拳皇呢！”

“他们是不知道我的厉害……小……心”吴晓天一边说着，瞳孔却突然放大，原来率先被击倒的那个混混又站了起来，手里握着半块砖头，正准备砸向常白丁的后脑。

千钧一发，只听“砰”的一声。

倒下的是那个混混，他的身后正站着尚浮云，原来她用自己的手掌狠狠地剁在了混混的脖子上，混混这次再也没有了知觉，直挺挺地倒在了地上。

“Shit！”尚浮云伸出了五个手指，冲着混混们说道：“只用五秒钟，本姑娘就能解决了你们！”

吴晓天把小眼睛眨了又眨，常白丁还真有点后怕，摸摸额头上的汗，朝着尚浮云举起了大拇指。

尚浮云拍了拍手，“我学过神经外科，知道人被打在哪就会立即晕倒！你以后最好放老实点，再对我有非分之想，小心你的脖子！”

吴晓天看了看尚浮云，心里美滋滋的，“常爷，这美女姐姐是谁？长得这么像不知火舞呢？咱们这像不像拳皇三对三模式？”

常白丁狠狠地抽了吴晓天的头一下，“半条命都没了，还满脑子都是拳皇呢！看看还能站起来吗。”

“常爷，我没事，就这几块料，要是我当时还能站起来，不出五秒钟就把他们撂倒了，打他们一个生活不能自理！”说着，吴晓天拍拍身上站了起来，似乎刚才的打击并没有什么大碍。

“行了！你别废话了，有活儿！”

“太好了，又来活儿了！”吴晓天摸了摸嘴角上的血，感觉有些痛，嘴唇下意识地抽了一下，“常爷这次能分多少？能不能先预付点定金？”

“还没成事呢，现在就找老子要钱？”

“常爷，我这都快吃不上饭了！饿着肚子，怎么保护您？你不得先交点保护费啊！”

尚浮云哭笑不得，刚还被几个混混打得满地找牙的少年，竟然要找常白丁收保护费，太搞笑了！

常白丁从口袋里摸了半天，摸出来皱皱巴巴的一百元钞票，又凑了些零钱，“这是定金，事成之后，再给你二百！”

吴晓天又举起了五个手指，“一共五百！不划价！”

“五百就五百！事后差多少，一起补给你！”常白丁倒是答应得很干脆。

“常爷，痛快！”吴晓天说着举起了大拇指，然后满意地把这些钱装进了口袋里。

尚浮云心中好笑，常白丁这家伙真黑，二十万的生意，几百元就把这孩子打发了！不过看这孩子弱不禁风的样子，还一口大话，也不知道他对常白丁能有什么作用。

“对了，给你介绍一下！”常白丁一指吴晓天，“这孩子叫吴晓天！职业是猎人！”

“猎人？”尚浮云听常白丁曾经提起过这个词，难道这孩子也和罗凯一样，在梦中也拥有着某种特殊的技能？

常白丁冲着吴晓天一阵坏笑，软绵绵地说道：“这位美女叫尚浮云，现在是小爷我的助手！兼任女朋友！”

“谁是你的女朋友？”尚浮云急得举起了右手，作势要剁下去。

常白丁立即纠正道：“女性朋友！简称女朋友！”

尚浮云这才收起了手掌。

“美女姐姐好！”吴晓天嬉皮笑脸地朝着尚浮云伸出了手，似乎刚才的伤已经痊愈了。

尚浮云很礼貌，刚想把手伸出来。

没想到吴晓天的眼睛突然变大了，他伸出去的手也缩了回来。他像是看到了什么恐怖的东西，用手颤抖着指着尚浮云，刚才装逼的劲头顿时无影无踪，“常爷，她是……”

常白丁狠狠地瞪了他一眼，一把将吴晓天拉了回来，“小王八羔子，小爷我的女人你也敢碰！”常白丁又拍了拍这家伙的脑壳，“明天九点钟地铁朝南坐三站，在站台等我！听见没？”

吴晓天没说话，还是直愣愣地看着尚浮云。

朝南坐地铁？尚浮云总是觉得常白丁说话就像是特务在讲暗语。

“我问你听见没？”常白丁冲着吴晓天吼道。

吴晓天这才回过神来，“明早九点地铁朝南开三站，站台不见不散！”

“还不滚！回家等我！看我不好好教训你！”说着常白丁在吴晓天的屁股上就是一脚。

“哎哟！”吴晓天一个趔趄，差点摔倒，他一边摸着脑袋，一边朝着巷子的深处走着，但是走了很远，他还不忘回头望一眼尚浮云，眼神里充满了惊惧。

尚浮云脸绷得紧紧的，因为她对这种表情似曾相识，对！阿三看见自己的时候，也是这种眼神！

9

尚浮云和常白丁回到店里已经是下午了，尚浮云打开了门锁，两个人前后踏入了屋子。

“美女！今天就到这里吧！我有点累了！”常白丁坐在沙发上，眼皮一个劲地往下耷拉，显然已经很困了。

尚浮云不依不饶，“你不把话说清楚，今天就别想睡觉！那孩子到底是什么意思？”

“哪个孩子……吴晓天？你都说了，他还是个孩子！青春期嘛，看见美女身体上的雄性激素开始不断分泌……所以人才有点怪！”常白丁显然没把这事当事。

“你少胡扯！前几天阿三看到我，也是这表情，我脸上到底有什么？他们干吗都这么大惊小怪的？”

“这不正说明你长得美丽动人吗！哪个男人看到美女不想多看两眼？不多看几眼，说明他不行！”常白丁一边说一边用手比划着尚浮云的身材轮廓。

“忽悠是不是？常白丁我告诉你，今天你要不说清楚，我就不走了！就住这儿了！”尚浮云一屁股坐在沙发另一面上，学着常白丁的样子，把两只脚翘在了茶几上。

常白丁像打了鸡血一样，一下子来了精神，“我没听错吧？美女，你是想……”

尚浮云一把把常白丁的头拨到了另外一边，“别想入非非。从今天开始，我还就真常住在这了！”

“啊？跟小爷同居？”常白丁的口水差点没流出来。

“滚蛋！你不许住这儿！我就是想看看你到底是怎么进这间屋子的，是从窗户，烟囱还是下水道？”尚浮云突然觉得自己的语言好像受常白丁的影响，也变得有些粗鲁了。

“那你交点房租吧！”常白丁似乎对尚浮云要住在店里的决定，又惊喜，又兴奋。

“别做梦了！”尚浮云把两只胳膊交叉，做了一个×的动作。

这几天虽然了解了很多解梦的门道，但是尚浮云周围的谜团却越来越多。明明锁着门，常白丁和罗凯却能在屋中出入自由，自己从来不认识阿三，但阿三却好像认识自己，今天吴晓天被自己吓住了，很显然，常白丁对这些奇怪的事一清二楚，但他装傻充愣，也不知道他到底隐藏了多少秘密。她又想起了范教授，难道老师安排自己到常白丁这里，并非是一时兴起，而是有意为之？

常白丁想要守口如瓶，尚浮云也没有好办法套出实情。她只好打一次“持久战”，所以决定就住在常白丁的门脸房里，用这种死磨硬泡的方式让常白丁“屈服”。

尚浮云也觉得有些累，她伸了伸懒腰，“行了，该说正事了！你找的那个傻小子，到底有什么用？”

“当保镖啊！”

“当保镖？是你保护他，还是他保护你？”

常白丁此时的神情变得一本正经起来，“我是说在梦里！他可以保护我！”

“梦里你还需要人保护？我看你不挺英雄的吗？”

听到尚浮云夸奖自己，常白丁冲她抱拳作揖，“谢尚姑娘垂爱！没想到小爷我在你心目中的形象如此高大！”

“梦里的你确实很帅，但到了现实中，怎么差距就这么大呢！”尚浮云若有所思，她也觉得挺别扭，自己像是在跟两个常白丁接触，“又扯远了，说吧！为什么请他当保镖？”

“我之前说过，纵向穿越对我来说是有点风险的，所以我需要一个厉害点儿的保镖。”

“什么风险？”尚浮云知道常白丁又进入了她关心的话题。

“梦境的纵向穿越存在一些问题，这个问题连周公都没有注意到。”

“啊？周公没思考过这些？”

“周公能把梦境三定理搞清楚就不错了，要知道那时候可是周朝，哪有咱们这么多的知识储备？”常白丁的表情里俨然充满了对周公的特殊向往。

“那是姜太公把这事搞清楚的？”

“哪里，就像所有的科学一样，这些研究都不是一个人，或者是一代人完成的，姜太公的弟子创立牙派，牙派里聚集的都是中国历史上最聪明的人，他们都在不断完善和发展着周公发现的梦境三定律，世代相传的理论叠加在一起，才形成了我现在正在应用的这套解梦理论。”

“你刚才说，纵向穿越是有问题的，到底是什么问题？”

“纵向穿越的梦境首先存在时间轴的问题，一般来说在同级梦境中穿越的时间和人的生理时间是相似的，如果下到下一个层级的梦境中，其实是上一个梦境时间的百分之一左右，也就是说对穿越人的寿命并没有什么影响。但是如果是穿越到上一层梦境中，则比较麻烦了。由于穿越人的大脑运转速度，被上一层梦境带快，所用的时间也是之前自己梦境中所用时间的一百倍，相应的寿命是会受到损失的。”

“天上一日地下一年！越往高的层级穿越，时间损失就越大，寿命也就相应的会受到损失。换句话说，你穿越到我的梦境来，对你没有任何影响，但是如果我穿越到你的梦境，我可能就得少活几年。”尚浮云的表情里显出了一股很不情愿的样子。

常白丁点了点头，“实际就是这么回事！但是这个问题还不是最主要的问题。”

“那还有第二个问题喽？”

“第二个问题就比较复杂了！梦境其实也是一种进化论，低层的生物做低层的梦，高层的生物做高层的梦。经过几万年的进化后，人类的梦境达到了第三层，我们其实是朝着更高层级的梦境进化的，这才符合我们的进化规律。所以，如果向着更高层次的梦境穿越，虽然会折寿，但是却还是梦境！但是，如果有人逆向操作，从高层级的梦，进入低层级的梦，对于做梦者来说，梦就不再是梦了，而变成了……”

“什么？”显然，这个问题已经不再属于尚浮云的理解范畴了。

“现实！从上而下进行梦境穿越，会回到现实中。”

尚浮云深深地吸了一口空气，“也就是说，从你的第五层的梦境，来到我的第四层梦境中，你会回到真实的过去，而我却还在做梦！”

常白丁此时的表情很凝重，“虽然不太好理解，但确实是这么回事！”

“我觉得这也太神了！我的梦和你的现实交叉在同一个时空中？”

常白丁点了点头，表示肯定！

尚浮云把手指放在了自己的嘴边，一边摇晃手指一边冥思，“我做个假设，如果我的梦里有梦魔攻击了我！那么我会醒来，但是攻击了你，你可能会受到重伤。”

“如果出现这种事，后果可能比你想象的还要严重，如果我在你的梦境中受到了致命伤，这个世界里的我就会变成脑死亡状态，最终成为植物人。”

尚浮云先是一愣，但随后嫣然一笑，“那真得感谢梦魔！”

常白丁并没有理会尚浮云嘲弄，相反他的脸上却露出了一股狡猾的笑容，“还有一种情况，如果你被攻击后醒来，吴晓天也会随之醒来，因为对你们俩来说，那只是梦！但是，那个梦却是我的现实，我不会醒来，会继续游走在过去的时光里，也就是残存在你的记忆里，永远活在你的心中。而这个世界的我，会陷入深度昏迷中。”

“你说的也太吓人了！那样我不变成杀人犯了！”尚浮云突然拍了拍脑袋，“哎，不对啊！你既然是第五层的梦境，也就是说你每次入梦都要下到第三层的梦境，既然向下就是进入现实世界，为什么你之前不用吴晓天保护。”

常白丁的脸上立即浮现出了一种不可一世的自豪感，“因为第三层的梦境，是人类固有的梦境！牙派在宋初时出了一位牛人掌门叫陈抟，解除了牙派传人在第三层梦境中的危险。”

尚浮云眼睛一亮，“这个人我听说过，据说他和宋太祖下棋赢了华山。这个人还有个外号叫……”

“睡仙！”常白丁和尚浮云异口同声道。

尚浮云见常白丁和自己如此合拍，淡然一笑，“这个陈抟睡功可谓天下第一，相传他一睡就是数日甚至是几个月。”

“这不是传说，这位先掌门之所以如此嗜睡，是因为他把自己有限的生命都献给了无限的梦境研究中去了，他将《周易》卦爻变化的思想与《老子》自然无为思想相结合将入梦技术推上了一个新的高度。”

“说得神乎其神的。”

“神乎其神？他老人家研究出来的技术刚刚救了你一命，知道吗？”

尚浮云有些机械地摇了摇头。

“陈掌门有一首《励睡诗》：常人无所重，惟睡乃为重。举世皆为息，魂离神不动。意思是如果我派中人在第三层梦境中遭到致命打击，那么就可以利用他研究出来的技术把自己弹回到属于自己的第五层梦境中，而免于掉入意识的深渊中，但是这种技术只适用于第三层梦境！”

“这跟我有什么关系？”

常白丁一瞪眼，“你忘了你进入王婷婷的梦时，做了多危险的事吗？”

“我？”尚浮云突然想到，自己在梦中为了追上常白丁，从悬崖上一跃而下的事。

常白丁似乎知道她回忆起来了什么，“要知道你是第四层梦境的人，下到第三层梦境，对于你来说，梦世界也变成了现实世界，如果你在第三层梦境中有什么闪失，现实中的你就会立即处于脑死亡的状态，当时幸亏有小爷我在你身边，用了陈抟祖师的那个自救技术，把你弹回了你的梦中，你这才得救的。还不赶快感激小爷我！”

尚浮云听得有些后怕，流露出一股满怀歉意的表情来，“这个自救措施只能在第三层梦境中使用的话，我的第四层梦对你来说还是危机重重啊！那你还是告诉吴晓天，好好保护咱俩吧！但是靠那个乳臭未干的小子保护你，靠谱吗？”尚浮云觉得这确实是个比较实际的问题，所以她也不希望常白丁出事。

“吴晓天那小子，别看在现实中打架不行！在梦里，他可不是盖的！那真是百万军中取上将首级的猛士！”说这话时，常白丁像说评书一样，抑扬顿挫，语气特别做作。

“那孩子是第几层梦境？”

“第三层！”

“啊？那让他进入我的梦，岂不是会折了他的阳寿？”

“猎人是伯禽的后裔，八字纯阳之身，梦境中的时间变化对他来说不敏感。”

尚浮云脑袋里瞬间开始搜索着“伯禽”这个名字，然后就开始背书，“西周初年，周成王在周公的辅佐下东征灭掉了伙同武庚叛乱，周天子大悦，分封周公长子伯禽于武庚的奄国，建立鲁国，国都为曲。”

“这都是正史记载，传说伯禽一直都在左右保护着父亲的安全，但是据野史记载伯禽有一条跛腿，想想看，他是如何保护父亲的呢。”

尚浮云突然做了一个响指，“梦里？”

“聪明！”常白丁一边颔首，一边又点燃了一根烟，“据牙派的历代掌门分析，周公屡屡入梦，探求梦的原理，伯禽虽然腿脚不便，但思维敏捷，他在周公的梦中变成了一个健全的人，而且能量无比巨大，所以才能保得周公的周全。伯禽的子孙日后就继承了这种能力，中国历史上有个很著名的人物就是伯禽的后裔。”常白丁这次的语气有点深邃，但是听得出，还是有股说书的节奏。

“谁？”尚浮云的表情越来越兴奋。

“唐朝的宰相魏征！魏征梦中斩龙王，听说过吗？”

“《西游记》里的故事。”

“对！这个故事其实是真的！看似文弱的魏征，却能在梦中斩落龙王的头，当然所谓的龙王其实是李世民梦中的神兽！这就是猎人厉害的地方。”

尚浮云突然联想到常白丁曾经说过，神兽和人其实是共同体，“猎人连神兽都能杀了，那李世民岂不是……”

常白丁摆了摆手，“这件事也不是一两句话能说清楚的，以后我再跟你解释！”

尚浮云知道自己又踏入了常白丁的保密区域，干脆转换了新的话题，“猎人这个职业不会是世代单传吧？”

常白丁摇了摇头，“猎人的数量要多于造梦师！但是也属于很稀有的人格。梦是阴格，猎人都属于八字纯阳之躯，但五行缺火，入梦后对梦魔和神兽有着相克的作用。”

“我记得我看过一本《周易解析》，八字纯阳就是八字中的八个字都是阳干，阳支。”

常白丁把烟掐灭在烟灰缸中，“没错！一般来说，八字纯阳，又五行缺火的人性格不合群，干什么都不成，就是咱们所说的贱命。”

“可你刚才说的魏征，人家做到宰相，还是唐太宗的宠臣，也并非是什么贱命啊！”

“他还不是贱命？魏征辅佐了两任太子，结果两任太子不但没当上皇上，还全都死于非命，他不是贱命是什么？”

尚浮云觉得无话可说，“要按你这么说，也有道理！”

“但是如果把这种人放在阴格中，他们的命运却正好倒了过来。吴晓天在现实中的确是个窝囊废，但在梦中绝对是个狠角色！”

尚浮云若有所思，“你是怎么认识吴晓天的？”

“那家伙有一次跟一个闲汉打拳皇，赢了之后就在那吹牛，结果被那哥们直接KO了。吴晓天当时被打得昏迷不醒，我当时也恰巧在那间游戏厅里帮阿三预测老虎机里的点数。阿三好心，就在他的包里翻啊翻，看有没有手机，可以联系上他的家人，无意中在他的学生证里看到了他的生日。然后，我就突发奇想，就这么进了他的梦里，你猜怎么着？我靠！太牛了，这家伙……”常白丁突然看了看墙上的表，一拍脑袋，“坏了！下次再说吧！我现在还得去办点别的事。”然后站起来，抬腿就要走。

尚浮云急切地跟了上来，挡在了他的身前，“你每次都这样！话还没说完，又要去干什么？这次说什么，我也要跟你一起去！”

常白丁又转了过来，“我劝你还是先回家吧！明天早上九点再来！”

“我不走！而且你到哪，我就跟到哪！”尚浮云用坚定的眼神盯着常白丁，“你现在休想催眠我！我已经提起十二分的精神了……”

尚浮云说着说着，便觉得眼皮开始沉重起来，她努力不让自己的眼睛闭上，但是此时她的意识已经不受她的支配了。

……

当尚浮云再次睁开眼睛的时候，发现自己就躺在刚才的沙发上，整个屋子已经笼罩在黑暗之中。她看了看表，已经是深夜十点多了。

自己整整睡了将近十个小时！

她知道自己又被常白丁催眠了，赶紧摸了摸自己的衣服，还好，衣衫整齐，自己没有被侵犯的痕迹。随后，她发现自己的身上竟然盖着一条毛巾被。

谁盖的？一思考问题，她就觉得脑袋有些涨！她晃了晃脑袋，才慢慢坐起来。

尚浮云觉得有点饿，就想起了早晨在小卖店里买的奥利奥！但当她想在茶几上找上午买的奥利奥时，却发现上面摆着一个饭盒。她打开饭盒，竟然是一份香喷喷的排骨饭，而且还冒着热气！饭盒旁边还摆着尚浮云晃荡过的那个暖壶。

尚浮云明明记得早晨她把它放在了茶几的另一边，所以她拿在手里颠了颠，竟然已经装满了水。再拧开壶盖，里边一股热气冒了出来。在暖壶的旁边摆着一个透明的茶杯，杯子被擦得很透亮。

这些都是谁干的？难道是常白丁？可能吗？流氓一下子变成暖男了？

尚浮云确实很饿，旁边又没有人，她再也无法顾及自己的身份，把筷子劈开，大口大口地吃起了排骨饭，一边闻着排骨的香气，一边嚼着美味的感觉，真的很享受！

排骨饭吃得很干净，尚浮云又喝了一杯热水，虽然只是一杯热水，但是真的是沁入心扉，太舒服了。她第一次觉得这间屋子里有了种温暖的感觉。

吃饱了的尚浮云便又开始思考，饭和水都是热的，也就是说，常白丁刚刚离开？她轻轻地走到门前，发现屋子里的插销插着，打开门，却发现铁门仍旧从外边上着锁。

她忽然意识到一个问题，她关上门，又插上插销，然后跑到窗户跟前，窗户也是从里边锁着的。

太奇怪了！

她打开了所有的灯，然后朝着地下室走去，地下室阴暗无比，但是一览无余，依旧空空如也。

人呢？房门是在里边锁着的，常白丁是如何出去的？他真的和茅山道士一样，会穿墙不成？这要是自己死在了屋子里，岂不是成了密室杀人事件了吗？

不对，常白丁绝对还有什么秘密，这间屋子肯定有古怪！尚浮云决定开始仔细搜索这间屋子。

她又从地下室走回到了屋子中，提心吊胆地寻找着每一个角落，怕常白丁正躲在暗处出来吓唬她。但是能藏人的地方她都仔细搜索了一遍，绝对没有人！也没有什么暗门。

整个屋子里，能藏人的地方只还有一个放在角落里的立柜没有打开，尚浮云很纠结，因为这样做，有点侵犯他人的隐私的嫌疑！接受了多年西方教育的尚浮云还是有些犹豫的。

管他呢！是他先吓唬自己在先的！

她终于拿定主意，试探着打开了柜子的门，柜子缓缓地打开了，尚浮云朝里边望去。柜子里边果然有些东西，而这些东西让尚浮云瞬间尖叫了起来。

一张黑白色的照片，放在最显眼的位置，照片上是一个精神矍铄的老人，他正微笑着看着尚浮云。而照片的下面，是个白色的青花坛子，很像一个盛放骨灰的坛子。尚浮云吓得赶紧把柜子的门关上了。

这是什么玩意？她退到了常白丁的办公椅上，喘着粗气，手一直在颤抖着，这间屋子太邪门了！

尚浮云一个劲地拍着自己的胸口，想要平复自己的心情，但是过了很长时间，她依旧心慌慌的。

门从外边锁住了，她跑不出这间屋子，所以只能一动不动。看着窗外幽静的灯光和寂静的小巷，再想想柜子里的老人照片，背脊上窜上来一股凉气，冲透了她的头盖骨。

心理学上舒缓紧张情绪最好的方式就是转移注意力，所以她把目光的焦点移到了眼前这张破旧的写字台，自己刚才翻遍了这个屋子里的每一个角落，却还有一个地方，没有翻过！那就是这张写字台上的抽屉。要不要打开看看？

但是她又犹豫了，她怕再看见那个老人的照片！再说，她想证明的是常白丁是不是会藏在这间屋子的某处，或是这间屋子有什么地方和外界相通。

这又不是野比大雄家的抽屉，里边装着时光机。搜查这个抽屉，毫无意义。

但这个抽屉像是有什么魔力，尚浮云不知道为什么总有一种想把这个抽屉拉开的冲动。一种直觉告诉她，抽屉里有她想知道的秘密！所以，她大着胆子拉开了眼前最大的那个抽屉。

抽屉显然已经很陈旧了，木质结构已经变形，有点卡，尚浮云来回抽动了几次才松动。由于惯性，抽屉一下子被拉开了，尚浮云生怕再出现什么恐怖的东西，下意识地闭上了眼睛。

过了半天，好像没有什么异常，她才又缓缓地睁开了眼睛，抽屉里铺着报纸，报纸的颜色已经发黄，显然年代久远。报纸上摞着几个陈旧的相框。

她缓缓地把这几个相框拿了出来，相框里是一堆外国人的合影，有男有女，他们的打扮有点像登山队，这些外国人个个鼻梁高耸，长相英俊，中间有一个洋妞，特别漂亮，长得很像美国影星赫本。

而让尚浮云不可思议的是，跟这个金发碧眼的美女勾肩搭背的竟然是一个她既熟悉又厌恶的人，没错！是常白丁。

这个黑头发黑眼睛的中国人，在众多老外面前显得很突出，他和他们一样，脸上都洋溢着一种难以名状的喜悦。照片里的常白丁阳光帅气，比现在年轻几岁，很像他在梦里的样子，气质跟现实中的他一点都不一样。

常白丁难道还有国外的背景？这太让人意外了！

尚浮云突然有了一种奇怪的感觉，这些人，她好像似曾相识！而她确定，这是她第一次见到这张照片，虽然自己的外国朋友也不少，但是这几个老外她绝对没有见过。

尚浮云又把几张照片翻过来调过去地看，照片上还是这几个人！只不过换了不同的服装和背景，看起来，这几个人应该都是在一起四处旅游的驴友。而尚浮云还发现，无论哪张照片，常白丁都和这个漂亮的外国妞靠在一起，举止十分亲密。

他们难道是恋人？不知道为什么，尚浮云的心里有一股说不上来的酸楚。

当她把相框看到最后一张的时候，她突然看到了相框里还有一个人，但是她的脑袋突然天旋地转起来！自己像是置身海底，胸口憋住了气，很快就被一股巨大的漩涡卷上了海面。

当她的头露出海面的那一刻，她觉得自己似乎又置身在另外一个世界了。

……

尚浮云突然惊醒了，发现自己还睡在沙发上，身上已经没有了薄薄的被子，而她看了看表，已经八点五十了！

难道已经过了将近二十个小时？自己睡了这么长时间吗？这不都快赶上“睡仙”陈抟了吗？

她坐起身子，看着茶几，上面除了自己昨天买的奥利奥和两瓶矿泉水外，根本没有什么排骨饭的饭盒，她又晃了晃桌子上的暖壶，仍旧轻轻的，拧开壶盖，一股难闻的怪味从里边飘了出来。一切都恢复成了它本来的样子。

刚才是梦？这么真实的梦吗？还有，自己看到的最后一张照片到底是什么？怎么现在一点印象都没有呢？

“喂！美女！看来昨晚睡得不错？”常白丁的声音突然响了起来。

尚浮云回过头，发现常白丁正坐在写字台后，她梦中刚刚坐的位置上。

“你是怎么进来的……”尚浮云的这个问题，已经像是一种条件反射，她赶快起身，看了看门锁，仍旧从里边插着，她打开门，看到那把大锁仍旧横在了外边。这一次，他们都被锁在了屋里。

“我有我的办法，美女，现在没有时间了，还是先跟我入梦吧！”说完，常白丁率先钻入了地下室的门。

尚浮云扶了扶自己的头，她沉思了一会，没有急着下去。那个梦一定有古怪，她走到了写字台前，轻轻地拉开了抽屉。

但是里边除了乱七八糟的杂物，根本没有什么相框。

难道真的是梦？

她又大着胆子走到了那个立柜前，屏住了呼吸，闭上了眼睛，然后用最快的速度拉开了柜门！

她缓缓地把眼睛睁开，柜子里是空的，没有什么照片，也没有什么坛子！

尚浮云松了一口气，看来刚才还是梦！但是，常白丁说过，自己的梦境是第四层，可以回顾之前发生的事，也就说这个屋子里确实有过那个老头的遗像，也确实有那几张常白丁和老外的合影？

如果他们确实存在过，那他们又是谁呢？

尚浮云一边胡思乱想着，一边缓缓地走下了地下室。

此时，常白丁已经换好了道袍！地上的蜡烛已经被点燃了，整个地下室正被暖色包围着。

尚浮云一脸愁云，她满怀着心事，习惯地坐在了自己的蒲团上，她又看看左右，“咦？那个毛头小子呢？还没到？”

常白丁一脸严肃，“他在站台等我们呢！”

“站台？”

“对！站台，你入梦后，会站在一座地铁的站台上，记住，不要上任何一个方向来的地铁，等我和吴晓天与你会和。”与其说常白丁的话像是警告，不如说更像是命令。

“我……”尚浮云刚想说什么，此时常白丁却已经闭上眼睛念起了之前的“咒语”。

“周公之梦，天地混元，常祖之德，我辈乃谦，何为今道？古来傅玄，正日梦来，晓得洞天……”

尚浮云的脑子里顿时觉得天旋地转，她似乎又回到了之前醒来时的那片海，自己在海面上挣扎着，但她很快又闭上了眼睛。

……

当她再睁开眼睛的时候，却发现自己真的站在一座站台上。地铁隧道里刮来的阴风，从上到下卷动着尚浮云的头发，让人有了一种阴冷的感觉。

她突然发现自己的面前站着一个人，他穿着一件白色的老式衬衣背对着自己，头发白的多，黑的少。

除了他们俩外，整个地铁站里空无一人。呜呜的风声，让尚浮云觉得有些不自在，她想赶快离开这，但常白丁和吴晓天却还没有到。

尚浮云越站越冷，她开始上下打量眼前的男人，男人站在那里一动不动，她总觉得站在身前的这个男人她在哪里见过。她越看越觉得眼前的男人有问题，一般来说等车的乘客应该是面对着地铁，而这个人却一直背对着自己。还有，最让尚浮云背脊发凉的是，这个男人竟然一动不动，他的身体连最起码的生理起伏都没有。

尚浮云突然有了一个想法，他是人吗？会不会是梦魔？这种怀疑让尚浮云攥紧了拳头，随时准备迎击。

而就在此时，地铁站里突然响起了一阵令人毛骨悚然的笑声，那个人伴着这股笑声缓缓地转了过来，当尚浮云看到他的面容时，差一点尖叫起来。

10

地铁的底部与铁轨“当当当”的撞击声在空旷的隧道里回响。车厢里只有一个男人，他穿着一件黑色的风衣，风衣的帽子遮住了一只眼，他另外一只眼正在默默地关注着时间的流逝与空间的转换。

虽然满是空座，但他只是站在车厢中央，可能是对自己的平衡感相当有信心，所以他的两只手一直插在口袋里。前方就是站台，地铁减速形成了巨大的惯性，使得车厢都有些轻微的变形。

但男人却一点都没有受到速度变化的影响，依旧稳如泰山地站在原地一动不动。

车缓缓地停住，门开了，男人一跃而下。

而此时对面的地铁也正好打开门，一个少年站在门口。

“常爷！”吴晓天穿着一身灰白色的T恤，蹦蹦跳跳地从对面的地铁上跃了下来。

常白丁没有理会吴晓天，而是朝着站台左右张望。

“常爷！找什么呢？”吴晓天凑到跟前冲着常白丁傻傻一笑。

“臭小子！看见美女没有？”

“地铁上就我一个人啊！”吴晓天两只小眼睛不停地眨着。

“我是说，那天和我在一起的那个美女！”

吴晓天瞪大了眼睛，“她没跟你一起来？”

风很硬，常白丁把领子往上提了提，口中喃喃道：“坏了！”

“常爷，怎么了？”

“这个梦是云姑娘的！属于第四层梦境！她入梦后，不用坐层级列车，应该就在这座站台上才对！可她现在人呢？”虽然外表很冷静，但看得出常白丁的内心也燃起了一股焦急的烈火。

吴晓天抓耳挠腮地想了想，“也许她先去目的地了呢？”

“不可能！”常白丁把脸一板，“我昨天下午再去找你时，把她锁在门脸房中了，我压根儿就没告诉她要去哪。”

“常爷！据我看那个美女姐姐可是……”

“这还用你说，我当然知道！”常白丁还在不住地朝着地铁站里四下张望，希望尚浮云能够出现。

吴晓天看了看站台上的座钟，已经十点多了，“常爷，时间有限，再不去，可就来不及了！”

常白丁皱着眉头，“算了！不找了！反正这也是她的梦，我们只要在她醒来之前完成任务就可以了！王蓉蓉是在2008年8月13日上午23点左右出生的，现在是22点了，我们抓紧，到医院门口去埋伏。”常白丁突然用很严肃的眼神看着他，“臭小子……”

“咋啦？常爷？”吴晓天倒是一脸的轻松。

“我再强调一遍，就按昨天我安排的计划行事。千万别儿戏，这次咱们遇到的都是一帮亡命徒，到时候如果出现危险，用断魂枪结果了他们，千万别犹豫。”

吴晓天皱了皱眉，“可常爷，这对你来说，可是真实的世界啊！我在这杀了人，对我来说没什么，可是对你来说……”

“不出现意外更好，如果遇到危险了，那也管不了这么多了！先下手为强！”

“行！常爷，我听你的！反正这帮该死的人贩子，枪毙他们多少回都应该！”吴晓天攥紧拳头，露出一副快意恩仇的表情来，“常爷现在咱们去哪？”

“妇产医院！”常白丁说完便朝着地铁通道跑来。

吴晓天在梦中是个飞毛腿，他紧随其后，顺着地铁通道一阵狂奔。

他们很快到了地面。两旁的霓虹灯彰显了北京丰富多彩的夜色，但毕竟已经是夜里十点多，路上的行人已经十分稀少。

“医院在哪儿？”吴晓天问道。

“过了马路就是！”常白丁一指街道的对面。

两个人见没有什么车辆，所以并没有绕到人行横道的地方，而是横穿马路而过。马路中间有一道一人多高的护栏，常白丁手往上一撑，身子便越过了护栏。接着，吴晓天竟然一跃而过，毫不费力。

两三分钟后，他们便到了一家医院的门口。这家医院很小，只有一栋三层高的主楼，外观也有些破旧，偌大的红十字标签在侧墙上已经脱落了大片。

“常爷！这地方我来过，怎么没记得有这么家医院呢？”

“出现了婴儿丢失事件后，这家医院就受到了查处，两年后，这家医院就被拆除了。”

“我说呢！咱们在哪守着？”

“这家医院一共有三个门，咱们就在侧门守着。”

吴晓天有点纳闷，“啊？为什么只守侧门啊？”

“据阿三给我的情报说，当晚正门有两个保安，婴儿们不可能是从那里被偷走的。后门虽然没有门卫，但是紧邻着一个住宅区，出入小区的人和车又很多，在那作案难免不会被居民撞上。所以只有在侧门下手才最符合逻辑！当时警方经过勘查，也觉得孩子是从侧门被抱走的可能性最大。”

吴晓天一边跟着常白丁，一边纳闷人贩子为什么会选择在侧门偷走孩子。等他们绕到了侧门，吴晓天终于知道警方为什么会做这样的推理，这里确实是最合适逃跑的地方。

侧门的对面有一间平房，平房的门口挂着一个小牌，牌子上用黑色的油漆填了几个字。

“太平间，”吴晓天大声念了出来，念完之后他的眼睛瞪得大大的。他这才明白了警方为什么这么判断，因为这里是一间停尸房，平常少有人来，是作案的最佳地点。

“你不会小声点？”常白丁一拍他的脑袋，埋怨道。

“常爷，产院还有停尸房？”

常白丁压低了声音，“废话！万一有难产死了的母婴，不得有地方放啊？”

“也是！常爷，那我们藏在哪儿？”吴晓天看了看四周，好像也没有什么能够隐蔽的地方。

常白丁站在停尸房的门口，一推门，门竟然没有上锁。

“不会吧？”吴晓天有点紧张。

“看你那点出息！进来！”说着，常白丁把头一晃，示意让吴晓天跟着自己，然后他率先迈进了停尸房，朝着四周望了望。屋子很小，里边只有五张空床。常白丁当然知道这五张床是用来放死尸的。

“没死尸吧？”吴晓天紧张地跟了进来。

常白丁瞪大了眼睛，“产院哪来的这么多死尸！”

“那怎么门开着？”吴晓天的声音都有点颤抖了。

常白丁把食指放在嘴唇上，“嘘！胆小鬼，躲好了，有人来了！”

“常爷，躲哪儿？”

“停尸房，你说躲哪儿？”说着，常白丁翻身上了一张停尸床，然后把脚边的白布盖在了自己的身上。

“太刺激了！”吴晓天吐了吐舌头，他也只好找了一张离常白丁最近的停尸床，躺了上去，然后也拉上白单子。

接着三个鬼鬼祟祟的人影，出现在了侧门外。灯光一照，三个人影投射到了停尸房的地砖上，异常恐怖。常白丁看得清清楚楚，三个人嘀咕了一阵，然后蹑手蹑脚地溜进了侧门。

突然，停尸房响起了吴晓天的声音，他把声音放到了最低，还故意拉长了尾音“常爷！”这声音在静谧的停尸房里响了起来，连见过大世面的常白丁都吓了一跳。

“你小子想吓死我啊！”常白丁没好气地骂道。

“常爷，我想尿尿！”

“你现在是在做梦，想尿就尿！哪尿都行！”

“那我可真尿了啊！”说完，吴晓天解开裤子，侧过身子，开始撒尿！尿水成柱状，跟一注小喷泉一样，差点溅到常白丁的身上。

常白丁把胳膊往里边缩了缩，“你非朝着我这边尿！”

吴晓天刚撒完尿，突然又大惊小怪地喊了起来，“常爷，他们出来了！”

常白丁微微扭过头，定睛一看，原来侧门里又闪出了三个人影。他们每个人的双手中都抱着什么东西，没错，是婴儿。

“常爷，那几个婴儿怎么不哭？”

“阿三说，几个被偷走的婴儿，应该是事先被熏了迷药，现在他们属于昏睡状态。”常白丁见三个黑影已经绕过了停尸房，翻身下了地，小声说：“追！”

吴晓天也不含糊，一个空翻，便从停尸床上腾空而起，稳稳地落在地下。

常白丁小心翼翼地推开停尸房的门，和吴晓天一前一后紧跟在三个黑影身后。三个人刚跑到路边，就上了一辆面包车。

“奶奶的，他们还有接应！”吴晓天急得猴蹦了起来。

常白丁看了看马路边，正好一辆出租车开了过来，他一挥手，出租车便停在了路旁。

常白丁和吴晓天上了车，吴晓天有些着急，“跟上前边那辆面包车！”

司机奇怪地冲他们看了看，“你们是？”

“我是警察！现在征用你的车！”吴晓天突然坐在了副驾驶上，一本正经地指着前方。

“你这小子，毛还没长齐呢，就敢冒充警察？是不是没带钱，想‘吃霸王餐’。告诉你，想都别想，趁早给老子下车。”出租车司机觉得自己识破了诡计，差点笑出声来。

一把手枪突然顶在了司机的太阳穴上，“废话真多，我再说一遍，开车，追上前边的那辆车。”

“哎，少侠，咱们往日无冤近日无仇，千万别开枪。”司机说着挂上了一挡。

出租车司机的技术非常娴熟，再加上路上车很少。所以他们很快就赶上了前边的面包车。

常白丁在车后冷冷地说道，“跟上就行，别让他们发现了！”

常白丁的表情和语气更增加了司机的恐惧感。“您放心！大侠，能不能让这位小兄弟先把枪拿下去？”司机的表情有点僵硬，语气变成了哀求。

“好啊！”吴晓天说着便把枪收了。

司机慢慢地踩下了刹车，把车和前边的面包车拉开了一段距离，又故意穿梭在其他车的后边作为掩护。

霓虹灯像是黑夜的晚霞，常白丁暗自赞叹，尚浮云的梦能把每一个细节都描绘得如此清楚，可见她是一个既爱观察，记忆力又十分完美的人，但此刻她在哪呢？希望她别出什么意外才好。

大约半个小时后，面包车七绕八绕在北五环的一个废旧的工地上停了下来，车里的人陆陆续续地下车，进了一间很大的仓库。

出租车紧跟其后，把车停在了路边，但是和面包车之间保持了正常的距离，看得出司机的技术很老到。

吴晓天又把枪顶上了司机的脑壳。

“少侠，你放心，我什么都不会说的，你就放过我吧！我上有七十老母，下有嗷嗷待哺的孩子啊，啊……”司机突然耷拉了脑袋，原来常白丁已经打开了车门，将司机打昏了。

“常爷，你……”吴晓天也就是想吓唬吓唬司机，想一会就放他走。

“你把他放走了，一会招来了警察怎么办？”常白丁把车熄了火，把车的大灯关上，又将车的钥匙拔了下来，放在了口袋里。

“真应该叫警察来把这帮人贩子收了！”吴晓天恨恨地叨咕了一句。

常白丁知道他心里有气，所以没有说话，带着吴晓天来到了这座仓库的大门旁。

两个人向里边偷偷地探出了头。常白丁只露出了半张脸，他看得清清楚楚，仓库里共有六男一女。婴儿们则被整齐地摆在了一张长桌上。

这些人说话时的声音很大，显然认为周围不会有什么危险。

里边的那个女人，常白丁一眼就认了出来，是邓琪。阿三提供的调查记录中，夹着一张她的照片，她就是案发当天正好请假的护士，在该事件后，邓琪就消失了，所以，她被列为了重点嫌疑对象。

“你们这帮白痴！客户明明要七个孩子，你们这才弄来了六个！”一个面目白嫩的中年人扯着嗓子喊道，看着他的样子，丝毫不能和“人贩子”三个字联系在一起。

“大哥，本来有一对双胞胎的，但是这娘们提供的情报不准，产房里只有六个婴儿。”刚刚来到仓库的一个男人气急败坏地说道，他的右臂上文着一只狰狞的虎头。

常白丁这才知道，原来这起案件是有计划的，要偷的孩子里，竟然还包括了王婷婷!

邓琪站在一旁，面色委屈，“逊哥！按照时间来说，那个孩子这会儿已经生了，如果还没生下来，应该是难产。”

逊哥啐了一口，“呸！真他妈的晦气！”

邓琪战战兢兢地说道：“逊哥，你让我帮你的事，我都帮你做了，我男朋友欠你的那笔钱？”

“你男人欠我七十万！说过了，一个孩子十万！现在只弄来了六个，你说怎么办？”

“我想办法，再还你十万！您再宽延几天。”

“我这可是高利贷，利滚利！今天差了十万，明天就是二十万！所以，等不到明天了。”

邓琪吓得倒退了两步，“那……”

“别着急！报纸上不一直都说我们是拐卖妇女儿童的团伙吗？既然儿童差了一个，就拿妇女顶上呗。”说完，逊哥一脸坏笑，上下打量着邓琪。

邓琪虽然说不上出众的漂亮，但是身材匀称，面容白净，也颇有几分姿色。她全身哆嗦，已经预感到了危险，不住地往后退。

“兄弟们！把这娘们也绑了！拉到山里，你们先好好享受享受再把她卖了，算是这个月的奖金。把她卖到山区去给农家当个媳妇，也算是个归宿。比整天都要给她那个不争气的男人还债强。”逊哥一边摇着头，一边坏笑。

他手下的兄弟们也跟着一阵坏笑，说着便朝着邓琪围了过来。

吴晓天恨得牙根痒痒，“常爷，要不要？”

常白丁轻轻地摇了摇头，“别冲动！因为我在这个梦里，如果你贸然出去，可能会改变历史。”

“常爷，你看那是谁？”吴晓天突然一指仓库的另外一边，一个集装箱的背后，隐约有个人影。

那个人似乎也正隐藏在暗处，窥探着这间仓库里发生的一切。

“云姑娘！”常白丁看清楚了那个人的轮廓，没有错，那是尚浮云！他吃惊之余，在想她是怎么找到这来的，而且看样子比自己到的还要早。

“常爷，要不要过去，跟美女会合。”

“你小子不长脑子啊，现在过去，不就被发现了吗？”

正在此时，仓库里爆发出了一阵孩子的啼哭声，哇哇哇地很大声。这哭声让所有人都静了下来，几个恶徒也停止了对邓琪施暴的脚步。

逊哥的笑容顿时消失了，“不说给他们喷了麻醉剂了吗？怎么还哭？”

“我也不知道啊！”其中一个人贩子有点害怕逊哥，战战兢兢地说道。

“这他妈的虽然不是居民区，也够烦人的。还有药水吗？”

“大哥，有倒是有，但这药量咱拿捏不准，万一放多一点，就怕这孩子挺不过去，死了，可就没人要了。”

“废物，我说这玩意以后都要标准化，配成一瓶一瓶的药水，然后一个孩子喷一瓶，别谁喷多了，谁又喷少了的，烦人。”

“大哥，马上就要装车了，这小鬼还这么哭怎么办？别给咱惹麻烦啊。”

逊哥的脸上突然闪过了一道凶光，“我操他大爷的！那边有个水缸，直接溺死！反正也没有七个孩子了，少一个跟少两个没什么区别。”

小弟们没有一个吱声的，看得出他们都犹豫了。

“害怕什么，干咱这行的就是他妈伤天害理！你们现在才知道吗？”逊哥看到小弟如此懦弱，顿时火冒三丈，他直接走到桌子边，拽起了仍在啼哭着的婴儿的右腿，然后把孩子悬在了桌子旁边的一口大水缸的上面，“学着点，这叫无毒不丈夫！”

整个仓库里顿时寂静了下来，能够感觉到，每个人的精神都很紧张。

“畜生！住手！”一个女子的声音在仓库里形成了短促的回音，有人跳到了众多人贩子的面前。

“糟了！”常白丁知道出来的这个人正是尚浮云。

11

尚浮云站在地铁站中，看到眼前那个人慢慢转过脸来，心头一惊。

当她完完全全看到这个人的面容时，心脏几乎停止了跳动。因为这个人就是昨天她在柜子中看到的那张照片中的老人。

“是你？”尚浮云的嘴有些抽搐，上下唇几乎都不能碰到一起。

老者穿着一身白色的大褂，穿着有点像公园里打太极拳的老人，他面容很慈祥，给人一种亲切感，如果不是看过他那张阴森的遗照，尚浮云怎么也不能把他和厉鬼联系在一块。

老人此时正用慈祥的眼神直视着尚浮云。

尚浮云试探着改用敬语：“您……到底是人是鬼？”

老者并不答话，转身就走。

“等等！”尚浮云在抉择，她到底要不要跟上去？常白丁之前已经对她详细解释了第四层梦境的规则，如果自己在这个梦中出现任何闪失，那么现实中的常白丁很可能会陷入昏迷状态。

但是，眼前的老人也是萦绕在她心中的一个难以解开的谜题，她希望把老者拦住，问个究竟。

老者似乎有急事要办，他的脚程很快，刹那间已经登上了地铁站的楼梯，直奔出口。

“老先生，您等等！”尚浮云终于迈开了腿。

她和老者之间始终保持了一定的距离，无论尚浮云怎么追赶，这个距离也没有缩小。眼看着老者就要走出地铁站，尚浮云慌了，因为她和常白丁的约定在地铁站里不见不散。这时倘若追上去，常白丁等不到自己会不会生气呢？又会不会影响到这次行动呢？

当她站在地铁站的出口，发现老人并没有停下脚步，而是继续向南而行。尚浮云犹豫了，该怎么办？追还是不追？

老人并没有给尚浮云更多思考的时间，他眼看就要走到路口，消失在街道的尽头。尚浮云一咬牙，快跑了几步。

老人在路口向左转，消失在尚浮云的视线中，当尚浮云刚到这个路口，又发现老人在前边的路口已经向右转了过去。在每一个路口老人都没有回头，看来并没有要等尚浮云的意思。

这让尚浮云非常紧张，又怕自己跟丢了，又觉得离地铁站越来越远。而且每当她转向下一个路口时，她的眼睛里总能留下老人的一闪而过的身影，让她有迹可循，像是在暗示她下一步要向哪走。

经过了四五个路口后，老人终于停了下来。

此处灯光昏暗，老人一动不动，此时他身上竟然泛着令人恐怖的淡黄色，像是洒了夜明粉末，在夜幕中比路灯还要明亮。

老者伸出右臂，食指指尖指着街边的一个电话亭，然后转过头来笑了笑。虽然是慈祥的笑容，但是想到那张遗像，尚浮云还是打了个寒战。

尚浮云刚想走过去，问问老人到底是怎么回事，但是老人身上的那股光芒却越来越亮，渐渐地弥散成了一片金色的粉末，瞬间在她的面前消失了。

尚浮云心中感叹：这老人果然不是凡人！他两次出现在自己的梦中，到底是何方神圣？他的目的又是什么？看来这些疑问还得去问常白丁才行。

这是在梦中，老人所指的电话亭，难道有什么古怪？

她此时如果赶回到地铁站，完全赶得上和常白丁会合，但是她似乎觉得这个电话亭可能有着更特殊的意义，到底该听谁的？那个已经吓过自己两次的老人，虽然他的身份还不明确，但他似乎没有什么恶意。她想在这里守株待兔，看看到底会发生什么事。

但是常白丁那边又怎么交代呢？

尚浮云在梦里不知道如何和常白丁联系，其实就算在现实中，他也无法联系，因为常白丁根本就没有手机。

左右为难的尚浮云，最终还是选择相信自己的感觉，因为这是自己的梦，我的地盘我做主！不管那个奇怪的老人是谁，他一定想要告诉自己什么。尚浮云觉得这个神秘的老人远比事事都不和自己言明的常白丁更有吸引力。

而且只要她没有醒来，常白丁就不会有危险，自己只需事事小心就没有问题。

尚浮云走过去，绕着电话亭看了又看，怎么看这就像是一个普通的IC电话亭，她把听筒拿起来放在耳边，里边是忙音，没什么特别。

既然不是电话有问题，那就是来打电话的人有问题？她隐蔽在一个角落里，偷偷瞄着这部电话，看看有谁会来打这个电话。

时间过得很慢，她等了将近半个小时，别说有人来打电话，这条街上连个人影都没见。尚浮云已经开始怀疑自己这个决定是否正确了。

现在再回去找常白丁，恐怕是晚了！自己难道要在这个街道上，度过无聊的一夜？尚浮云此时多少有些沮丧，恨自己没听常白丁的话。

那个老头可能只是自己创造出来的一个影像罢了！是因为自己一直在想着他的那张照片的缘故，所以日有所思，夜有所梦，没想到却耽误了正事！果然如常白丁所说，即便是第四层的梦境，展现在自己眼前的也未必就是真实的过去，因为人类可能会因为自己的某些意识创造出虚幻的事实来。她现在能做的就是尽量让自己别醒来，这样做才算是对常白丁负责。

正当尚浮云垂头丧气之时，突然一辆汽车的大灯亮了起来。尚浮云遮住眼睛赶紧转到街角的一面建筑物后，隐藏在了黑暗中。

街角缓缓驶来一辆半截子卡车，它停在了路边，紧接着汽车发出的嘈杂的马达声也渐渐偃旗息鼓。

司机戴着一顶棒球帽，他下了车，左顾右看了半天，然后鬼鬼祟祟地走到了电话亭旁边，并从口袋里摸出了一张IC电话卡，插在了电话的凹槽里。

尚浮云突然想到了一件事，在婴儿被偷走之前有人打电话，支走了值班护士，难道这个人就是……

打电话的人，警惕性很高，他在拨通电话时，还在不住地观望四周。

尚浮云干脆把头收了回来，只是静心听着他要给谁打电话。

电话很快接通了，男人用标准的普通话，慢条斯理地说："喂，是天伦产院吗？我想找一下产科护士刘芳！对，她家里有点急事！好嘞，谢谢您了！"

尚浮云心中一紧，自己的推测完全正确！那个老者是在为自己提供偷盗婴儿事件的线索。她觉得这是个好机会，可以顺藤摸瓜，直接找到人贩子的老窝。所以，她蹑手蹑脚地走到了卡车前。由于这是梦境，尚浮云一翻身便轻松跳到了"半截子"的斗上，然后俯下身子，继续观察着这个可疑的男人。

"喂！是刘芳吗？呵呵，你猜我是谁……别呀，我说就没有意思了，你猜啊……猜不到你可得请我吃饭！你再猜猜……给你点提示，咱中学时就认识！王大嘴？不对！继续猜……"男人的声音磁性悦耳，音量大小适中，由于打电话分了神，他并没有注意已经有人跳上了他的车。

尚浮云一听就知道，他是在拖延时间，偷婴儿的计划恐怕已经开始了。她也终于知道了男人为什么选这里打电话，一来公用电话很难调查出是谁打的电话，二来这条街非常僻静，少有人来，打电话时可以放开一些音量，不至于引起对方的怀疑。

同时，尚浮云也洞悉了常白丁的计划，他很可能已经到了刚才这个男人提到的天伦产科医院周围埋伏，然后跟踪这些人贩子直捣匪巢。

谈话大约持续了二十多分钟，男人还在不断地找各种话题，但是电话那头可能已经发现了问题，挂掉了电话。男人从口袋里抽出一块布把话筒和数字按键擦了擦，然后拔出电话卡，大踏步地朝着卡车而来，他粗暴地拉开了车门。跳进了驾驶室，启动了汽车。

尚浮云靠在斗上，随着汽车的启动开始上下晃动。她第一次坐在这种“敞篷车”上，卡车和空气剧烈地摩擦着，形成的一股强烈的气流划过她的面颊，而且空气中还弥散着一股让人闻起来会眩晕的汽油味，这种真实的感觉一度让她忘了自己其实是在梦中。

卡车快速行驶了半个多小时，终于下了快速路。“半截子”又颠簸了一会后，在北五环外的一间废弃的仓库门口停了下来。

司机熄了火，跳下车，走进了仓库。尚浮云从车上一跃而下，猫着腰跟在司机的后边进了仓库。她躲在一个集装箱后的阴影处，静静地观察着整个屋子中的一切。

仓库的正中间站着一个中年男人，司机朝他走了过去，“逊哥，那娘们挺精明，没能拖延多长时间，不知道那边得手了没有。”

逊哥一笑，晃了晃手中的诺基亚手机，“放心吧！那头来短信了！一切顺利，他们这会估计快到了吧！对了，老六，那辆面包车在医院门口出现过，一会把那些货转移出去，还得你辛苦一趟。开半截子去。”

老六一拍胸脯，刚才打电话时说的那口流利的普通话荡然无存，而是换上了一口浓重的东北口音：“逊哥你放心，办得妥妥的！”

两个人正说着，门外由远及近传来了引擎的震动声。

尚浮云推测是他们的同伙到了。果然，很快从外边进来了四男一女。

“逊哥！一切顺利！”其中三个男人像擎着货物一样，把几个小孩拎在手里。

跟着他们几个进来的这个女人还算有些爱心，她把几个孩子从三个男人手里接过来，小心翼翼地摆在了仓库中间的一张铁质的长桌上。

之后尚浮云就躲在黑暗中，目睹了常白丁和吴晓天所看到的那些事。

……

当逊哥就要把孩子投入水中时，尚浮云再也忍耐不住，突然大喝一声，跳了出来。

众人慌了神，但是他们看准只有一个女人时，逊哥不由得喜上眉梢，“嘿嘿，有意思，又有个妇女送上门来了！”

老六狐假虎威，上前问道：“我说你是谁啊？”

“我……我是警察，都把手举起来！”尚浮云此时已经熟练掌握了控梦的技术，她的手中真的多了一把警用六四式手枪。

众人看到枪，都收起了刚才的笑容。

老六在一旁上下打量尚浮云，“逊哥，这娘们不会真是条子吧？”

逊哥仔细打量了一下穿着黑色紧身衣的尚浮云，又朝着仓库四周看了看，扑哧一声乐了出来，“管她是谁，就她一个人怕什么。哎，老六，你还别说，是不是有点像小日本AV片里那个什么美女搜查官秘密潜入？”

老六一拍大腿附和道：“别说，逊哥，这娘们的衣服还真他妈有点像！”

尚浮云看得出来，这些人中老六是逊哥的红人，要不然逊哥也不会把打电话这种轻松的工作交给他。所以，她暗暗确定了攻击目标，老六或者逊哥！只要制伏他们中的一个就有希望逃脱。

逊哥手中仍旧晃动着手中的婴儿，孩子受了惊，哭声也变得越来越大了。

尚浮云把枪口对准了逊哥的胸口，“把孩子放下！”

逊哥有恃无恐地说道：“有本事你就开枪！就算你打破我的心脏也没关系，我死了，这孩子也活不了。”

尚浮云犹豫了，因为眼前的恶徒并不是梦魔！自己的梦对于常白丁来说属于现实，在这个梦里随便枪杀人，常白丁并没有对自己言明会是什么后果。

她拿枪的手开始颤抖了起来。

“怎么？不敢开枪吗？”

尚浮云的手仍然在颤抖，却没想到自己被人突然撞了一下。是老六！这个人是个偷袭的高手，不知何时，他已经挪到了尚浮云的右侧，突然发起了攻击。

尚浮云是跆拳道黑带，她一蹬腿，正踹在老六的面门上，老六硬生生地摔倒在地，从他的口袋里掉出了一张卡片，是那张他刚刚打电话的IC卡，但是老六似乎并没有发现，只是捂着脸半天也起不来。看来老六这两下只不过是些花拳绣腿，确实不怎么样！

逊哥见情势不妙，大喝一声，“抄家伙！绑了她！”

其余四个马仔同时从腰间抽出了匕首，朝着尚浮云围了过来。

尚浮云紧张地将枪又重新举了起来，突然四个人贩子背后有人呵呵笑了起来，“欺负一个女人算什么本事，有本事的就跟你吴爷我练练。”

众人回头一看，没想到仓库中央站着一个少年，他脑袋上挂着一个很酷的钢铁侠头盔，手臂上正套着一副狼牙空拳，两只拳头一碰，蹦出无数的火星来。

“你这是什么打扮啊？”一个黑衣男人站在离着少年七八米远的地方，他的右手握着一把东洋武士刀。

尚浮云看到这两个人总算松了一口气，常白丁和吴晓天终于出现了。

见来了强援，逊哥脸上的笑容消失了，但是他很镇定，看得出眼前两个人虽然大有来头，但绝非警察。

双方僵持了几秒钟，还是逊哥先按捺不住。“动手，把他们都给我废了！”

吴晓天伸出右手的拳套，“五秒钟，把你们都打趴下！”

尚浮云轻叹一声，“又来了！能行吗？”

四个恶徒，各持凶器，朝着吴晓天奔来。吴晓天突然朝着地面狠狠挥动了一拳，顿时，地动山摇。

四个恶徒被从地面传来的一股强大的气浪冲倒在地。

此时，尚浮云觉得一阵头晕目眩，脑袋像是要裂开了一样。

“臭小子，你疯了！”常白丁在一旁狠狠地抽了吴晓天后脑一下，结果他的手被金属面罩震得生疼，使劲地吹。

“常爷？”吴晓天回过头，委屈地看着常白丁。

常白丁对他怒目而视道：“浑小子！这是第四层梦，如果坍塌了，咱们都得玩完！”

吴晓天打开了自己的金属面罩，“我把这事给忘了！”

“用你百分之十的实力就可以了！”常白丁的眼神像一个拳击教练一样凌厉。

尚浮云晃动着脑袋，终于从刚才痛苦的震动中缓过神来，吴晓天在梦中果然非常厉害。而四个恶徒，此时也爬了起来，不过脚下还有些踉跄。

吴晓天没有再装上头盔，两只拳套也甩在了地上。然后继续伸出了五个手指，“刚才不算，五秒钟，把你们全撂趴下。”

恶徒们也觉得眼前的少年来者不善，都在观望。

逊哥见状大喊道：“一个小屁孩怕他干啥，冲上去，做了他！”此时，他手中的孩子继续哇哇大哭着。

四个恶徒把心一横，把手中的兵刃一摆，再一次朝着吴晓天冲了过来。

吴晓天先将双掌摊开，形成了对接的鹰爪状，突然做出了一个喷射的姿势，一股强大的气流闪着白光从他的双手中发出，撞向了第一个扑上来的恶徒。

恶徒惨叫一声，应声而倒。

紧接着第二个恶徒提着铁棒，高高跃起，朝着吴晓天的面门砸来。

吴晓天也高高跃起，一招“升龙拳”，直接击中了恶徒的下巴，恶徒从空中垂直落体，狠狠地摔在了地上。

紧接着两个恶徒一左一右，朝着吴晓天攻来。

吴晓天并没有落地，而是把右脚高高踢了起来，身体顺势随着腰腹转动起来，好一招旋风腿！

两个恶徒均被击中面部，应声倒地。

尚浮云看着吴晓天眼花缭乱的招数呆呆出神。

“真没童年！没玩过街霸啊？”不知道什么时候，常白丁站在了尚浮云的身边。

尚浮云满脸诧异，“这是他十分之一的实力？”

常白丁嘿嘿一笑，“这是多说了！”

站在一旁的逊哥此时突然大吼了一声。

尚浮云这才意识到他的手中还拎着一个婴儿。

逊哥用恶狠狠的眼神盯着吴晓天，慢慢地松开了手，婴儿顺势滑落了下来。

“啊！”尚浮云大叫了一声。

就在孩子落入水缸前的一刻，突然有人撞开了逊哥，连同水缸也一起被撞倒了，整缸水泼了一地。由于变故太快，婴儿仍然在下落，虽然掉不进水缸里，但是头朝下栽了下来，情况十分危险。

尚浮云和常白丁鞭长莫及，而吴晓天正是那个撞开逊哥的人，他撞开逊哥的时候，并没顾及孩子。

千钧一发之时，邓琪飞身一扑，把孩子搂在手里。她怕伤到孩子，自己的背部重重摔在了地上。但让人意外的是，邓琪并没有停下，她一骨碌就站了起来，抱着婴儿朝大门飞奔而去。

刚刚被打倒的四个人贩子又艰难地爬起来，撒腿想追。

吴晓天一个漂亮的翻滚就立了起来，朝着四个人贩奔来。

常白丁拉住尚浮云的手，“追上邓琪，她才是关键！”

吴晓天轻轻一跃便从四个人贩子脑顶上跃过，两只脚腾在空中朝着左右一踹，两个人贩子被踹出了两米多远，正好为常白丁和尚浮云闪出了一条路。

“走啦！”常白丁喊了一声。

“等一下！”尚浮云用袖口的边缘捡起了那张老六掉落的卡片，然后用一张手帕把这张卡裹了起来。

“这是什么？”

“别管了！反正有用！”尚浮云也卖起了关子，这才跟着常白丁朝着仓库的门口跑来。

两个人刚要闯出仓库，却被摇摇晃晃站起来的逊哥拦住。逊哥的手中此时已经多了一根铁管，刚才那股奸邪之相，换成了一股暴戾之气，“今天你们谁也别想活着出去。”

啪！啪！

两声枪响过后，在逊哥的脚底下出现了两个弹窝。

逊哥瞪大了眼睛，他看见吴晓天右手不知什么时候多了一把手枪。

“常爷，你们先走！这有我呢！”吴晓天一扫脸上的稚嫩之相，一副杀气腾腾的面容。在场的所有人贩，都被他这股气势所震慑。

“走！”常白丁从逊哥的身边绕了过去，然后转过头对吴晓天说道，“尽量别杀人，也不许救人！”

“明白！这儿的人，一个也别想出去！”吴晓天开始做出了各种武打动作，戏弄着屋中的六个男人。

常白丁和尚浮云追了出去。

“他不会把他们打死吧？”

“你放心吧，臭小子下手虽然没轻没重，但是他还没在梦里杀过人呢。”

“为什么不能救那些婴儿？”

“这是我的现实！是真实的历史，我们现在做的每一件事情，都可能改变历史，如果救了他们，当我们回到原来的世界时，就不知道会发生什么事情了。”

“可是那帮孩子也太可怜了！”

“阿三给我的调查报告中说孩子除了王蓉蓉外全部获救。所谓吉人自有天相，就算你放任不管，他们也会得救的。”

尚浮云恍然大悟，为什么常白丁说这个女人才是关键，“你是说，那个女人手中抱着的那个孩子就是王蓉蓉。”

“你别老问这问那的，该我问你了，刚才为什么不在车站等我们？还有你是怎么找到这儿的？”常白丁埋怨道。

“我……我碰见了一个老人。”尚浮云刚想继续诉说自己的经历，却发现常白丁突然停了下来。

原来邓琪正抱着孩子跪在了他们两个人的面前。

“求求你们，放过我！”邓琪已经泣不成声，看得出她的表情里带着委屈。

“把孩子……”尚浮云刚想说把孩子交给我。但却被常白丁拦住，“你别紧张，我们不是警察，也不是来抓你的。”

“大哥！我男朋友得了重病，欠了他们的高利贷，现在他们追着要债，我才这么干的。我不能去自首！因为没有我，我男朋友就死定了。”

尚浮云听着就气不打一处来，她走过去狠狠地瞪着邓琪，质问道：“你知道吗？为了你的男朋友，你毁了六个家庭！”

邓琪没有反抗，“我的罪，我会去赎的，但是现在求你们放过我！等我了结完我的心愿，我就去赎我的罪。”

尚浮云蹲在了邓琪的面前，“我可以放过你，但是你必须要做两件事情。”

“哪两件事呢？只要我力所能及，我都会去做的。”

尚浮云说着从口袋里掏出了一个用手帕包着的IC卡，“这张卡上有老六的指纹，在你自首时把它交给警方，警方应该很快就会查到老六的身份，把这个犯罪集团一网打尽。”

邓琪点了点头，“没问题！那第二件呢？”

“我要你抚养这个孩子。”尚浮云一指邓琪手里的婴儿。

常白丁皱了一下眉头，他本想打断尚浮云，但很快就摇了摇头，默许了。

“抚养这个孩子？”邓琪看了看手中的婴儿，她本以为尚浮云的第二个要求是让她抱着这个孩子去自首。

“这是我的电话号码！如果这孩子在六年后有什么事，而你没办法解决了，打给我！”尚浮云掏出一支笔，在包IC卡的手帕上写上了自己的手机号，“记着，这个号码只能在六年后才能打。还有，你要打过电话后，再去自首。”

“你怎么称呼？”邓琪抹了抹眼泪。

“你就叫我云姑娘就行！”

“我知道了！谢谢，谢谢你们！”邓琪感激涕零。

“走吧！”尚浮云背对着邓琪。

邓琪抱起了孩子，刚想走！

“等等！”这次是常白丁拦住了她。

“你们还是不肯放过我？”邓琪转过身来，眼睛里充满了泪水。

常白丁顿了顿，他也不知道该用何种语气说下面的话，“这六年里，无论发生什么事，都不要把这孩子交给警察！这是你的命！记住，好好照顾这个孩子就是在赎你的罪！”

邓琪点了点头，抱起孩子，转身就跑，很快就消失在了夜色中。

尚浮云说完后，冲着常白丁说道：“这样做是最好的解决方法了吧？”

常白丁思索良久，“恐怕是的！我本想只是秘密打听王蓉蓉的下落，但你这么一折腾，历史很可能因为你刚才的冲动行为而改变了，让邓琪抚养王蓉蓉恐怕是当下弥补历史缝隙最简单直接的方式了。”

“对不起，我刚才冲动了，但是只要是有点良知的人，看到那种情况也不会袖手旁观吧？”

常白丁轻叹一声，“算了，反正事情已经发生了，也没必要再纠结了。”

“我现在总算知道你为什么会把这个梦开始的地方锁定在这个时间节点上的天伦产院了。因为这是人们记忆中的王蓉蓉最后一次出现的地方，在我的梦中不可能出现我记忆或认知之外的那个王蓉蓉，所以梦的原点只能设定在这里。换句话说，第四层梦境是唯一讲求时间和空间概念的梦境，是最接近人类逻辑的梦境！”

常白丁看了看天空，“你说的这句话我会记下来，历代牙派掌门都没有把第四层梦境理解得如此透彻。”

“也不知道这个邓琪会不会遵守诺言，你那二十万能不能赚到就看造化吧！”

常白丁并没有生气，他只是回头笑了笑“我觉得这样也好，无愧于心！”

尚浮云也俏皮地笑了笑，冷不丁地冒出了一句，“还是梦里的你最好！”

常白丁松了口气，“是你的梦，是我的现实！”

尚浮云若有领悟，两个人说完对视了一会，莞尔一笑，又一前一后，回到了仓库里。

刚走到仓库门口，让尚浮云目瞪口呆的一幕发生了，吴晓天正骑在逊哥的肩膀上，当大马一样，追逐着其余五个男人。他手中正提着一根木棒，像挥舞马鞭，左右劈杀，五个大男人被他一掀就是一溜跟头。

他们倒下后，又被吴晓天勒令再站起来，这样几个来回，几个人贩子被打得鼻青脸肿，落花流水，躺在地上怎么也不肯起来了。

“你们这帮家伙，赶快起来！你吴爷我还没玩够呢！”吴晓天挺着脖子，活脱一个混世魔王的样子。

“小爷爷，我们知道错了！你就饶了我们吧！”五个男人跪在地上求起饶来。

逊哥此时也累得跪在地上，“爷！累死我了，我明天就去自首行了吧？求求您，您就从我脖子上下来吧！”

吴晓天见常白丁和尚浮云站在仓库门口，知道任务已经完成。

“真没劲，小爷不跟你们玩了！”吴晓天说着，一个螺旋式的上升后，展开轻功稳稳地落在了地上，然后蹦蹦跳跳到了常白丁身前。

“玩够了！玩够了！咱们走吧！”吴晓天说着往外便走。

“小心！”常白丁突然一声大喝。

只听一声枪响，吴晓天摇摇晃晃地站在原地。

尚浮云捂着嘴看着吴晓天。

“让你还牛逼！”逊哥刚才还可怜兮兮的脸上，立即又换上了一种歇斯底里的表情，他的手中握着一把手枪，他的手哆嗦着，显然对开枪杀人这种事还没有什么心理准备。

吴晓天慢慢转过头来，表现出很痛苦的样子来，突然他又若无其事地冲他做了个鬼脸，然后把右手摊开，掌心里放着一颗子弹，“嘿嘿，你真的以为你的枪能杀了我吗？”

“啊！妖怪！”六个男人瞬间四散奔逃。

砰砰！

“都给我站住！”尚浮云突然鸣枪示警！

六个人的动作空前一致，他们哭丧着脸转过头来，特别是老六，腿一软便瘫在地上。

“侠女，有什么事，您就吩咐！”逊哥立即又换上了刚才求饶时的嘴脸，像个可怜虫一样趴在地上，再也不敢抬起头来。

尚浮云一脸严肃，“这几个婴儿都给我照顾好了，倘若有什么闪失！就要了你们的命！”

老六是个没有骨头的人，他率先表态，“我们这就去自首！”

“随你们吧！反正你们也蹦跶不了几天了！”尚浮云冷着脸说道。

“这句好像是我应该说的台词。”常白丁一阵冷笑，用肩膀拱了拱尚浮云。

事件总算解决，尚浮云得意地微笑着，她又走到逊哥跟前，“还有，你们谁也不许再找邓琪和她男朋友的麻烦！”

人贩子们唯唯诺诺，满口答应。

吴晓天围着常、尚二人转了两圈，不住地摇晃着脑袋，“事都妥了！二位，咱们走吧！”

常白丁驾驶着出租车回到了地铁站，这一路上出租司机依然昏睡。

吴晓天看着熟睡的司机，撅着嘴说：“常爷！你这也下手太狠了吧？”

“我这跟她学的，哪知道这招这么厉害！”常白丁一努嘴，示意这种事尚浮云最在行，然后他把一张百元大钞放在了司机的口袋里。

三个人把车停在路边，眼前就是地铁站，他们顺着楼梯来到了地下，此时站台两旁的地铁已经打开了门，像是正在恭候他们的到来。

“美女姐姐，后会有期喽！”吴晓天晃动着双手。

“我……”尚浮云本想问问吴晓天为什么那天要用那种眼神看着自己的事，但是吴晓天已经蹦蹦跳跳地上了车，她只能小声嘀咕了一句，“后会有期！”

常白丁一言不发，上了对面的地铁，车门缓缓地关上了。

地铁巨大的动力，瞬间鼓噪了起来。两边的地铁闪烁着白色的光环，在速度的激化下，它们渐渐消失了。

尚浮云站在原地，有些不知所措，自己还没有醒来，她要如何离开这里呢？突然她的肩膀一冷，后脊有些发凉，觉得自己的背后有一股阴风，回头看时，那个白发老人竟然又出现在了自己的身后。

他冲着尚浮云在笑，像是在感谢她所做的一切。

而这时，尚浮云仿佛听见了自己的手机在响。

……

随后，她缓缓地睁开了眼睛，梦醒了！

她发现自己这会儿并非是在常白丁的门脸房的地下室里，而是在自己的家中那张软软的单人床上。

手机仍然在响着，是个陌生的号码打来的，睡眼蒙眬的尚浮云来不及多想，便接通了电话。

“喂？是云姑娘吗？”电话那头的声音短促而虚弱。

“你是……邓琪？”尚浮云一下子变得精神了。

电话那头，良久未有人答复，十秒钟之后，才有人回答：“我是！这么多年了，谢谢您还记得我的声音！”

12

王铁和季蓉婷守在王蓉蓉的病床前。

“我可怜的女儿啊！”季蓉婷拉着女儿的手，失声痛哭。

这是一间乡下的平房，家徒四壁，只剩下一张床，王蓉蓉双手蜷曲着，双目呆滞，鼻子里插着一根胃管，平时的饮食只能靠这根胃管支撑。

“七个案犯已经全部被捕了，案子破了！你们可以安心了。”

“那个女人贩子，为什么会留下我的女儿，还把她害成这个样子？”说话时，季蓉婷已经泣不成声。

“没错，是邓琪对不起你们，她参与了偷盗婴儿的事件。但是也正是因为邓琪，王蓉蓉才没有被犯罪集团杀害。”尚浮云耐心地解释道：“邓琪是个孤儿，她从小就孤苦无助。她希望有一个家庭来认养自己，让她感受家庭的温暖，也希望有人能给她一份依靠。但是，命运像个吝啬鬼，什么都没给她留下。直到她从网上认识了一个男人。起初，她以为这个男人可以托付终身，就把全部的爱都投入到了这场恋情中去。但事实证明，这只是贩卖婴儿组织设下的一个局，他们声称她的男朋友得了重病欠下了高利贷，从而让邓琪就范，帮助他们去偷盗医院的婴儿。”

“这也不能作为她犯罪的理由。”季蓉婷对尚浮云本来就有偏见，听到她为邓琪开脱，情绪很激动。

常白丁接过了尚浮云的话，继续说道：“虽然邓琪参与了偷盗婴儿的事件，但是她良心未泯，当人贩子想要杀了蓉蓉时，是邓琪奋不顾身救了蓉蓉。之后，邓琪本想把蓉蓉还给你们，但是她发现她那个所谓的男朋友失踪了，蓉蓉成为了这个女人生活中唯一的依靠，所以，她隐姓埋名在这里含辛茹苦地抚养着蓉蓉这么多年，在王蓉蓉的所有记忆里邓琪才是她的母亲。邓琪可能是无意中听到过你们谈过孩子名字的事，所以她就一直对王蓉蓉说，她还有个妹妹叫王婷婷。可能是怕你们找到她把她带走，她对王蓉蓉说她是个弃婴，亲生父母抛弃了她。”

王铁把拳头狠狠地砸在墙上，“孩子都抢走了，干吗还要这么污蔑我们！”

季蓉婷突然站起来摇晃着尚浮云的手臂，“尚医生，蓉蓉她到底得的是什么病，为什么会这样？”

“很不幸，去年蓉蓉得了脑白质病，这是一种脑部的不治之症。得上的人会逐渐丧失了记忆，然后脑部的功能会渐渐消失，最后就会变成这样，需要大量的医疗费，才能维持病人的生命。邓琪本可以拔了这根管，让王蓉蓉自生自灭，但是她没有。这一年多来，她在竭尽所能地让蓉蓉活下去。现在邓琪真的支撑不下去了，才会联系警方投案，把当年的事和盘托出，那些人贩子也才会落网。”

“常爷！”王铁很郑重地说道，“以前的恩怨，我们不想再追究了。那二十万我今天就给你打到账面上，但是我还有一个请求。”

“您算老客户，如果还有什么请求，但说无妨。”

“我准备再给你打十万元，我想在梦里见见蓉蓉。你能答应我吗？”

常白丁叹了口气，“即便见到了，她也未必能认你们！她的心里一直都认为邓琪才是她的母亲。我觉得你们还不如维持这种状态。”

王铁早就铁了心，“怎么说也是我女儿！我想见见她。”

常白丁点头道："那好吧！不过，我不敢保证能成功，所以这次免单！"

……

三天后，还在常白丁的门脸房里，王铁和季蓉婷如约而至，他们带着抱着玩具熊的王婷婷一起走进了地下室。

常白丁施展了他那套诡异的入梦仪式，将所有人带入了王婷婷的梦中。

尚浮云睁开了眼睛，她看到王蓉蓉站在悬崖边，而此时，王婷婷的身后站着他们的父母。常白丁则站得更远一点。

天空中月明星稀，那棵歪脖子松树依然屹立在悬崖边。整个崖顶一丝风也没有，几个人谁也不先开口，只是默默地对视着。

突然，尚浮云再次睁开了眼睛，她发现自己正坐在蒲团上，常白丁的眼睛一眨一眨的，此时正冲着自己傻笑。

"怎么？"尚浮云对自己为什么会从梦中醒来大为不解。

"人家一家四口团圆，我们干吗要当电灯泡？"常白丁站了起来，走出了地下室。

"他们不会有危险吧？"尚浮云跟在他后面，但心里不免有些担心。

"放心吧，在第三层梦境里，即便有危险，也不过就是醒来而已。"

"王蓉蓉肯接受她的父母喽？你去找王蓉蓉沟通了？"

常白丁点了点头，"我这两天试着从王婷婷的梦中，进入了王蓉蓉的黑梦，奶奶的！小爷被这死丫头从黑梦里扔出来二十七回，早知道这么费劲，真应该把王铁的那十万块钱先收了。不过总算还好，第二十八回时，她被我的诚心打动了，答应见一见自己的父母了。只不过，蓉蓉这孩子活得太没有质量了，连人类最起码的尊严都丧失了。"

尚浮云学医多年，自然知道这种痛苦，"她这样确实是生不如死！"

"生命这个东西真的很奇怪的，有的人想活着，但却活不了几天，但是有的人想死，却根本死不了。"常白丁转过头瞅着尚浮云挺拔的胸看了又看，"对了，小爷一直有件事想问你。"

尚浮云警惕地把自己的胸抱了起来，“今天怎么你变成十万个为什么了？”

“你那天说在你的梦里见到了一个老人，才把你指引到那些人贩子的老窝。是什么样的老人。”

尚浮云也想学常白丁那样卖关子，但是她生性不擅撒谎，“我之前在梦里见过一次这个老人，还挺吓人的。”

“哦？”

“我第一次梦见他，他就呆在那个立柜里。”说着，尚浮云一指屋子中那个恐怖的立柜。

常白丁倒吸了一口凉气，“柜子，你看到那张照片了？”

尚浮云点了点头，她心中有些发紧，常白丁果然知道这件事！“之后，就在我的梦中，他又出现了，这次他是一个人！准确地说应该叫人形！就是他把我引到人贩子打电话的那个电话亭，然后他就消失了。”

常白丁眉头紧锁，“错不了！你遇到指引者了！”

“指引者？指引者是怎么回事儿？”

常白丁抓了抓头，头皮屑掉了一地，“反正是个很厉害的人物！你今后可能还会遇到他！”

尚浮云知道常白丁又在自己面前故意隐藏一些秘密，她自信可以通过自己的努力解开这些谜团，所以只要常白丁不愿再说，她就会马上转变话题，“我一直都在想一个问题。”

“什么？”

“如果当时我们在仓库外放任不管，历史真的会是现在这样吗？”

常白丁的眉毛跳了起来，“你什么意思？”

“如果我们不利用我的第四层梦境回到过去，如果不是我忍不住跳出来，那么这件事的发展到底会怎么样呢？真的能像现在这样，所有的婴儿都获救，所有的恶人全部被捕？”

常白丁并没有直接给出答案，“这个问题，困扰了牙派历代传人几千年，但是至今也没有一个准确的说法。正如你所说，如果指引者不出现，那么你、我和吴晓天就可能会统一行动，那时候，我可能就会制止你的冲动行为。但是如果那时候，你不出手的话，现在这个事件会发展成什么样子呢？”常白丁陷入了沉思，他也在一遍遍地问自己，人真的可以通过梦境改变历史吗？又或者说，这段勇救婴儿的历史就是我们自己创造的！

“算了，不想了，想起来我就头大。”尚浮云拍了拍他的肩膀，“对了，你还要给我解一个梦。”

“小爷收费很贵的！”

“你利用我的第四层梦境，赚了二十万，要不要分我点啊？”尚浮云说着便摊开了手掌。

常白丁很知趣，“这次我做大酬宾，免费给你解梦！”

“这还差不多！这两天我老做同一个梦，梦见一个停尸房。里边有个小男孩，冲着我撒尿！现在我一做梦，就是这个小男孩撒尿，还挺臊气呢！”

常白丁吐了吐舌头，有些张嘴结舌，“《周公解梦》上说……嗯……对了，梦见小男孩撒尿，就是预示着你要发财。”

尚浮云挺纳闷，“你又在胡扯吧！还有，我梦里虽然看不太清楚，但是总觉得那个孩子，长得特别像吴晓天！”

“对了，我差点忘了！我还有事啊！先走了！一会那三口醒了，你送他们走就行了。”常白丁做了个鬼脸，往外就跑。

“你又来这招！你们肯定是在我的梦里做了什么。”尚浮云看常白丁跑出了门，却没有追出去，只是会心一笑。

13

常白丁凛然正色地站在黑梦中，对面的王蓉蓉的嘴角里带着一丝难以捉摸的笑容。

“与父母相认，感觉如何？”

“什么如何，不过是梦一场！”王蓉蓉的表情里丝毫没有感伤，仍然带着一种超越了年龄的成熟。

“好了，我想要的东西在哪？”常白丁摊开了双手。

王蓉蓉一指自己的脚下，“东西就在这！”突然她的脚下泛起了一阵明亮的光，一朵梦幻花，在她的脚下慢慢地绽开了。

常白丁走到王蓉蓉的跟前，伸手摘下了这朵花。

“这朵花真的对你如此重要？”王蓉蓉突然说道。

常白丁站起身，把花放到鼻子边嗅了嗅，“不只是我！全人类的命运都寄托在它的身上了。”

王蓉蓉突然说道：“我想再和你做一笔交易。”

“什么交易？”

“帮我做一件我试了很多次，都无法完成的事。”

“说吧！”

“让我死，我知道你能做到！”王蓉蓉无比镇定地说道。

常白丁冷笑一声，“那你拿什么和我做交易？这个黑梦里什么都没有。”

“我会告诉你，是谁把这朵花种在了我的梦里的，这个条件算不算诱人呢？”

常白丁点了点头，“的确很有吸引力！你确实太痛苦了，我也想早早帮你了结自己的生命。我接受你的交易，但是我不能现在就让你死。”

“那要到什么时候，你知道我的日子是怎么度过的吗？终日在这个伸手不见五指的环境下活着，不知道一天是什么概念，也不知道一年要过多久，生命对我来说已经没有任何意义了。”王蓉蓉有些激动，紫黑色的嘴唇在不停地颤抖。

“不！有意义！黑梦，即便是牙派传人，也必须是机缘巧合才可能进入。这个我可以进入的黑梦对你来说可能是痛苦的根源，但是对我来说却一个无比珍贵的宝物，它日后还要派上大用场，司马迁说人固有一死，或重于泰山，或轻于鸿毛，我要让你死得重于泰山。”常白丁冲着王蓉蓉露出一丝神秘的微笑，这笑容令王蓉蓉的脸上写满了疑惑的神情。

第三章 前朝沧海

梦幻花的颜色越来越亮，衬托着整个景色都起了变化，渐渐地狂风大作，远处的黑云渐渐逼近，整个世界就像是泛潮的油画一样，所有的事物开始褪色，包括山水人和那条远远停在江边的龙舟！

阳光透过薄薄的窗纱钻进屋中，折射在满屋的“大马士革”壁纸上，显得格外鲜艳。

别墅卧室的装修高档大气，欧式风格的壁纸、家具，配上水晶灯具，简直像欧洲往昔的皇宫一样金碧辉煌、光彩夺目。

这间彰显主人品位的卧室正中，挂着一面巨幅的结婚照，照片中的妻子穿着白色的婚纱，显得美丽动人，她灿烂的笑容洋溢出了幸福的味道，丈夫站在妻子的旁边，双手扶着她的肩膀，眼神中像是在憧憬着婚后美好的生活。虽然这张照片中的夫妻，已经在岁月的摩挲下苍老了一些，但是依旧是这间屋子乃至这幢别墅中最标志性的物件。

照片中的男人此时正裸露着上身，背靠在床头，用遥控器调控着电视频道。

电视的声音并没有影响到妻子的睡眠，男人见妻子还蜷缩在床的一边，脸庞犹如婴儿般可爱，便凑上前去在她的额头亲了一下。

回忆起昨晚的动情，男人心满意足地笑了笑，今天是周日，本可以睡懒觉的日子，男人却一时兴起，将妻子搂入怀中，企图重温昨晚的缠绵。

妻子缓缓地睁开眼睛，男人本以为她会回报给他一个深深的吻。

他等来的不是妻子的吻，而是一个响亮的耳光。

“你是谁？对本宫做了什么？”妻子满脸怒容，一下子坐了起来，将被子拉到胸口之上，眼神里充满了惊恐。

男人本以为这是妻子故意制造的一些小情趣，调皮的妻子常常会用各种撒娇的方式，难为自己。突然装作生气，和自己一番厮打后，又转怒为喜，这样的伎俩，男人早已司空见惯！但他摸了摸火辣辣的右脸，又觉得不太对劲，这好像和之前的嬉闹不太一样。

“你下手也太狠了吧！还本宫！韩剧看多了吧！”男人捂着火辣辣的左脸说道。

“休要过来！本宫这是在哪里？你对本宫到底做了什么？”妻子把被子拉得更高了，几乎要把脸全部遮住。

“我对你干了什么？你看看你对我干了什么？”面对玩得过火的妻子，男人一边揉着脸，一边半怒半劝，伸手去拉妻子的被子。

男人没料想，自己的小腹突然一紧，紧接着就全身倾斜，原来已经被妻子一顿乱踹，踢下了床。男人的头磕在床头柜上，桌子上的东西一齐掉了下来，有几个物件叮叮咚咚砸在男人的头上，虽然不是重物，却彻底激怒了他。

屋中的变故惊动了门外的人，门被推开了，一个三四岁的小女孩穿着睡衣，右手抱着洋娃娃站在门口，左手揉着眼睛。

“妈妈！”女孩的声音像小天使般甜美。

女人的脸却像是受到诅咒一样，僵硬起来，“妈妈？谁是你妈妈？本宫只有一个孩子，是四皇子，本宫从来没有女儿！”

“你疯了吗？跟我玩玩儿也就算了，连女儿都要骗吗？行了，行了，别玩了！”男人捂着肚子缓缓爬上了床，又要去拉女人的被子。

“大胆刁民，快给本宫退下！退下！来人呐，给本宫拿下这个恶徒！”妻子已经无法忍受男人的“得寸进尺”，吼叫着扑向了男人。两个人厮打在了一起。

“战斗”很快分出了胜负，只听男人一声惨叫，血滴答滴答掉了下来，溅在床上，把床单染红了大片。

小女孩被吓哭了，她年龄虽小，却也知道，这不是父母在吵架，他们平时即便吵得再凶，只要自己出现，他们都会转怒为笑，哄自己开心。

而此时父亲捂着脸，痛得在床上打滚，他的右耳被咬掉了一大块，血还在从他的指缝里不断渗出。

而她眼前的母亲嘴里淌着鲜血，双眼却怒视着她！

那不是妈妈！小女孩确认！妈妈从来不会用这样恐怖的眼神看着自己，可是不是妈妈又是谁呢？每天晚上哄着自己睡觉的不就是这个人吗？

小女孩扔下洋娃娃就往外跑……

“本宫这是在哪里？来人呐！快来救本宫！皇上救命啊！皇儿快来救额娘！”女孩的背后响起了一个女人近乎歇斯底里的吼叫声。

1

“我靠！这还是小爷我的店吗？”常白丁走进自己的店面后，两只瞪得溜圆的眼睛转个不停，他摆出了个标准的立正姿势，手掌紧贴着裤线，身子微微稍向前倾，两只脚说什么也不肯迈出半步。

原来整间门脸房被收拾得窗明几净，一尘不染，桌上的杂物也一扫而空，那股难闻的馊霉味也被一股清新的空气取代。邋遢的常白丁成为这间门面房里唯一的不和谐因素，他像是怕自己会破坏了这种和谐，干脆站在原地一动不动。

“看看怎么样？”尚浮云把拖把放在了一边，拍了拍手上的灰尘，表情像是在表功。

常白丁嘬了嘬牙花，“小爷还是觉得原来的那个样子好，这老顾客一来还以为小爷我把店面转让了呢。”

“得了吧！既然是开门做生意，营销很重要。门面做不到气派，至少也要干净，知道吗。对了，不是刚挣了二十万吗？”尚浮云突然摊开手掌。

“干吗？”常白丁显然又在装傻充愣。

尚浮云一瞪眼，“拿来啊！”

“干吗给你！你又不是老板娘。”常白丁的脸上露出一股狡猾的笑容。

“别扯淡……”尚浮云突然觉自己和常白丁待了几天，竟然连语言都变得和他一样粗俗了，她脸上一红，改变了说话的方式，“这间门脸房需要装修！你要有客户，最好把气氛搞得神秘一点。心理学上说，各种信仰必然会是从神秘和恐怖的感觉开始的，咱们把灯光弄暗一点，然后这里要放个……”

听了尚浮云的话，常白丁像是解开了咒语，摆起了胳膊，脚步也稍微向前挪了挪，“美女，小爷断梦靠的是本事，从来不搞这一套！”

尚浮云像是没听见，继续自说自话：“别嫌麻烦！又不用你费心，我找装修公司操办就行了！装修咱就按照欧式的来，还有让画家给你画两幅油画就摆这儿！”她指了指靠近写字台的墙壁。

“这得多少钱？”

“最少也给二十万啊！”

“你还是省省吧！”常白丁看了看表，他像是忘了什么事，赶紧走到写字台前，从角柜里找出了一个小碗，然后从冰箱里抓了一把颗粒状的东西放在碗里。

他转过身，绕过尚浮云。

“哎哎，刚擦完地，你别踩了！”尚浮云像个圆规的中心，把常白丁推到一边。

常白丁绕着屋子的边缘转了一大圈才走到店面的门口，他把碗放到了台阶上，跟着便坐在台阶上，沉默了。

“Stingy（吝啬鬼）！”尚浮云一边嘟囔着一边跟着他走出屋子，当她看到这只碗时觉得很眼熟，对了！这就是之前那只古怪的黑猫吃食用的那只碗，难道那天是常白丁喂的黑猫？

果然，一只黑猫从房顶上“喵”了一声，三蹿两蹿跳到了地面上，然后优雅地踱着猫步，它的眼神里充满了警惕，跟尚浮云保持了一定的距离。

常白丁像是对它保持着一种尊重，只是默默地看着它，那眼神像是在看自己的情人。

“好奇怪的猫咪！”尚浮云俯下身子观察它的样子。

这只猫并不同于一般的野猫，它身腿比例合理，体格偏瘦，浑身黝黑的毛发在阳光的照耀下，竟然映射出一种金属般的光泽，两只蓝色的眼睛炯炯有神，像是能一眼看穿人类的心事。

黑猫走到碗前，把头伸了进去，但它只是吃了一两粒，就摇晃起了身子离开了碗，然后接着把犀利的目光投射在尚浮云身上。尚浮云突然感觉到这哪里是猫的眼神，简直就是有个人寄宿在猫的躯壳里。看着它铿亮的黑毛，她觉得全身发毛，手心有些湿润。

“你养的？”

常白丁摇摇头，“它不是宠物。”

尚浮云刚想走上去，近距离观察一下这只猫。

“喵！”突然，猫充满了敌意地嘶叫起来，跟着全身的毛全都竖了起来。这叫声像一种警报，就像毒蛇吐出了毒信，毒蜂煽动着翅膀！尚浮云惊得倒退了几步。

“这猫！”尚浮云似乎能从它的眼神里读出一些东西来，只是这种东西太模糊了，但是她肯定，它想对她说什么。

常白丁倒是很镇定，“它叫小黑妞，是一只母猫！别惹她，现在正在发情期呢！”

“小黑妞”见常白丁开口说话，立即收起了尖刻的表情，一扭一扭，走到了常白丁的面前，用头蹭了蹭常白丁的胳膊，像是在示好，但是它的眼神一刻也没有离开过尚浮云。

这是一种提防的眼神，尚浮云曾经看过一本关于动物的心理学书籍。其中一章写得很特别，就是关于动物表情来识别动物的想法，现在小黑妞的表情，很像在“护食”！但是是护着碗里的食物吗？不！凭女人的直觉，眼前的常白丁才是它要护的“食”！它其实是在警告自己，要与常白丁保持一定的距离。

“这家伙好像不太喜欢我！”尚浮云挺有自知之明。

常白丁的表情有些不屑一顾，“它是母猫吗！看到这么漂亮的美女在小爷身边，当然会吃醋。”

“流氓，连猫都不放过！”

“喵！”突然，小黑妞又发出了一声令人心惊的喵呜，然后便一跳一跳地朝着房顶窜去。

“猫跟狗不一样，这种动物，孤傲！任性！欺生！别管你对它多好，只要是它不愿意，照样不理你！”常白丁叹了口气，“行了，不说了，有客人要来了！”他把猫食碗端了起来，朝屋里走去。

客人？尚浮云四下观瞧，并没有什么人，难道是提前预约？但是常白丁连手机都没有啊！

过了五六秒钟后，一辆深红色的加长林肯，突然出现在了街口，由于车子太长，好像司机并不想把车驶入这条狭窄的街道，所以只是在街口就把车停了下来，车漆在阳光下折射出了熠熠光辉。光彩夺目的豪车引来不少惊奇的目光，几个孩子更是围着车指手画脚地品评着。

此时，西装笔挺的司机下了车，打开了车后门，一个雍容华贵的太太走了下来。她戴着墨镜，从头到脚捯饬得像是旧上海贵妇，一点也没有现代生活的气息。不过从她臃肿的身材和额头上的皱纹来看年纪应该已经不小了。

她歪戴着一根插着孔雀毛的灰色帽子，扭着肥臀走到了尚浮云跟前。

尚浮云一闻便知这妇人喷的是香奈儿的可可小姐香水，她知道这种香水以淡香型为主，但这妇人喷得有点多，身上弥散出了一种让人窒息的浓香，这股气味让尚浮云躲闪不及。

女人走到尚浮云面前，摘下了眼镜，看上去这女人倒是生了一对妙目，面容也很有亲和力，尚浮云刚才那股厌恶的感觉多少缓解了一些。

“请问常爷在吗？”这妇人很明显是冲着常白丁来的。

“在！在！您是？”尚浮云是第一次做“迎宾小姐”的角色，难免有些慌乱。

“中间人让我来找常爷断个梦！”贵妇上下打量着尚浮云，微微一笑。

“您请进！”尚浮云心想，看来又被常白丁这家伙料中了，但是这次他并没有催眠自己进入第五层梦境，他怎么知道有人会来？难道是昨晚做梦就已经梦到了？或者是……那只黑猫有什么古怪？反正尚浮云觉得，在常白丁身上发生什么事都不足为奇。

贵妇走到屋中，看了看整洁一新的屋子，嘴角露出一阵冷笑，“都说常爷是个半仙之体，没想到竟然蜗居于此，店面如此寒酸。”

尚浮云心想，要不是自己收拾了一整晚，连这个档次还没有呢！

“有朋自远方来，不亦乐乎！有阔太太从外边来，不必挖苦乎！”屋里传来了常白丁拿腔作势的声音，此时他正坐在沙发上摇晃着脑袋，活像私塾的先生教孩子们古文时的样子。

“没想到常爷这么年轻，我还以为是个七老八十的老头子呢！”阔太太面带微笑走了进来，把爱马仕的手提包放在了沙发旁，然后慢慢地坐在常白丁对面的沙发上，但是尚浮云看到她向前欠着身子，屁股只有那么一小点落在沙发上，其他的地方全都在半空悬着，不知道是她想要故意保持这种“优雅”的姿势，还是她觉得这个屋子不太干净，根本不想坐在这里。

“古有姜太公八十岁成了周国丞相，亦有周公瑾十四岁就掌管吴国水军！人的能耐并非是靠年纪衡量的，廉颇老矣，尚能饭否？乳臭未干或许后生可畏呢！况且常某三十有余，已过而立之年，也算不上年轻了！”

妇人摆了摆手，“常爷好钢口（北京话，口才的意思）！但是话虽然说得天花乱坠，就是不知道这断梦的本事如何。”

“不瞒您说，十断九不准！”常白丁的官腔甩得十足。

尚浮云慢慢地站在了两个人侧面，她感觉到常白丁气场惊人，这两个人的碰面，看似一团和气，其实是在做一场对决。

妇人毫不示弱，“看来先生是不打算挣我这份钱了！”

“做生意在于信与不信，不信的话，就算我吹嘘自己断梦断得再准，您也不会花这笔钱。如果信，就算我不说，您也会把钱给我撂这！”

贵妇人嘴角上露出了一丝微笑，然后从爱马仕的挎包中抽出了一本支票册，然后又拿出一支万宝龙的钢笔，仔细填写了一串数字后，从支票簿上把这张支票撕了下来，递给了常白丁，“这是定金！北京的所有银行通兑！断梦后，如果我满意，再付另外一半给你！”

“五十万？”常白丁突然眼睛睁大了很多，刚才还深沉无比的他，突然又变回了痞子，“我靠，您早说啊！放心吧！刚才我跟您开玩笑呢，小爷我什么梦都能解！”

贵妇人似乎并没有把常白丁太当回事，她看了一眼旁边的尚浮云，“这位姑娘是？”

常白丁抓了抓头发，“云姑娘，我的助手！”

“是女朋友吧？”贵妇人掩面格格格笑了起来。

“我……”尚浮云刚想反驳，却被常白丁用眼神拦住了。

常白丁突然问道：“这位太太，你为什么信我？”

贵妇人捂着嘴笑了起来，“就是因为她喽！这姑娘一看就是个高知，还这么漂亮，却情愿屈尊在你这小小的店面里打工，常爷不是能人，是什么？”

“您怎么就能看出来，她是个高知啊！说不定是我从哪请来的一个漂亮的礼仪小姐呢？”

贵妇摇晃着食指，“No！No！No！气质是骗不了人的！她和我女儿的气质很像，我女儿就是高知，这种气质是发自骨子里的，不是那种性感漂亮的小模特、小明星能模仿的了的。常爷，你这单生意，有一半是这位小姐拉来的。”

"Me……"尚浮云指了指自己的鼻子，她说话时有点张口结舌，因为心中有了一种莫名其妙的感觉。

"我女儿叫谭晓秋，在大学当历史教授！"贵妇的表情突然变得沉重起来，没有了刚才的眉飞色舞。

尚浮云突然皱了皱眉，在妇人背后说道："谭晓秋？我记得我看过一本书叫《青铜时代的妖娆》，是一本专门写古代女性生活方面的书，很有意思，我记得作者就叫谭晓秋。"

贵妇点了点头，眼圈突然红了，"那本书正是小女写的！她在史学界也算是小有名气。"

常白丁拧着眉毛，"是令千金有什么梦需要小爷去解吗？"

"我想请常爷移驾到我家去看看，小女现在精神有点问题，不能亲自来。"

常白丁看了看支票，急切地问道："早说呀，您的事不就是我的事吗！您什么时间方便？"

"如果可以，我想现在就请常爷去看看小女！"贵妇又看了看尚浮云，"还想请这位姑娘一起去！"

"好！我也去！"尚浮云根本没有征求常白丁的意见，就替他做了决定。

"稍等，吴晓天一会儿会过来领他上次的工钱！一会儿带这小子一起去。"常白丁色迷迷地看着尚浮云，一副胸有成竹的样子。

2

加长林肯在路上行驶了一个多小时，才在丰台区的一个别墅群前停了下来。别墅群外的门廊上写着"荷兰墅"三个字，整个院落内种满了郁金香，尚浮云曾经去过荷兰，她仔细比对了这里的建筑风格，确实有些荷兰的味道。

林肯开至一个巨型的院落前停了下来，院子的铁门紧紧地关闭着，司机下车后按响了可视门铃，大约等了十五秒，大门发出了“咔哒哒哒”的响声后，朝着左右缓缓打开了！

别墅的院落并不大，种植着各种奇花异草，在院外已经异香扑鼻，在这里更加浓郁，院落里摆放着一座秋千，能够联想到这里的主人拥有过幸福的生活。

贵妇人下了车，常白丁和尚浮云也跟着下了车，吴晓天蹦蹦哒哒地在院子里来回地看，司机直接把车退到了院落的边缘停了下来。

“太太！这是你家？这房子也太牛了！”吴晓天大声嚷道。

“这么小的房子哪能住人啊？我家在西城区，这是我女婿家！”贵妇人一边扇着西洋扇，一边朝着里边走。

“臭屁精！”吴晓天一边在贵妇人后边学着她的样子扭着屁股走路，一边小声嘟囔着，他挺看不上比自己还能吹牛的人。

常白丁突然迎合道：“您别说，这别墅确实不怎么样！是不是秦姨？”

原来在车上，贵妇一直都在炫耀着自己的传奇经历，她叫秦兮，是东亚创投集团的董事长，老公死得早，早早就把一份产业和女儿谭晓秋丢给了她。没想到只凭一个女人，她的生意竟然比她的丈夫做得更上一层楼，而她亲手栽培的女儿也成了北京顶级高校的历史系副教授。之后的话题就围绕着她女儿是多么优秀展开了，尚浮云觉得秦兮如此傲慢的底气并非来源于她的产业，女儿才是她炫耀的资本。

顺着一条小路，四个人直接到了别墅的门口，这是一幢独栋的四层别墅，墙壁是淡黄色的漆皮，门窗和屋顶都是深褐色，在瓦片状装饰物的屋顶上，点缀着一些欧洲特色的浮雕，彰显出了房屋的古典气息。

没等秦兮敲门，门开了，一位四十多岁的女人走了出来。

“老夫人好！”

她向秦兮等人热情地打了招呼，把几个人让进了别墅内。看样子，她应该是这间别墅里的女管家。

秦兮根本没有搭理她，摇晃着屁股进了门。

“好气派啊！跟美国皇宫似的！”吴晓天进门后，东张西望，大喊了起来。

“你这个白痴！美国根本没有皇宫！”尚浮云狠狠地瞪了吴晓天一眼，“再说这是典型的欧式风格，不是美式的！”

“美国不有白宫吗？跟咱故宫，就差一个字！不都是过去给皇帝住的吗？”

“我们先到书房去，去请先生过来！”秦兮向管家吩咐道。

管家用手做出了请的姿势，“几位请在书房里稍做休息，我去请郑先生。”

书房就在一楼东侧，当秦兮打开书房的门时，几个人同时惊呆了，房间大概有五十多平方米，这俨然就是一家小型的图书馆。与图书馆不同的是，这里的装修极其考究。它的四面墙都是用红木打造的书架，书架的高度在三米左右，旁边摆着梯子。每个书架的顶端，都有木雕，大多是欧洲中世纪传说中的一些怪兽的形象。

而房间的中央，放着三面的真皮沙发，中间的茶几上摆着一座木雕的茶海，龙踩祥云的造型栩栩如生。

吴晓天仔细观瞧茶海上龙浮雕的样子，尚浮云走到了书架前，常白丁则扬起头，望着天花板上栩栩如生的油画彩绘。

摆在最显眼位置的这些书的书脊已经有些褪色，一看就是常年翻阅的书籍。

“这都是什么书？”吴晓天此时也蹦跶着过来，指着西侧书架上最容易被人拿到的几本书问道。

常白丁指着那几本书，很轻易地依次念出了它们的中文名字，“《皮拉斯的脚趾》、《布雷德医生》、《库埃》、《艾瑞克森》、《南希学派和巴黎学派》……”

尚浮云睁大了眼睛，她突然想到了在梦中看到的那张照片，也就是常白丁和那几个外国人的合影，难道那不是梦，常白丁真的有海外背景不成？

“常爷果然是真人不露相！连这么生僻的外文书都知道。我刚才还在怀疑，我是不是看错人了呢！看来担心是多余的！”秦兮坐在沙发上，显然，她对这间图书馆中的书籍非常熟悉。

尚浮云知道这几本书是数学、物理学、文学和医学等学科的经典名著，隶属于科学的众多分支，她虽然博览群书，但其中两本书她也只听过没看过。能把这几本书的名字翻译得如此精确，说明常白丁不只精通英文，对自然科学也是颇有造诣，尚浮云确定常白丁的体内果然还住着另外一个常白丁。

其中《南希学派和巴黎学派》这本书中所讲的理论是弗洛伊德理论的一个重要分支，尚浮云一直想看却没有机会，这几本书在中国的图书馆中根本没有译本，由于生涩难懂的理论，读者很少，所以很难再版，在国外这本书也属于极其稀有的版本，尚浮云也只是在一些国外论文中看过只言片语的引用。现在她有一股拿起这本书细细阅读的欲望，但她觉得这样很没有礼貌，所以干脆坐在了沙发上。而常白丁却仍然站在书架前愣神。

秦兮此时启动了茶海，这是一套全自动的茶海，把茶放在中间的“湖中”，水在内部迅速循环后，又从龙嘴里喷了出来，底下是一个微型的茶壶接着水，一壶好茶就这样泡制完成。

她把水倒在茶壶里，倒了四盏茶后又倒掉。接着她再次加满了水，又倒满了四小盏茶。然后秦兮用右手做了一个“欢迎品尝”的手势。

吴晓天没客气，拿起一杯，咕咚一口就喝下了肚子，新泡的茶太热，吴晓天边咽边吸气，随后又使劲吧嗒吧嗒嘴，“哈，太好喝了！阿姨！再来一杯，成吗？”

秦兮一笑，又给吴晓天倒了一杯，“果然是茉莉花喂老牛！”

吴晓天也顾不得秦兮挖苦自己，一扬脖，又牛饮了一杯。

此时，尚浮云把杯子拿到手里，用鼻子先闻了闻，然后嘴跟着一吸，将杯中的茶一饮而尽，茶的香气同时从鼻腔和口腔沁入了她的心田，这是她父亲教过她的功夫茶的喝法。

“看尚小姐颇通茶道，觉得这茶怎么样？”秦兮像是出了一道考题。

“是庐山的云雾吧！而且是鲜茶！刚采摘完就冷冻后空运来的。”尚浮云一脸自信的样子。

秦兮有些吃惊，随后从她高冷的面容中，露出了些许温暖的微笑来，“中国十大名茶，俗人们只知道什么西湖龙井、洞庭碧螺春、黄山毛峰、信阳毛尖、安溪铁观音、祁门红茶。但是很少有人知道庐山云雾茶、六安瓜片、君山银针、武夷岩茶。特别是这庐山云雾，行家常用‘六绝’来形容！”

尚浮云把茶杯撂下，“我记得《庐山志》记载，庐山云雾茶由鸟雀衔种而来，传播于岩隙石缝中间，《茶经》上说，此茶条索粗壮、青翠多毫、汤色明亮、叶嫩匀齐、香凛持久、醇厚味甘，号称‘六绝’。”

秦兮拍了拍手，“尚小姐好学问！你大学是学什么专业的？”

“神经外科！后来研究生转修了心理学！”

秦兮叹了口气，“如果尚小姐主修的是文科，还能理解，但如果主修的是医学，如此渊博的文化知识就让人钦佩了！”

尚浮云一笑，对秦兮的印象又好转了一些，“您过奖了！不过是多读了几本书而已。”

“你真像我女儿！无论什么知识都有兴趣，无论是什么书都想拿来看。”秦兮把手伸了出来，想要抓住尚浮云的手，但是手到了一半，又觉得很失礼，便把手缩了回来。

门再次打开了，一个四十多岁的男人走了进来，“让几位久等了！抱歉！抱歉！”男人的头发乌黑浓密，相貌英朗，眉宇间的神态温祥亲和。再配上他刚刚换上的白色衬衣和黑色西裤，无论从哪个角度来说，这都是一个充满了魅力的中年男子，只是他的耳朵还缠着纱布，不知道受了什么伤。

常白丁从书架旁转了过来，没有说话，用深邃的眼神直视着这个男人。

“您是常爷？”男人走到常白丁面前，率先伸出了手来。

常白丁却没有伸手，他冷冷地站在原地，让这个男人很尴尬。

秦兮刚刚回暖的脸上，重新封上了冰霜，但她还是给男人找了个台阶，“这位就是常爷！这两位是常爷的助手，尚小姐和……”秦兮从来没有问过吴晓天的名字。

“应该是吴晓天，吴爷吧！不反对我这么称呼你吧？我知道你是常爷的得力助手。”男人一笑，脸上悠然自得。

“老板，你认识我？”吴晓天睁大了眼睛，他从来没有受过如此的礼遇。

“当然了！久仰大名啊！”男人的脸上堆满了笑容。

“也是，我在断梦界里有个外号，叫梦中小王子！你认识我也正常！”吴晓天顺着男人给的“梯子”就开始往上爬。

男人随后整了整自己的领子，“简单介绍一下自己，我叫郑座卿！”

“中原电子的董事长，郑座卿？”常白丁的眼睛亮了起来，“中国十大青年企业家，三十岁时已经坐拥几十亿的资产，看来小爷真的遇上大主顾了，有钱人就是任性啊，想查谁就查谁！”

郑座卿的表情很坦诚，“常爷不要见怪，生意人如履薄冰，处处都要小心！断梦这行鱼龙混杂，我要断的梦又很棘手，不请个高人来怕是解决不了。况且，我的调查并不是很深入啊，比如这位小姐，我就没有她的资料！”

常白丁的眉毛一挑，“云姑娘是近几天才到小爷我这来帮忙的。”

“反正常爷手下都是能人！我才放心让我岳母去请各位过来的。”

尚浮云心想郑座卿绝对是个厉害的人物，短短几句话，捧了常白丁，还把刚才的尴尬化解于无形。

秦兮对这个女婿显然不太感冒，“我当初还以为他疯了，想找个神棍来解决我女儿的问题。不过，当我看到尚小姐的时候，我觉得常爷还是靠谱的。”当她把脸转向尚浮云时，她的眉宇间又多了几分柔情。

常白丁像是对郑座卿派人调查自己的事还在耿耿于怀，所以端起了架子，“不知道尊夫人遇到了什么样的梦？需要我来解。”

“常爷，说来话长，咱们坐下说，好吗？”说完，郑座卿坐在了沙发上。

常白丁也坐在沙发上，仍旧面无表情地看着他。

“我夫人最近……”郑座卿说话时，斜眼看了一眼自己的岳母。

秦兮一瞪眼，“你看我干什么，就说你那耳朵是怎么弄的。”

郑座卿情绪有些低落，过了很久才从牙缝里挤出四个字来，“我夫人……一觉醒来，毫无征兆地就……疯了。”

“啊？”作为医生的尚浮云知道，一个人不会无缘无故地在一夜之间就疯掉，其中必然是她曾经受过什么刺激。

“她一觉醒来，说自己是什么皇后，还说我是刺客，把我从床上直接推到了地上，我还以为她在开玩笑，便上去劝她，没想到她竟然扑上来把我的耳朵给……咬了。”说完，郑座卿指了指自己缠着纱布的耳朵，表情沮丧极了。

屋中的常白丁、吴晓天和尚浮云的表情同时凝固在了一个时刻，他们都冲着郑座卿瞪大了眼睛，身子稍微往后欠了欠，保持着这种姿势足有十秒钟。

还是尚浮云先恢复了过来，她以一个心理医生的敏感，试探性地问道：“她现在呢？”

“除了睡觉外，只要是醒着时，她都说自己是皇后，而且她的行为还很暴虐，见东西砸东西，见人打人，现在连我和我的女儿都不能接近她。”

尚浮云不知道该怎么安慰一个身心都受了重创的男人，坐在一旁的常白丁却直奔主题，“我很想知道，您的太太最近和什么人接触过？又或者是……曾经去过哪些地方？”

郑座卿再次摇头，“我和我太太都很忙，两个人也在结婚前有过约定，对彼此的工作和生活互不干涉，所以我对她的工作和其他方面的事情几乎一无所知。”

“您太太每天都按时回家吗？”

“我俩的工作都比较有弹性，在家的时间并不固定，说不上按时不按时，不过只要我没有应酬，我俩每天都在家一起吃晚饭。”

“那最近您是否观察到您太太有什么异常之处？”

“在出事之前一切正常！我们在出事的前天晚上甚至还有过性生活！”话一出口，郑座卿的表情就有些尴尬，好像忘了旁边还坐着自己的丈母娘。

秦兮仍旧没有表情，而且连正眼都不看一眼郑座卿，像是这个男人根本不存在一样。

尚浮云站了起来，走到书架前，“您太太有对历史上的哪位皇后特别感兴趣吗？”

“她在大学里就是教历史的，那是她的研究方向，她所有的论文和研究都是围绕着中国古代女性这点展开的。但是，她具体对中国的哪位皇后特别感兴趣，我还真不知道。”说完，郑座卿指了指书房的南侧一角，“这边第二层的书架上都是她写的书，都是关于中国古代女性历史的。”

尚浮云仔细看着书架第二层上的一排书：

《稗官女史》、《青铜时代的妖娆》、《女性私房历史书》……作者通通都是谭晓秋。

“我可以看看吗？”尚浮云向郑座卿请求道。

“请随意！”

尚浮云把《青铜时代的妖娆》这本书抽了出来，先看了看“自序”的部分：

中国的青铜文化起源于黄河流域，始于公元前21世纪，止于公元前5世纪，青铜时代的全盛时期大体上相当于文献记载的西周至春秋时期，经历了800多年的历史。

这期间，历史纷乱且复杂，想要把这个时代的脉络弄清楚是很困难的。

但是我突然发现了一条红线从头至尾穿越了这段历史，让历史的脉络清晰了起来，这条红线就是生活在这个时期的女性。

我个人认为青铜时代的中国女性是历史上最活跃的，她们有着不同的思维，独立的意识，她们的生活与政治、国家有着密切的关系，她们的言行在青铜时代起到了极为重要的作用。

女人的心事总是令人琢磨不透，女人的历史中也有着千万个的疑问。我想在记录这些女性历史的同时，让大家从女性的角度来了解青铜时代的历史。

从这个角度入手，我们会从其中了解到很多历史中不曾注意到的细节。

谭晓秋

这本书尚浮云看过一遍，她合上书，微笑道："从女性角度将历史串讲下来，这样的作品还真是少见。"

秦兮此时叹了口气，"谢谢尚小姐夸奖！"

尚浮云用一种安慰性的语气对郑座卿说道："您太太的病，我个人建议你们还是去看医生。我想这比找个断梦的先生要靠谱。"说这话时，尚浮云偷偷看了一眼常白丁，他还是没有任何表情，在倾听着几个人的谈话。

郑座卿拧着眉，"不瞒几位，北京的大小医院我跑了个遍，可是无论怎么治疗，我夫人的病情还是没有好转。有个朋友跟我说我太太是不知道什么脏东西上身了，不如找西城区的郝三爷来看看仙，挺灵的，我起初也是不信这一套的。郝三爷来了之后，看了我夫人一眼便说，整个北京城治得了我夫人病的，就只有常爷你！"

常白丁突然诡异地笑了出来，他拍了拍旁边的吴晓天，"看吧！爷们！这事靠医生没用，靠顶仙的也没用，还得小爷我亲自出马。郝三还算知道自己的斤两！就他那点道行，怎么可能治得好这么奇怪的病呢。”

吴晓天突然冒出了一句，“但是，她并不是在做梦啊！她在现实中发疯，说自己是皇后，我们也没办法啊！”

常白丁像是被泼了一盆冷水，眼见这个愣头青要坏了自己的生意，狠狠地在他脑后拍了一下。

吴晓天“哎哟”一声，捂着脑袋再也不敢言语了。

尚浮云摇了摇头，“不对！这确实是一种由于梦境导致的疾病，这种怪病叫作梦境倒置！说得通俗点就是你太太把梦境中的东西和现实世界混淆了，是人格分裂的一种情况。”

“尚小姐，我还是不太明白！”秦兮似乎很在意尚浮云的话，也跟着站了起来。

“首先说，令爱是一个历史痴！日有所思夜有所梦，一些历史事件恐怕总会出现在她的梦中，比如一些难以解开的历史之谜。久而久之，这些历史就变成了她的心结。可能是突然间的某个变故，让她的脑里的记忆变得错乱了起来，潜意识中的梦和现实就被她混淆在了一起，她认为她的梦境才是现实，而现实却被她当成了自己的梦境。最终就会变成现在这副样子。”尚浮云自从和常白丁合作以来，第一次有了一种当主角的感觉，所以越说越起劲，让常白丁彻底沦为了配角，她转过头来，又问郑座卿，“您太太总和您谈及这些历史问题吗？”

“说来惭愧，我对历史一点兴趣都没有，她写的书我更是没有看过。”郑座卿说着，便有点哽咽了，“是不是我能早点关心她一点，多培养一下我们共同的兴趣，多和她一起聊聊历史，她就不会变成这样了？她肯定是由于我总是忙，疏忽了她，她唯一的爱好，就是来这里看书！看书，看书，还是看书，最后才患上精神病的！”

“您放心！你的太太不是精神病，完全有可能痊愈。”尚浮云不知道这样的安慰是否有效。

“不是精神病？”郑座卿抬起头来，显得很兴奋。

尚浮云狠狠地点了点头，“这完全是一种心理疾病，而并非是什么精神病。我在国外时，看到过类似的病例，也见过有治愈成功的案例，而且您放心，我的研究方向也是这个。”

此时，秦兮像是抓到了救命的稻草，她走过来抓住了尚浮云的手，“尚小姐，不！尚医生！请你一定要救救小女。”

“秦阿姨，您别着急，现在当务之急，我必须知道您女儿困在了哪段历史里，才会走火入魔。因为如果令爱真的把中国古代女性的故事都原原本本搬入她的梦中，哪怕只是一个朝代的，都要比她现实世界里的经历要多得多，深入历史的迷宫中，走不出来，也就在所难免了。这就是我们常说的走火入魔，但是所有的走火入魔都是有媒介，或者是爆发点才会形成这种状况的。这个爆发点很可能就是她认为和自己的某些经历契合的一段历史。”

“爆发点？可是我们一直关系都很融洽，也从来没有……”郑座卿的表情很惊愕。

秦兮此时突然打断了女婿的话，“融洽？谁不知道你平常是怎么对待我女儿的！”

“妈！话不能这么讲，您不能因为我们两个人吵过架，就断定我有问题。”

“反正我把女儿屈尊嫁给你，你没有好好对待她，还让她变成了现在这副模样。”

“妈！您……就别添乱了，行吗？”

“我添乱，你说我添乱……”秦兮气得站了起来，指着郑座卿的鼻梁子发起了牢骚，眼看一场女人的灾难就要降临。

吴晓天把两只脚翘得很高，不停地抖动着脚脖子，嘴角露出了一股坏笑，等着看热闹。而常白丁却闭着眼，把头靠在沙发上，面无表情地置身事外。只有尚浮云干着急，却插不进去话。

正在此时，书房的门开了，一个小女孩抱着一只玩具熊走了进来，她用极其细弱的嗓音叫了声："爸爸！"

屋中刚刚还剑拔弩张的紧张气氛，顿时松弛了下来。

"乖宝贝，你怎么来这了？爸爸在谈事呢！"郑座卿深沉的脸上，顿时强挤出了一丝笑容。

小女孩的出现避免了"灾难"的发生，刚刚还张牙舞爪的秦兮一下子变成了个慈祥的贵妇人，"小顺心，乖孩子，爸爸在和几个叔叔阿姨研究给妈妈治病的事呢，别打扰他们了，跟张妈走，好吗？"她让管家打扮的女人抱起了外孙女，自己也跟着离开了房间。

临出门时，她用凶狠的眼神，狠狠地瞪了郑座卿一眼。

常白丁此时突然站了起来，走到郑座卿面前说道："郑先生，如果方便的话，我想先去看看尊夫人！"

郑座卿摸了摸自己的耳朵，无奈地叹了口气，"我夫人在四楼！跟我来！"

接着常白丁转过头来，对尚浮云说道："你不是想知道谭晓秋到底是被哪段历史牵绊的吗？还不跟小爷去看看！"

刚才尚浮云一直急于自我表现，还在暗自揣度常白丁是不是生气了，但看到他不但没有责怪自己，还要求自己一起去见谭晓秋，觉得常白丁虽然行为古怪，作为总是让人捉摸不透，但好像没有原来这么让她生厌了。

郑座卿顺着楼梯走上楼，在前领路。常白丁紧跟着他，而尚浮云和吴晓天也一前一后跟在常白丁后面。此时，秦兮好像也照顾好了外孙女，见四个人上了楼，也顺着楼梯跟了上来。

尚浮云走上三楼，刚刚要往通往四层的楼梯迈步时，突然感到一阵天旋地转，随后她的眼前变成了漆黑一片……

3

“这是哪里？”尚浮云大喊道。但是周围伸手不见五指，只能听到自己的回声在耳边嗡嗡作响。

“美女姐姐！”是吴晓天的声音，似乎他就在离尚浮云不远的地方。

“大话王？”尚浮云焦急地喊道。

“是我！”吴晓天的声音很清晰，但是却无法触及。

“神棍在你那边吗？”

“没有啊！”

“我们这是在哪儿？”

“我也不知道啊！”

两个人的回声在黑暗的空间里此起彼伏。

突然黑暗中亮起一道火光，尚浮云觉得面部拂来了一股劲风。她渐渐看清楚，一个男人擎着一根火炬，正站在离自己十米左右的地方，此人正是常白丁，他手中的火炬摇曳不安，火苗随风摆动。凭着忽明忽暗的火光，能看清楚吴晓天正站在常白丁十米左右的地方，三个人所站的位置，正好搭成了一个等边三角形。

此时，在常白丁身后的茫茫黑暗中渐渐出现了一个人的轮廓，一个穿着猩红色斗篷的漂亮小姑娘悬浮在半空中，以坐姿的形态慢慢飘了出来。

“王婷婷！”尚浮云瞪大了眼睛。

女孩从“风座椅”上跳了下来，小嘴一撅，“我不是王婷婷！美女姐姐，咱们见过面的，我是王蓉蓉！”

“蓉蓉？”尚浮云瞪大了眼睛，“我们这是在哪？”

常白丁举着火炬走近了一些，“这是蓉蓉的黑梦，现在被小爷我征用当秘密小屋了！有紧急的事要商量时，我会把大家都召集到这里来。”

“我又被你催眠了？”尚浮云抱着胸无可奈何地说道，她多少有种人为刀俎我为鱼肉的感觉。

“是！”常白丁的语气理直气壮。

比起眼前的黑梦，吴晓天似乎对王蓉蓉更有兴趣，他走到王蓉蓉身边，仔细看着眼前的小女孩。

王蓉蓉突然把手掌扬了起来，“走开！你这个脏兮兮的家伙！”话音刚落，一阵旋风突然从黑暗中冲了出来，顿时化作一副“风拳”，向吴晓天挥舞起来。

吴晓天一个飞身便躲过了旋风拳的凌厉攻击。旋风瞬间膨胀起来，风势越来越大，再次向吴晓天发起了攻击，此时常白丁知道不好，赶紧护住摇曳欲熄的火把！

不知何时，吴晓天双手多了一副钢铁拳套，他双拳一挥，便和旋风缠斗在了一处。

尚浮云暗自心惊，当日在王婷婷的梦中，自己、常白丁和罗凯三个人联手才勉强和这股旋风打了个平手，吴晓天此时又有几分胜算？

此刻，吴晓天被旋风包围，已经无路可退，但他死死撑住风的边缘，全身却纹丝不动，尚浮云想到自己被这股旋风卷上天空时的无助，顿时感觉到这吴晓天在梦中果然不同凡响。

见攻击无效，小旋风终于脱离了战团，等待着吴晓天出招。吴晓天褪去了右手的拳套，伸出了五个手指，喃喃说道：“打倒你只需要五秒钟！”

旋风像是听懂了吴晓天的话，顿时被激怒了，它再一次变化了形态，一瞬间变幻成了无数的锋刃，朝着吴晓天飞来，吴晓天临危不乱，一对铁拳左右拨挡，虎虎生风，和“风刃”碰在一起的铁拳顿时冒出了无数的火花。

这些“风刃”见攻击无效，立即又聚合在了一起，化作了一股飓风，朝着吴晓天袭来。

吴晓天大吼一声，拳套里突然弹出了十根钢爪。他纵身一跃，避过了风头，用钢爪从旋风的侧面，切了过去，旋风顿时被撕开了一道口子，它像是被切开肚皮的怪兽，发出了“呜呜”的哀嚎声。

吴晓天刚要乘胜追击，王蓉蓉却突然跳出来，挡在了旋风的面前，“不要伤害我的小旋风！”

小旋风的风势渐渐减小，像一只受了欺负的小狗，躲在王蓉蓉的后面。

常白丁提着火把站在了两个人中间，“你们两个小屁孩不要闹了！”

吴晓天站在原地一动不动，脸上却杀气腾腾的。

王蓉蓉此时伸出了大拇指，“你真厉害！能告诉我你叫什么名字吗？”

吴晓天把拳套收了，学李小龙的样子擦了擦鼻子，“吴晓天！人送外号，梦界第一高手！”

“什么高手不高手的，我就问你，你以后能常来陪我一起玩吗？”王蓉蓉惨白冷酷的面容上，突然露出了一丝笑容来。

吴晓天有些意外，划了划自己的后脑勺，腼腆地笑了笑，“当然可以！”

两人你一言，我一语聊得越来越热乎。

“小孩子终归是小孩子！猫皮狗脸的，一会儿一变！”尚浮云走了过来，向常白丁问道，“说吧！干吗非要到这个黑梦里来？”

“咱爷们儿让人家给算计了！”虽然语气激烈，但从表情上看不出常白丁有任何变化。

尚浮云张大了嘴，“被人算计了？Who？”

常白丁摇了摇头，“我也不知道。”

“那你怎么知道被人算计了？”

常白丁露出一种很神秘的表情来，“我从走进这间别墅开始，就闻到一股羊脂油和蜜蜡燃烧过的味道。”

“我怎么没闻见？”尚浮云仔细回忆了一下。

“小爷我搞这行二十多年了，鼻子闻别的不行，但这羊脂油和蜜蜡的味道就算是一年前烧的，我也绝对能闻出来。”

尚浮云皱起了眉头，“你是说？有人在这个房间实施过入梦？”

常白丁点了点头，“味道还很浓！时间应该不太久。”

“会不会是郑座卿或秦兮请的其他神棍来断梦呢？”尚浮云说完，充满讥讽地笑了起来。

常白丁斩钉截铁地说道：“全世界只有我牙派入梦用的是羊脂油和蜜蜡，所以这个入梦的人跟我牙派恐怕有点关系。”

尚浮云一笑，“那你就得回忆一下了，你有没有管教不严的弟子啊，或者师伯、师叔、师大爷一类的，冒着牙派的名头招摇撞骗。”

常白丁的眉毛突然皱了一下，像是尚浮云戳中了他的心事，“先不说这个！我现在有很重要的事要对你说。”

“那你直接说不就完了吗，干吗还到这黑梦里来？搞得神神秘秘的。”

“我怀疑那个谭晓秋之所以疯了，和这次入梦有关。”

尚浮云有些不悦，“我再说一遍，她不是疯了！而是一种心理疾病！叫作梦境倒置，我在美国治好过这种病例！”

常白丁不屑一顾地说道：“弗洛伊德的梦境倒置理论，只适用于第三层梦境。”

尚浮云顿时语塞，确实弗洛伊德的理论与常白丁所说的梦公理比起来，缺少了一种层次感。

常白丁突然冷笑了一声，“你没发现吗？那个秦兮一直都在说，她的女儿跟你很像！”

尚浮云眼睛突然一亮，“你是说，谭晓秋也属于第四层梦境？”

“这个我现在还不能证实，要进入谭晓秋的梦境中才能知道。但是有一点我必须要提前告诉你，如果谭晓秋真的属于第四层梦境，那就不是梦境倒置这么简单了，那就真的是一场大阴谋了。”

“阴谋？”尚浮云收起了笑容，目光渐渐变得严峻起来。她知道虽然常白丁整日没有什么正经话，但是他一旦说起了正经话，那么可能事态要比他说的还要严重。

“第三层梦境属于人类的固有梦境，人类完全可以驾驭这个层次的梦境，你在梦境里可以是主角，也可以只是一个旁观者，这就是《易经》所说的主格和偏格的概念。但是，第四层和第五层梦境其实并不属于人类，即便是极少数人可以达到这种梦境，那也应该是一种旁观者的状态，所以《梦公理》上说：苦（第四层）与虚空（第五层）者为偏格。”

尚浮云突然一阵眩晕，似乎她也意识到了问题的严重性，“你的意思是说，即便拥有第四层梦境的人，在做与历史有关的梦时，也无法操控梦境，让自己成为了一个历史上真正存在过的人物。”

“确切地说，应该是无法扮演史有可载的人物。”

尚浮云回忆了一下自己的梦境，确实，自己在梦境中从来都是一个旁观者，即便梦见自己成为了一个历史人物，却也从来不知道自己扮演的到底是谁，所以她好奇地问道：“那谭晓秋是怎么做到的？”

“只有一种可能性，就是有人对她使用了猎梦术！”常白丁在后三个字上特意加了重音。

“猎梦术？”

“这是牙派在近代时才发明的一项控梦技术，晚清时的牙派掌门叫赵烈文，他曾经是曾国藩的顶级幕僚。他对曾国藩说过大清大势已去气数已尽的话。曾国藩不信，赵烈文就带着他游历了自己的第五层梦境，看到了辛亥革命后大清灭亡的事实。当时，曾国藩就问赵烈文，有无挽救大清颓势之法，赵烈文就将自己研究多年的猎梦术告知了曾国藩。但曾国藩并非满臣，最后只是莞尔一笑，这事就不了了之了。但猎梦术这门技术却被记载在了《梦公理》中，可这项技术却有着极其可怕的副作用。”

“副作用？”尚浮云觉得很奇怪。

“猎梦术是一种极其恶毒的梦境诅咒，原理就是猎杀一个历史上真正存在的人，然后让做梦人扮演成那个被猎杀的人物。而这门技术的副作用就是，可能会让这个第四层梦境的人，认为自己的梦境是现实，而现实才是梦境。由于这种技术太过恶毒了，所以被后来的历代牙派掌门严禁使用。”

尚浮云再次把眼睛瞪得很大，“谭晓秋现实中把自己当成了皇后，假设她把自己的第四层梦境当做了现实，那么她就变成了历史上真正的皇后，那历史上那位真正的皇后，岂不就危险了。”

常白丁沉重地点了点头，“的确是凶多吉少！所以，我们一会进入谭晓秋的梦境后，一定要先确认，谭晓秋到底扮演的是哪位皇后，弄清楚入梦者对她实施猎梦术的目的到底是什么。”

“你是怕被那个入梦者识破你的意图，才故意进入黑梦的？可你完全可以进入其他人的梦说啊，干吗非要来这么个黑咕隆咚的地方说呢？”尚浮云说话时，感觉自己全身都起了一层鸡皮疙瘩。

“首先黑梦不受时间限制，我们一会回到现实中，可以当什么都没有发生过。还有就是，这个人既然能进入谭晓秋的梦境，那也一定能进入其他人的梦，所以我才借了王蓉蓉的黑梦来用。因为黑梦是完全封闭的，若不是机缘巧合，连牙派传人都无法找到入口，所以在这里谈话最安全！”

此时，吴晓天和王蓉蓉两个人正快乐地奔跑着，而王蓉蓉的梦魔小旋风，也跟着两个人在常白丁和尚浮云的身边绕来绕去。

尚浮云没有心情去理会两个孩子在自己周围胡闹，“这个不速之客是谁呢？”

常白丁把眼睛闭了起来，“他应该就在这座别墅里！”

“郑座卿、秦姨，还是奶妈？”

常白丁摇了摇头，“我也不知道，但是我知道一件事，他这次请我过来，目的应该不是请我来断梦。”

“哦？那是……”

“是你！”

“我？”

“我怀疑那个进入谭晓秋第四层梦境的人，一定有什么不可告人的目的。而谭晓秋的梦境又出现了问题，导致了他的目的没有达到。所以，他想找到一个同样是第四层梦境的人，重新实施他们的计划。而你就是最合适的人选！”

“他是怎么知道我的？”尚浮云的眉毛顿时皱了起来。

常白丁摇了摇头，“我也不知道！不过，要想知道也不难，一会我们进屋后，你要跟我演一出戏。”

“演戏？演给谁？”尚浮云一头雾水地问道。

“演给除了我和吴晓天之外，别墅里的所有人看！记住，你进屋后要跟我唱反调，还要跟我打赌，说你保证能解开这个梦，我会顺水推舟，让你解梦，而你要说要用我牙派的技术去解梦。记住，就算一会进入了谭晓秋的梦，咱俩也要保持这种对立，戏法可别玩漏了！”

尚浮云皱起了眉头，“用《梦公理》解梦？我哪会你那套神神叨叨的东西！”

常白丁的眼角瞟了一眼尚浮云，说道：“你就说你会，到入梦时，小爷我配合你就是了！这就叫螳螂捕蝉，黄雀在后，有人想利用你的梦境去干坏事，小爷我就给他来个将计就计！”

“可咱们也没带羊脂油和蜜蜡啊？”

“小爷刚才不说了吗，这屋子从一走进来就闻到一股羊脂油和蜜蜡燃烧过的味道，咱们就进入谭晓秋的梦一小会儿，这个剂量足够了！”

吴晓天此时像是跟王蓉蓉玩够了，跑到常白丁身边道：“常爷，听说要演戏，我演谁？怎么说也得安排个展昭那样的人物给我啊！”

“滚犊子！你小子一会别出声，就是帮我了！好了，我们要走了，跟小美女告个别吧！”

常白丁转眼看了看孤零零站在一边的王蓉蓉。

吴晓天对她傻笑着，“我要走了！我还会来看你的！”

“拉钩！”王蓉蓉伸出了小手指。

吴晓天跑了过去，将小手指和王蓉蓉拉在了一起。

此时，尚浮云突然又感到了一阵天旋地转。

瞬时间，几个人又回到了楼梯上，三个人互相看看，像是什么事都没有发生一样，跟着郑座卿一起走进了谭晓秋的房间里，秦兮紧跟在后也进入了房间。

4

谭晓秋和秦兮长得很像，但是看得出比起母亲来她更接近现代人的审美。

只是，最令秦兮引以为傲的那股优雅的气质却难以在她女儿的身上觅得一丝一毫。她面部扭曲，此时正穿着一身病号服，四肢用布条死死拴住，固定在了床的四角，这张医用的病号床与全屋的装修完全不搭调，一看就是最近才购置的。

而整个房间里弥漫着一股难闻的恶臭，让尚浮云赶紧捂住了口鼻。

“放开本宫，你们这些畜生！你们到底要干什么？”谭晓秋在床上疯狂地晃动着身子，想要摆脱束缚。整个金属床被她摇晃得几乎要散了架。

常白丁并没有靠近谭晓秋，而是站在门口仔细观察着这个房间的门，“郑总，这屋子隔音够好的！她这样闹，楼下竟然一点动静都听不见。”

“这房子原来是某局高级干部的居住区，后来因为超标建制才公开销售了一部分，所以这里的安保和隔音都是国内超一流的。”郑座卿现在显然没有什么心情为常白丁等人详细介绍这间别墅的来历，但听得出他的话里还有另外一层意思，就算有钱也没这么容易住进这所别墅。

吴晓天用手拍了拍墙体，觉得手掌生疼，“这墙果然够厚！有钱人就是牛，我住的房子四处漏风，隔壁那两口子成天半夜里叫唤，叫得那个挠人啊。”

秦兮带着鄙视的眼光看着吴晓天："你年纪不大，懂得不少啊！"

常白丁没有理会他们，他抓了抓头发，头皮屑像雪花一样慢慢飘落了下来，"尊夫人的生辰八字知道吗？"

郑座卿不假思索地说道："我夫人是1981年5月5日7时6分出生的。阳历！"

常白丁一样反应神速，脱口而出，"那八字就是辛酉、癸巳、癸未、丙辰，五行是金金、水火、水土、火土五行缺木，日主天干为水。"

"你们这些恶人，等皇上来了，非把你们碎尸万段！快放本宫出去，快点。"听到常白丁和郑座卿的谈话，谭晓秋此时更加用力，把床摇晃得都变了位置。

"真烦人！美女，你不是擅长催眠术吗，让她安静会儿！"常白丁用命令的口吻对尚浮云说道。

虽然是演戏，但是常白丁的这个要求还是令尚浮云很欣喜，因为她第一次觉得自己成为了常白丁团队中的一员。吴晓天显然已经跟常白丁合作很久自不必说，就连和自己同一天认识常白丁的画家罗凯也在解梦过程中起到了重要的作用，只有自己，从始至终，都像是个看客。这个命令让她第一次感觉到常白丁拿她当了自己人。

尚浮云走到谭晓秋面前，从口袋中掏出了一块怀表，她擎着连接怀表的锁链一端，冲着谭晓秋开始晃动了起来，徐徐说道："皇后娘娘！您别着急！皇上马上就来了，我们几个，都是皇上先行派来接您回宫的！这里很安全，您还是先休息一会吧，皇后娘娘，赶快把你的不快忘了吧，烦恼总会过去的，新的开始才是最重要的……"

尚浮云充满善意的话，通过她喉咙的微颤转换成了柔美的字符，一字一句地飘进了谭晓秋的耳朵里。谭晓秋的眼球也渐渐随着怀表的摆动开始左右转动，催眠终于有了效果，谭晓秋安静了下来，手脚颤抖的频率也开始减弱，渐渐地她闭上了眼睛，进入了睡眠状态。

郑座卿脸露喜色，“神了！在医院都是那帮大夫注射镇定剂，我太太才能安静一会儿。”

一旁的秦兮狠狠地瞪了女婿一眼，没做声。

“中国的医生动不动就爱乱用药，镇静剂是治疗精神疾病的药物，你太太患上的是心理疾病，应该通过催眠这一类温和的心理疏导进行治疗。”尚浮云收起来怀表，看着谭晓秋消瘦的面容，她的表情之中多少流露出了一种只属于女人的忧伤之色。

“什么中国医生，外国医生的，喝了几天洋墨水就不是中国人了？”常白丁没好气地哼了一声，便翻了脸，“还有，外国医生有什么好？用个催眠术还得要这么多零七八碎的玩意当道具。”

常白丁转过身来，食指一指谭晓秋，“咱们现在就进入谭晓秋的梦！”

“入梦？就在这里？”尚浮云故作震惊状，不过她也有个疑问，因为一直以来，她都认为常白丁门面下的那个地下室，是他实施入梦的必不可少的场所，换了地方，常白丁就很难实施入梦。

秦兮像是第一次听到这个词语，皱起了眉头，在一旁也惊诧道：“入梦？”

常白丁嬉皮笑脸地说道：“小爷可跟那些三脚猫的外国医生不一样，干点啥事，恨不得把飞机大炮都用上，小爷在哪里都能入梦！”

“那你门店里的地下室呢？还有那些蜡烛啊，八卦图什么的……”

常白丁故意压低了声音，“你今天早晨不还跟我说过吗，做生意就得会营销，任何信仰都来源于一种神秘感，那个灰暗的地下室，就是小爷我的营销手段。”

尚浮云也不知道常白丁说的是真是假，本想问羊脂油和蜜蜡会不会也是障眼法，但是她觉得这样问可能会露馅，只好继续配合着常白丁，大声骂道：“你！你这个大神棍！大骗子！”

常白丁洋洋得意，毫无羞愧感。

尚浮云轻轻地跺了跺脚，脸上怒气未消，“你这么着急入梦，有把握治好她的病？”

“那谁敢保证啊！”常白丁把头摇得跟哄孩子用的双面花鼓似的。

虽然是演戏，常白丁演得却格外露骨。但常白丁这假装出来的癫狂到底是给谁看的？这屋子里只有郑座卿和秦兮两个外人，按照常白丁刚刚的推测，那个入梦者就在这两个人中间。

她根本摸不透常白丁的心思，更没有兴趣和他逗闷子，她生怕旁边的郑座卿和秦兮怀疑，故意压低了声音，小声说道：“现在入梦是不是有些仓促？”

常白丁像是没听见，他站直了身子，嘿嘿一笑，然后把食指调转过来，指向了尚浮云的鼻尖，“什么时候轮到你质疑小爷我了？”

尚浮云也急了起来，“神棍，你太轻视我了，我是美国回来的心理学博士，这种病例我在美国也治好过！”

常白丁没好气地说：“既然你这么能干，这个梦就由你亲手解开吧！就用你那个弗洛伊德的理论治病吧！”

“我？”尚浮云指着自己的鼻子，起初她有些怀疑的表情，但随后假装一赌气嚷道，“解就解！而且，这次本小姐要中西医结合，既要用弗洛伊德的理论，也要把你的手段运用进去。”

这句话出口后，屋子里顿时变得沉寂了起来，尚浮云觉得每个人的呼吸都变得微弱了，她用余光扫了一下秦兮和郑座卿，不知道是不是心理作用，她觉得他们的表情出现了细微的变化。

常白丁晃荡着脑袋，拍着尚浮云的肩膀说道：“好啊，既然你这么有信心，小爷我一向是最喜欢给年轻人机会了，而且用人不疑，疑人不用！”

“嘁，你哪有这么好心！”尚浮云把常白丁的手从自己的肩膀上甩了下来，她嘴角上挑，冷笑了一声。

“不过，我劝你，别吃着碗里的，占着锅里的！学解梦就得跟我这种名门正派学，趁早把弗洛伊德那一套狗屁理论都忘了！还什么中西医结合，这不扯淡吗！”

郑座卿和秦兮两个人，站在一旁听着他们的对话，大眼瞪小眼，他们的表情，像是根本听不懂两个人在说些什么。特别是郑座卿，想问个缘由，却不知从何插嘴，那股难受劲就像是便秘一样。

尚浮云自信满满地说道：“谭晓秋患了梦境颠倒之症，我们入梦后，就可以知道她在梦中到底扮演了哪位皇后，然后我们就可以通过催眠和心理疏导，对症下药了！”

常白丁歪着脑袋，斜瞪眼，“你就这么有把握，入梦后就知道谭晓秋是历史上的哪位皇后？”

“没问题，谭晓秋是历史学家，她的梦应该是一段特定的历史时段，只要让我看到她梦里的一些相关细节，我就有把握判断出来！”尚浮云的眼神里流出一种自信和坚定。

“常爷，我有个不情之请。”在一旁许久的郑座卿突然说道。

“郑总，你说！”常白丁眯着眼睛，嘴角边挤出来几声坏笑。

郑座卿充斥着一种迷茫之色，“虽然我不知道你们刚才说的入梦是怎么回事，但是我想和你们一起入梦！”

“你？”尚浮云觉得这个要求有些突然，她侧目偷看了一眼常白丁，因为带谁入梦都是他说了算。

常白丁只是淡淡地说了一句，“进入你太太的梦，有可能会折寿，这你也不怕吗？”

郑座卿使劲甩了甩头，“我这一辈子最后悔的事就是没深入了解过我太太的职业和爱好，到现在我都不知道她到底被什么事绊住了，才会得这样的病，尚小姐，常爷，求你们行行好，就给我个机会弥补一下，我真的想到我太太的梦境中去看看。”郑座卿的表情就像是即将要走上手术台的病人，希望和恐惧都凝在了一起。

“神棍刚才说的是真的，如果贸然入梦，很可能会折寿的！”尚浮云再次提醒道，因为她知道如果真的像常白丁所说，谭晓秋属于第四层梦境，那么第三层梦境的郑座卿如果进入谭晓秋的梦，就会折损相应的寿命。可是她也不敢保证的是，郑座卿是在演戏，他可能就是那个曾经偷偷潜入过谭晓秋梦境的人。

“只要能治好她的病，就算让我死也心甘情愿！”郑座卿再次用强硬的态度，回应了两个人的警告。

“惺惺作态！”秦兮咬着后槽牙说道。

“你闭上眼睛就行了，其他的什么都不用管。”常白丁没有理会秦兮的冷嘲热讽，他突然变得道貌岸然起来，脸上的痞子气一扫而光。

郑座卿睁大了眼睛，“您答应了？不问问我的生辰八字吗？”

“您和您太太同年同月同日生，只不过比她晚三个小时出生而已。”

郑座卿瞪大了眼睛，“您怎么知道的？”

常白丁像是突然又被痞子上了身，他表情很夸张，说话时双手一边在胸前舞动着，“小爷我也向往着要做个有钱人！所以，就老爱关注你们这些有钱人的八卦信息，有时还买几本名人传记看看。小爷记得看过一段关于你做的电视访谈，生日和你老婆一天的事，是你自己爆料的。我记得好像是去年的8月23日，你接受东方卫视的采访！”

“常爷真是奇人，好记性！”郑座卿挑起了大拇指。

常白丁不耐烦地说道：“有钱人真啰嗦，快把眼睛闭上。臭小子，这次入梦用不着你，你陪着你秦阿姨玩一会，我们一会儿就完事！”

吴晓天看了看眼前的秦兮，嘴撅起来老高，十分不情愿的样子。

秦兮轻轻啐了一口，显然她也太情愿和眼前的小冤家共处。

“美女，开始吧！”

郑座卿缓缓闭上了眼睛，但是他的肌肉还是紧紧绷着，似乎对所谓的

“入梦”抱有着一丝恐惧。

“周公之梦，天地混元，常祖之德，我辈乃谦，何为今道？古来傅玄，正日梦来，晓得洞天……”常白丁再次念叨起了那酷似咒语的“开幕词”。

尚浮云过耳不忘，那一套啰里啰嗦的咒语她早就烂熟于胸，听常白丁这么一念，她竟然也不知不觉地跟着小声默念起来。

可还没等念完，那种天旋地转的感觉就又来了……等她再把眼睛睁开的时候，却发现自己深处于一个巨大的庭院之中。而常白丁正穿着一身清宫戏中的太监总管的服装，他前额的头发已经被剃光，大辫子耷拉在身后，站在她的面前肃穆而立。

“咱们商量点儿事，以后入梦别念叨这么难听的咒语行不？”尚浮云在梦中依旧没好气地说道。

常白丁有些恼怒，“胡说什么！那根本不是咒语，那是一种仪式，就像踢球前要唱国歌一样。这是为了表达对牙派前辈们的一种敬意。”

“你们牙派的烂规矩真多！”

常白丁没有理会尚浮云的牢骚，他把手放在尚浮云的肩上，把她推到了一边，原来尚浮云身后还站着郑座卿。他此时正用双眼不可思议地观察着自己的周围，“我……这是在哪儿？”他伸出手臂，看着满是汗水的掌心发着呆。

“这就是你太太的梦！我们现在正在某一座皇宫之中，看咱们这身打扮应该是在清朝！”此时，常白丁和郑座卿都穿着宦官服色，而尚浮云则一身宫女打扮。

尚浮云脱口而出：“这是第几层的梦？”但她随后立即有些后悔，这么问会不会有些唐突，因为梦中还有郑座卿。

但显然常白丁毫无在意，“第四层无疑！”他又看了看郑座卿混沌的眼神，对他报以同情的眼神，“小郑子，你就不用明白了！”

“小郑子？”郑座卿的表情有点迷茫。

“在梦里，每个人都得有个代号。现在谁一喊小郑子，就是你，即便在梦里有人喊你的真名，也别轻易相信他。”尚浮云赶紧解释道。

常白丁一指前面的宫门，“好了，现在咱们去找你太太！”

郑座卿根本没弄懂常白丁在说什么，“那我们现在要怎么做？”

“一切都听云姑娘的！可是她打包票说能给你们解梦的。”常白丁向尚浮云使了个眼色。

尚浮云左顾右盼，心头一紧，“这里不会有梦魔吧？”

“放心！不会！”常白丁把手摇了摇。

“为什么不会？”尚浮云的眼睛一直瞪着，丝毫没有放松警惕。

常白丁再次沉默，显然他觉得又到了守住他秘密底线的时候了。

郑座卿走过来，“两位，虽然我不知道二位在说什么，但是我还是希望你们能尽快治好我夫人的病。拜托了！”说完，他对二人深鞠一躬。

“太监鞠躬这倒第一次看见！”常白丁似乎觉得这种礼遇是理所当然的，他并没有客气，理直气壮地接受了他的敬意。

站在旁边的尚浮云有些不好意思，但是也没有拦阻，等郑座卿起身后，便说道：“等她病好了，你一定要多关心你太太。”

“一定！”

“行了，云姑娘，别这么快进入感人飙泪的桥段了！这个梦可没有这么简单，先治好人家再说吧！”常白丁阴阳怪气地说道。

尚浮云知道常白丁处处针对自己，一半是在郑座卿面前表演，而另一半是在提醒自己。她放眼望去，偌大的皇宫已经银装素裹，一场大雪似乎刚刚下过，高高的琉璃瓦顶堆了厚厚的一层，庭院门口的石狮子头上也是一头的“白发”。

常白丁的嘴中冒着热气，“真是一场瑞雪啊！”

此时，尚浮云还没能感觉到，这句话原来另有深意。

5

尚浮云和郑座卿紧贴着皇宫内的红墙，动作像是潜入宫中的刺客。

而常白丁却大摇大摆地走在路中间，他不时朝着两人蔑视地看去，然后便是一阵惬意的讥笑。

“这地方安全得很，没有你们想象的那么可怕！”

“要是遇到大内侍卫怎么办？”尚浮云小心翼翼地朝前挪动着。

“切！宫廷剧看多了吧！这是梦，梦里面有什么没有什么，小爷比你清楚！”说完，常白丁则一脸不屑地继续大踏步朝前走。

三人来到甬道的尽头，一扇宫门大敞四开，常白丁踏着雪，率先迈过了宫门。而尚浮云和郑座卿也跟着跳了进来。

眼前是一座典型的中国式的宫殿，斗拱檐桁额枋表面刻画不同的图案和花纹，有龙凤狮虎鸟兽虫鱼，有藤蔓葵荷花草，有山水日月星辰云气，房顶上如悬鱼、窗棂、栏杆、壁画、天文板、藻井、隔断等装饰纹样多种多样，到处皆是。

而这些景象全都覆盖在茫茫白雪之下，尚浮云此时思绪万千，人有贫富，尊卑，贵贱之分，而雪，洋洋洒洒从高空飘下，本是笼统一片，可落在柴扉棚顶上，和落在皇家琉璃上境遇却大不相同。前者或许悄悄化了，或许笤帚一扫，融到污泥里谁也不晓；后者，肯定会碎玉般地受到珍重，被欣赏，被歌咏；煮酒赏雪，万般宠爱。自然界很多东西，本是平等的，可落到了人的眼里心里，就有了区分和差异。想来世上诸多事物，无不如此。可最终，都会像雪花一样，消失无踪，回归平静。

人如雪，本质都是一样的，就看自己想要追求什么样的生活。

“奇怪？”刚刚发完这一阵感慨，尚浮云突然站在原地一动不动。

“又怎么了？美女？”常白丁有些不耐烦。

“我们走了这么长时间的路，雪层又这么厚，怎么会没有脚印呢？”尚浮云故意在原地绕着圈子，果然没有一个脚印留在雪地里。

常白丁脸色稍有变化，“这是梦！什么事在梦里都有可能发生！”这种解释换作他人当然能接受，但是尚浮云就是觉得常白丁是在敷衍自己，他一定对自己又有所隐瞒，但是还是那句话，如果他不想说，根本没办法撬开他的嘴。

此时，郑座卿看着眼前的大殿有些诧异，“这不是太极殿吗？”

“对！是太极殿！”尚浮云看到宫殿正中的满文和汉文写的“太极殿”三个字，非常兴奋，“盛京沈阳的故宫中没有太极殿！也就是说羁绊谭晓秋的应该是在顺治皇帝入关之后的历史”，这是尚浮云做出的第一个判断。

“不太对劲啊！”郑座卿左看看又看看，突然打了个喷嚏，然后他赶紧捂上自己的嘴巴。

尚浮云也有这种感觉，整个太极殿就像是一座空荡荡的博物馆，一股阴森的冷风从宫殿里吹出来，与呼呼的北风摩擦在一起，让人望而却步。

常白丁也不多说，几个箭步便窜到了太极殿中，几秒钟后，他又窜了出来，对尚浮云和郑座卿摇了摇头，“房子是空的，皇后娘娘肯定不在这里。”

郑座卿的脸上难掩失望之情，尚浮云走了过去，拍了拍郑座卿的后背，“别灰心，尊夫人可能就在附近。”

三人顺着甬道，绕到了太极殿的正殿之前，朝着北方又通过了一道宫门，却还是连个人影都没见到。

这种诡异的气氛让尚浮云再次提高了警惕，但是她的手中并没有出现任何武器，正如常白丁所说，这里并没有梦魔，“哎，不对啊，我记得故宫里这几道门都应该是开着的，怎么现在关的严严实实的。”尚浮云摸着红色的宫墙，顿时疑窦丛生，这两面宫墙像是三人运行的轨道，左右着他们的行动。

常白丁也似乎发现了这个问题，“可能是梦境想要直接引导我们到梦主人所在的地方。所以，在谭晓秋的潜意识里，把指向错误方向的宫门都关闭了，我们只要朝着打开的宫门方向走，就一定能找到谭晓秋。”

“不会有什么古怪吧？”这种不正常的静谧让尚浮云总觉得自己的眼前似乎突然会蹦出一只巨大的怪兽。

“害怕就甭跟来！”常白丁丝毫没有减慢速度，大步流星地朝着下一道门走来。

“谁害怕了！我这叫小心驶得万年船！”尚浮云嘴上丝毫不肯示弱。

三人又朝着南面走了一段时间，突然发现有一道巨大的红色的宫门横在眼前，这道宫门上布满了金色的铆钉，紧紧闭着。宫门的匾额上赫然写着三个字！

长春门！

尚浮云沮丧地说道：“完了！看来我们还得绕回去！”

“别急！”常白丁走上台阶，把手放在宫门之上，轻轻一推。

只听喀拉喀拉的金属扭动声，这道门像是要迎接客人似的渐渐地敞开了。

“长春门？”郑座卿念着上面的三个字，“这里离长春宫不远了。”

“长春宫，是故宫西六宫之一，位于太极殿之北，咸福宫之南。”尚浮云仔细回忆着自己阅读过的书籍，她忽然意识到郑座卿好像对故宫很熟悉，回过头刚想对郑座卿赞扬一番。

可话还没出口，常白丁一个腾跃，就跳到了大门旁的高墙之上。

“这里有门你干吗翻墙？”

“托你的福，终于把大内侍卫给盼来了！”常白丁指了指下面。

尚浮云顿时明白了常白丁的意思，她一拉郑座卿的手，也直接跳到了高墙之上。郑座卿吓得张开了嘴，刚想喊出声来，就被常白丁捂住了嘴巴。

“嘘！”常白丁用食指放在嘴边，而旁边的尚浮云也对他摇了摇头。

尚浮云朝下一看，远处又是一座宫殿，而宫殿的门口和墙壁内，站着几个身穿黄马褂的彪形大汉，他们的腰部都挎着兵刃。

“你不是说，谭晓秋的梦里没有梦魔吗？”

“这不是梦魔！是真人，开开眼吧，历史上真正的御赐黄马褂的大内侍卫！”说着，常白丁展开轻功，直接飞到了房檐之上，然后几个腾挪，犹如燕子一般，便落到了长春宫的宫墙之内。

“常爷好功夫啊！”郑座卿看到常白丁的身手，由衷地赞美道。

“他在梦里算是个英雄，但是在现实中就是个人渣！”尚浮云不管郑座卿有没有听懂，拉着他的右臂，几个起伏，也飞到长春宫的内庭中。好在这里并没有侍卫的踪影。

三个人溜到了正殿的墙下，此时正值隆冬，房门和窗户四面紧闭。常白丁只能蹲在窗跟下，听里边的动静。虽然窗门关闭，但是里边的声音却听得真真切切。

“有人，而且是活人！”尚浮云欣喜地说道。

常白丁点了点头，把手掌摊开在耳朵边，只听里边是几个女人在聊天的声音，按照声音判断，至少有三四个女人在屋里。

“咱们冬日的衣衫厚重，怎么她这一身却轻薄，好像不怕冷似的。”一个妇人的声音，在屋中响起。

然后屋中便有几个女人格格格地笑出声来。

只听一个女子打断了这股笑声，“听内务府说江宁织造新贡了一种暖缎，虽然轻薄，却十分暖和。”

“自从皇上登基，皇后娘娘就下了懿旨，不许用纯金的首饰，不许金线织衣，更不许用江南的好料子，这件缎子想必是比金银还要名贵。不知道妹妹是从何得来？”说话女人的话里飘出一股浓重的醋味。

“当然是皇上所赐！”很显然，这个穿着暖缎的女人很是得意。

尚浮云躲在窗下小声说道：“怎么都是一嘴的甄嬛体？”

“小主，你在美国也看《甄嬛传》啊？”常白丁作出了很吃惊的样子。

“女人有几个不爱看《甄嬛传》，谭晓秋这么大的教授，不也在做甄嬛的梦吗？”说完，她看了看身后的郑座卿觉得这么说有些失礼。

“有人来了！”常白丁突然做了一个后退的手势，三人立即后退，从房屋的南面，直退到拐角东面的院墙边的阴影处。尚浮云探出头来，看看到底是何人来了。

随后，一个素装打扮，脸蛋圆润的漂亮女人走进屋内，等人进入了屋中，尚浮云又悄悄地回到了刚才的位置，只听里边有人说道：“臣妾永和宫答应白氏参见皇后娘娘、各位小主。皇后娘娘万福金安，各位小主顺心遂意。”

“皇后？”尚浮云心头一惊，看了看旁边的郑座卿。

只听皇后和言道：“这便是玫妹妹了，本早应相见的。只是一直大雪，到了今日才得见。起来吧，赐座。”

郑座卿忍不住喃喃道，“晓秋……是晓秋的声音。”

常白丁再次捂住他的嘴巴，从窗边撤了下来，“你疯了！”

“我太太她！真变成皇后了？”

常白丁摊开手掌，表情夸张，压着嗓子说道：“这是梦！梦懂吗？都是假的！假的！”

郑座卿捂了捂头，这才从刚才的惊讶中恢复了过来。好在里边并没有发觉外面有人，所以三人决定继续待在原地偷听屋中的声音。

“本该早些来拜见皇后娘娘的，可惜一直天公不作美，到了今日才能来。”

“来与不来，都只是一份心意。以后朝夕相见，你就知道各位姐妹都是好相处的了。”

刚才那个满嘴醋意的女人声音再次响了起来，“不仅咱们是好相处的，皇上也格外疼妹妹啊。妹妹这身料子，轻薄暖和，想必也是江宁进贡的吧？”

“嘉贵人好眼力。”刚才还对皇后温文尔雅的答应白玫，话中却也带了刺儿！

“不是我好眼力，而是乍一看见妹妹穿得单薄，害怕冻着了妹妹。原来是皇上的一片心意。只是这缎子难得，连皇后宫里也都没有，我也只是听说了胡乱一猜罢了。”

“是吗？皇上只是赏了我衣裳，别的我不多问，也全不知道。”

“皇上登基后皇后娘娘就一直主张后宫简朴。妹妹只是区区一个答应，这身衣服也略奢华了些吧。”

“是吗？只要皇上喜欢就是极好的。”

皇后此时再次发声，似乎是看出了一些不和谐的端倪，出言阻止了几个人的冷嘲热讽，“好了，外头虽然雪停了，但天寒地冻，路滑难行，大家还是早些回去吧。快到年下了，别冻着身子才好。”

尚浮云拉了一下常白丁的衣角。

“怎么了？”

尚浮云得意地笑道：“不用再听他们这些女人在这争风吃醋了，我知道谭晓秋被哪段历史羁绊住了。”

常白丁吐了吐舌头，“我费了这么大劲把你带到这来，你不到两分钟就完事了？”

“我不是跟你说过吗？听他们说几句话就足够了。咱们赶快走吧！”

“既然来了，怎么也得吃顿御膳再走啊！”

“你怎么不让皇帝请你吃顿满汉全席！”

“那也行啊！”

“行你个大头鬼啊！白日做梦吃御膳有意思吗？走啦！”说完，尚浮云拉起常白丁转身要走。

常白丁也只能无奈摇了摇头。

但当他们两个往前刚走了几步，却发现郑座卿没有跟上来。

尚浮云回头观望，发现此时他已经站在了长春宫的大门口，呆呆地望着里边，“晓秋……”

尚浮云吓得赶紧跑过去，一把拉住了郑座卿就往外走，“什么，晓秋，屋里边坐着的是如假包换的孝贤纯皇后。”

尚浮云拉着郑座卿，跟着常白丁刚转到角落处的一个小屋前。

“等等！”常白丁一个手势，让两个人立即收了脚步。

尚浮云用手比划了两下，意思是怎么了？

常白丁指了指屋子里边，然后又指了指自己的耳朵，意思是仔细听里边的人说什么？

只听一个女人小声答道：“公公，皇后娘娘汤药都由侍女亲自试服，真是没有机会啊！”

又一个声音尖利的男人压着声音说道：“算了吧，宫中既然难以下手，那么咱们就在宫外做了她！”

尚浮云听着心里一阵发寒，做了谁？难道是皇后？

“明年开春，皇帝和太后要去拜孔庙，皇后也会随行，咱们就把下手的地点定在御舟之上。”

“他们要害晓秋？”郑座卿突然念叨了一声，尚浮云赶紧捂住了他的嘴巴。

“谁？”里边似乎听到了外边的动静。

尚浮云只觉头开始眩晕起来，但是她最后一眼看到了跑出来的那个太监的脚，他的脚踩在雪上，走了几步，雪地上一点痕迹都没有……

当她睁开眼睛的时候，发现自己仍然在谭晓秋所在的房间中。而常白丁和郑座卿也已经醒来。她用埋怨的眼神瞅了瞅郑座卿。

谭晓秋并没有醒，仍然在安详地睡着。

郑座卿发疯似的喊着，“我看到她了，她认识我，那个皇后认识我，她是晓秋！”

“郑先生，你别激动！”常白丁使劲摇晃着处于崩溃状态的郑座卿。

“你们终于醒了，我还以为你们中邪了呢！”秦兮大声喊道。

“哎哎哎！阿姨，不是，奶奶，老祖宗，你放手！放手，行不行！疼死我了！”吴晓天惨叫着，他被秦兮揪着耳朵，表情非常痛苦。

“臭小子！敢拦着我！”说着，秦兮松开手，吴晓天这才摆脱了控制。

吴晓天觉得耳朵发烫，用手一摸还是热辣辣的感觉，便跳着脚骂道：“老太婆，别以为你有几个臭钱，就他妈的敢对你吴爷动手动脚的，你等着，到时有你的好看！”

此时，常白丁脸上又换成了一张标准的奴才相，他板起脸质问起了吴晓天，“快说！你怎么得罪秦阿姨了？”

“常爷，她说你们中邪了，想推醒你们，我就不让，然后她就抓我耳朵不放，你说这不是老不正经吗？”

“滚一边去！”常白丁眼一瞪，像是在说吴晓天你这个成事不足败事有余家伙，吓得吴晓天倒退了一步。接着常白丁对秦兮笑颜相对，“秦姨，误会！误会！是云姑娘想看看令爱的情况，好做判断，我们就跟着上来看看！”

尚浮云心想这个狡猾的常白丁把责任一股脑地都推到了她的头上，她正琢磨着要怎么解释“入梦”这件事。

没想到秦兮却从刚才的声色俱厉，一下子变成了细声细语，“尚小姐，我女儿怎么样？”她的眼神里抱有着一种痛苦的期许。

“放心吧！秦姨，我已经知道您女儿是被哪段历史绊住了，现在只要按照我的方法积极治疗，我保证能治好你的女儿。”

“真的？”

“嗯！不过，在这里治疗不行，我要带您女儿换一个地方住。”

“尚小姐，我绝对相信你！我女儿的治疗现在都由你全权负责，你说怎么治，咱就怎么治。放心，我这要钱给钱，要人出人！”秦兮拍着胸脯，这时的她顿时从一个纸醉金迷的贵妇人变成了江湖豪义的女汉子。

“那好，我想带她到医科大学的心理学研究所去！那里有比较先进的设备，比较好监控令爱的病情。”

“好！好！”秦兮答应得很爽快，然后她转过头对郑座卿横眉冷对，

“你觉得怎么样？”

“我？我没有意见！您说了算！”郑座卿战战兢兢地说道，他似乎也没有勇气去面对眼前的瘟神。

尚浮云转过头，向常白丁征求了一下意见，“那咱们先把谭小姐转到范教授那去，如何？”

“切！范老头那儿？亏你想得出！”常白丁有些没想到尚浮云会提这样的要求，但他还是一脸不屑的样子。

“怎么，不愿意？你和范老师不会有什么过节吧？”尚浮云绷着脸，她正在捕捉常白丁表情中的每一个细微的变化。

“过节？他也配跟小爷有过节？算了！小爷就随你去会会那只范老狗吧！”

6

尚浮云穿着一身白色的大褂，她的面容看上去有些憔悴，这几天她一直待在范教授提供的一间特别的实验室中，没日没夜地观察着脑电波仪数据。还好，她的容貌姣好，即便是花容失色，也还是带着一种楚楚动人的媚人神态。她此时正在目不转睛地盯着电脑屏幕上谭晓秋的脑电波变化。

和几天前不同，现在谭晓秋睡相很美，面庞是那样的安详自然。在梦中，她是至高无上的皇后。在她梦境的世界里，有卑微的太监、宫女，有体贴的皇帝，有孝顺的皇儿，还有和自己勾心斗角的嫔妃，这一切都令她陶醉得无法自拔。梦中的她似乎游刃有余，所以当她睡去时，便会沉浸在这种幸福中。

这两个学识和气质都很相似的美丽女人的命运就这样连接在了一起。

范教授站在谭晓秋的床前，拧着眉头，不住地摇头。

此时，只听门外有人大声嚷道，“美女姐姐，我们来了。”

是吴晓天的声音，尚浮云知道是常白丁到了，她绷着脸，率先出了屋子，“这是研究室，你们能不能小点声？”

常白丁脸上挂着一股傲慢的表情走进了屋，“哎，我说你这个人，是你非把地方选在这的，来了不远接高迎端杯茶水也就罢了，小爷我倒先挨了顿数落！要不小爷先走，等您需要小爷的时候我们爷们儿再来？”

“呦！常少！稀客啊！欢迎！欢迎！”范教授也跟着尚浮云走出了屋子，当他看到常白丁时，先是惊讶，随即满脸都堆满了笑容。

常白丁斜挎着一个破旧的帆布包，站在尚浮云右侧根本没用正眼瞅范教授，看样子就没打算搭理他。

“常大少，还是这么有个性！”范教授一脸慈祥，丝毫没有生气。

“哎哎哎，别跟小爷套近乎，咱们信仰不同，道不同不相为谋！”常白丁把手挥动了起来，示意要和范教授保持距离。

范教授仍旧不急不躁，“此言差矣！咱们俩无冤无仇的，怎么就不能握手言和呢？”

“我说你还来劲了！摆什么臭架子啊！”尚浮云也没好气，干脆不再搭理常白丁，“范老师，甭理他！我给您介绍一下，这位是吴晓天是……是我的朋友！”她把常白丁身后的吴晓天先介绍给了范教授。

吴晓天异常活泼，“哇塞，你真的是教授啊？是不是你比我们老师高了好多级？一个月能挣多少钱啊？”

范教授被他问得一愣，尴尬地点点头，“高也高不了多少！挣得跟你们老师差不多。”

吴晓天嘻嘻一笑，“少来了，我们老师在外边办小班，每个月都得一万多。你们这办大班的不得赚得更多啊！”

“什么大班小班的，成了幼儿园了吗？”范教授佯怒道。

吴晓天开始上下打量范教授，“我今天也算开了眼界了，原来教授都长这模样啊！比我们老师皱纹多不少呢。”

范教授并不生气，笑呵呵地看着吴晓天，“教授应该长什么样，就都得是个骑自行车的帅哥啊？”

“反正比我想象中丑。”吴晓天嘟噜着脸，眼睛一眨一眨的。

范教授和蔼地冲他点了点头，“哈哈，中国教授比不了韩国的！你慢慢就适应了，看熟了就好了，欢迎各位！大家请进！”

几个人都走进了范教授身后的实验室，这里和其他医院的病房不同，装修非常精致典雅！墙面被刷成了暖色调的粉漆，灯光也柔和舒适。若不是房间周围摆放着各种仪器，根本看不出，这是一间病房，多半人会以为这是一间经过精心布置的婴儿房。谭晓秋就静静地躺在一张病床上，而病床周围的仪器显示屏上各种波段和数据都在不停地翻动着。

进来的人们正在四处观察房间的布局时，忽然“喵”的一声，房间中爆出了一声猫叫，常白丁带来的包里冒出了一个小脑袋，一只黑猫嗖的一声便从帆布包中跳了出来。

范教授先是一惊，但随后便又笑了，“呦，小黑妞也来了！”

尚浮云定睛一看，一只黑猫正站在屋子中央，敌视着除了常白丁之外的所有人，这正是常白丁在门店台阶上喂养的那只“小黑妞”。

“老师，您认识这只猫？”

“这可是常少的梦中的小情人！哈哈！常少既然把它都带来了，说明这个梦很难解哦！”范教授故作神秘地笑了笑。

尚浮云心头一震，动起了在范教授身上套取一些常白丁秘密的念头，所以她故意赔笑道：“您知道多少关于这只猫的事？”

“我？常少没告诉你吗？我可是端木先生留给常少的十二个中间人之一，小黑妞的事我可是门儿清（北京话，一清二楚的意思）。”说完，范教授故意瞅了瞅常白丁，那表情里似乎含有了一层难以捉摸的深意。

范教授不经意间透露出了一些常白丁根本不愿提及的往事，这令常白丁的脸上顿时阴云满布，他立即打断了范教授的话，“行了，范老鬼！这么大岁数贫不贫啊，当年的事就不要再提了吧！”

十二中间人？罗凯曾经提过一句他是中间人介绍来的，而郑座卿也说，他是一个顶仙的郝三爷介绍的，难道这位郝三爷也是中间人？范教授说他是十二中间人之一，一位德高望重的大学教授会和一个下九流的顶仙神棍为伍？而其余十名中间人又是谁呢？中间人在解梦的过程中起到了什么作用？还有，范教授好像很尊重这个端木先生，他又是谁呢？这一连串的问题，再次触发了尚浮云的好奇心，她想要追求真相，下意识地朝着常白丁的方向又走了一步。

“喵~喵！”小黑妞此时见尚浮云又朝着常白丁迈出一步，所以又是一阵恐怖的嚎叫以示警告，那声浪中带着一种令人颤抖的音色。

这叫声吓得尚浮云倒退了一步，她连忙抓住了范教授的胳膊，“范老师，这只猫好像有点古怪？”

“何止是古怪！简直就是古灵精怪！哈哈！”范教授的笑声和整个屋子里略显沉重的气氛形成了鲜明的对比。

尚浮云看着小黑妞，张开双掌，把双手做成了蒲扇状，冲着它左右摆动，意思是，我没有恶意，也不会再往前迈步了。

范老师见屋中的气氛有些诡异，干脆岔开话题，他把谈话的重点引到了谭晓秋的身上，“浮云，谭晓秋的母亲和丈夫把她送来时，我就觉得有点不对劲啊。她丈夫一直说，谭晓秋是因为被一段她所研究的历史绊住了，才会变得梦境和现实倒置了过来而分不清楚梦境和现实，到底是怎么回事啊？”

“喵喵！”小黑妞突然警觉地叫唤起来。

常白丁下意识地看看四周，小声说道：“有人来了，此地不宜详谈，咱们得换个地方！”

范教授刚想问个究竟，突然觉得自己眼前一黑，四周便陷入了一种黑暗之中，但他随即兴奋地大叫道：“黑梦？常少，这是黑梦对吧？你找到能自由穿行的黑梦啦！好久没有穿越到这样的梦境中了！让我多在这儿待一会儿吧，我要收集了更多的数据后再出去。”

“行了，范老鬼，你就别啰嗦了，早知道不带你进来了。”常白丁举着火把走了过来，吴晓天和罗凯跟在他的后面。

“罗凯，你怎么也在这儿？”在另外一个黑暗角落里走出来的尚浮云惊奇地问道。

常白丁面无表情地说道：“人的梦境是潜意识的坐标，而不是地理坐标，只要能找到潜意识的入口，哪怕一个人在中国，一个在美国也能同时入梦。是我叫画家来的，这次解梦用得着他。”

罗凯依旧是个深沉的男人，他只是冲着众人点了点头，并没有说话。

此时，黑暗中刮起了一阵旋风，身披着猩红斗篷的王蓉蓉渐渐地出现在了所有人面前，她嘟着嘴，有些不耐烦地说道：“常爷，你也太过分了吧！怎么人还越带人越多啊！”

“这就是黑梦的本格啊？”范教授兴奋地看着王蓉蓉，像是看到了宝藏一样的眼神，尚浮云从来没有见过一向沉稳的老师，会如此失态。她上前一步拦住了范教授，生怕小旋风会突然冲出来伤了他。

“教授你别惹她，她的梦魔可厉害着呢！”吴晓天说着，蹦蹦跳跳地跑到了王蓉蓉的面前。

“晓天哥哥，你又来找我玩了，我好高兴啊！”王蓉蓉见是吴晓天，立即笑逐颜开，她身后的小旋风也抱成了一团，围着两个人转悠。

“是啊！蓉蓉妹妹！我又来了！”吴晓天一把拉起了王蓉蓉的小手。

“行了，你们玩去吧！我们要谈点正事了！”常白丁连赶带轰地把两个孩子支走了，而此时罗凯慢慢走到了离常白丁、尚浮云和范教授不远处，盘腿坐了下来，他似乎也不想成为这项谈话的主角。

“老师，我现在可以回答您的问题。”多日来，尚浮云一直都在范教授提供的研究室和设备前工作，却对自己和常白丁入梦的事只字未提，现在看他对常白丁如此熟悉，才放心说道，“谭晓秋之所以会在现实中疯疯癫癫的，是因为她在梦中成为了乾隆的第一任皇后，富察氏！也就是历史上很著名的孝贤纯皇后。她坚信梦中的生活才是她的真实生活。”

“孝贤纯皇后？我对历史不太熟悉，这是个什么样的女人啊？”范教授皱了皱眉，表情已经没有刚才那么轻松了。

尚浮云再次开启了无敌全能加外挂的背书模式，“富察氏孝贤纯皇后是察哈尔总管李保荣之女，生于康熙五十一年二月。雍正五年七月，雍正帝册封她为弘历的嫡福晋，当时她只有十六岁。乾隆二年册立为皇后。一生深得乾隆皇帝的宠爱。但是，乾隆十三年春，乾隆皇帝带着皇后东巡，皇后旅途劳顿，感染风寒，在运河御舟中去世。这件事成为了乾隆皇帝一生的痛。”

“仅仅凭着入梦时看到的几个细节，你怎么就能判断那个皇后就是孝贤纯皇后呢？”常白丁似乎也没听过尚浮云如此推测的依据。

“第一，谭晓秋的梦中出现了长春门！这个建筑只有故宫有，所以可以肯定梦中的历史应该发生在清兵入关之后，而这道门后来被咸丰皇帝下令拆除了，所以梦中的故事应该发生在咸丰皇帝驾崩之前，那么皇帝的范围就渐渐地缩小了，只能是顺治、康熙、雍正、乾隆、嘉庆、道光、咸丰！”

常白丁眼睛看着尚浮云，却用余光一直扫着在她身旁的范教授，“这范围仍旧很大嘛！”

尚浮云举起了两根指头，“第二个证据，长春宫！长春宫是孝贤纯皇后的寝宫，而我们正是在那里见到的皇后谭晓秋。”

“长春宫在清朝历史上确实只有孝贤一个皇后住过。但是咱们入梦时，可没说皇后就住在长春宫。那几个妃子说不定一时兴起，在长春宫附近游玩，玩累了就在长春宫里开个小会呢。”常白丁一本正经地说道，那认真的样子很少出现在他脸上。

尚浮云笑道：“看不出来啊，你的历史功底也相当扎实嘛！”

常白丁在梦中很少显现出那股玩世不恭的神态，代替这种表情的是一种少有的肃穆，“行了，不用拍小爷的马屁，说说其他的证据吧！”

尚浮云举起了三根手指，“第三，江宁织造进贡暖缎！这件事在乾隆朝有过记录。江宁织造的地位仅次于两江总督，康熙朝时江宁织造曹家红极一时，他们给皇帝进贡了各种绫罗绸缎，暖缎这种低级的丝织品根本排不上队。到了雍正朝时就更别提了，雍正皇帝恨透了当时的江宁织造曹家，并将曹氏家族抄家治罪，雍正一生也从未让江宁织造上贡绸缎。只有到了乾隆朝，乾隆皇帝才重新启用了江宁织造，但是乾隆皇帝最初的时候，为了迎合百姓，争取一个好名声，所以下旨江南织造每年进贡的绸缎只限于暖缎。”

“小爷虽不是搞历史的，但是也知道乾隆朝一共有三任皇后，富察氏，乌喇纳喇氏，魏佳氏。就算这个皇后是乾隆的皇后，你又怎么知道她一定是富察氏呢？”

“魏佳氏是死后才被追封的！所以不可能被嫔妃们称呼为皇后。而在梦中，出现了一个叫白玫的答应，《清史稿·后宫传》中，玫答应在富察氏去世前不久才被封为了贵人，这算不算是铁证呢？”

常白丁像是被噎住了一样不再说话，他显然已经对尚浮云的判断没有了任何怀疑。

范教授在整个过程中并没有太过惊愕，看得出他似乎对尚浮云和常白丁所谈论的梦境里的事，没有任何疑问，看样子他对于常白丁的入梦技术应该是心知肚明。

“而且我还发现了另外一件很可怕的事！”尚浮云的表情极其严峻，“谭晓秋并非是自己走火入魔的，而是有人对她实施了强催眠。也就是心理学上所谓的恶意催眠。”

“哦？”范教授显然对这个话题很感兴趣。

“我早就告诉过你，在我们之前，还有人偷偷潜入过谭晓秋的梦！不过你不是牙派传人，我倒想听听你是怎么看出来的。”常白丁也有些奇怪。

“人是否被催眠了，通过脑电波图的测试，一测便知！这是我在美国学来的知识。”尚浮云伸出食指，像是在讲课一样比划着，“神经科学界、国际脑波学会根据脑波频率将脑电波分成四个主要类别：分别是α、β、θ、δ。当人们的大脑频率处于α波时，人的意识清醒，但身体却是放松的。在这种状态下，身心能量耗费最少，相对的脑部获得的能量较高，运作就会更加快速、顺畅、敏锐。α波被认为是人们学习与思考的最佳脑波状态。”

“那β呢？”常白丁盯着尚浮云的眼睛。

“人们清醒时，大部分时间大脑频率处于β波状态。随着β波的增加，身体逐渐呈紧张状态，因而削减了体内免疫系统能力，此时人的能量消耗加剧，容易疲倦，若不充分休息，容易堆积压力，这是现代人的通病，也就是我们常说的亚健康。”不等常白丁再次地发问，尚浮云便开始继续介绍δ波了，“当人们的大脑频率处于δ波时，为深度睡眠、无意识状态。但是谭晓秋的脑电波不属于这三种波段的任何一种！”

“那也就是θ了！”常白丁的桀骜不驯的眼神里，突然闪过了一种理性的光芒。

尚浮云点头表示肯定，“当人们的大脑频率处于θ波时，人的意识中断，身体深沉放松，对于外界的信息呈现高度的受暗示状态，即被催眠状态，这就是典型由于催眠术而形成的脑电波。”

常白丁“嘁”了一声，“小爷还以为你会说出什么高深的理论呢！之前不就是你催眠的谭晓秋吗？获得这样的结论并不偶然。”

“错！我的催眠只不过潜意识催眠，目的只是让她入睡，是最简单的催眠术罢了，这种技术在脑电波的监控上只会在催眠的一瞬间有所体现，但是谭晓秋的脑电波监控显示，θ波一直处于这种高频状态，就代表着，其实有人在她的梦境中可能植入了非正常的东西，也就是恶意催眠。”

常白丁微微叹了一声，“这就是猎梦术带来的恶果，他们潜入了谭晓秋的第四层梦境杀害了真正的孝贤纯皇后，而又让谭晓秋成为了皇后。”

刚刚一言不发的罗凯突然发声，“那这个潜入者的能力岂不是和我一样，是植梦人？”

常白丁轻轻地摇了摇头，“恐怕这个人的能力远在你之上，他不仅是植梦人，还与牙派颇有渊源，他不仅精通入梦之术，更让人胆寒的是，他竟然还懂得如何实施猎梦术。要知道能够杀害第四层梦境中真实历史人物的人，必然是拥有高于第四层梦境的人，也就是说这个邪恶的潜入者的能力，至少和小爷我旗鼓相当。这次我们算是遇上劲敌了。”

此时，吴晓天像是和王蓉蓉玩累了，也走了过来，“常爷，说什么呢？什么跟你旗鼓相当？放心，有我在，你就什么都别怕！你就麻溜地说吧，找大伙来到底想怎么干？”吴晓天拍着胸脯，爽快地说道。

“看不出你小小年纪还有一副古道热肠。但是，这次光靠蛮力是不行的。”范教授在一旁感叹道。

尚浮云也有些惆怅地说道：“我们现在就像在玩扑克，我们的牌被别人看了个‘底掉儿’，这个催眠师的底牌还紧紧地扣在牌桌上呢。”

范教授走过去拍了拍尚浮云的肩膀，“别灰心，你已经做得很好了，能够从脑电波曲线图上就能判断出谭晓秋是被恶意催眠的，这非常了不起。”

常白丁有些懊恼地说道：“其实，那天我差一点就抓到那个潜入梦境的人小尾巴了！可就差那么一点点……”

“你是说那个太监？”尚浮云也有些惋惜。

“他不一定是太监，他有可能扮演史无可载的任何一个小人物。所以，错过了这次机会，再想抓他可就是难比登天了！”

“可你是怎么发现他的呢？”

“雪，你拉郑座卿过来时，晚了我一步，当我看到他走进的那间屋子，发现雪地里没有脚印！”

尚浮云突然想到了常白丁大赞瑞雪，又联想到了自己踩在雪上也没有脚印，“难道闯入历史层梦境的人，在雪地里不会留下脚印？”

“这就是《梦公理》里所记载的，入梦者，遇水不湿，遇冰非滑，踏雪无痕！”

尚浮云眉毛轻轻一挑，“那我就要怀疑一个人了。”

“你是说郑座卿？”

“我怀疑是他故意示警，放走那个人的。”

常白丁陷入了沉默，不置可否。

“你怎么又这副德行，那你倒是说啊，你到底怀疑谁，秦兮？”

“我怀疑谁并不重要，反正秦兮和郑座卿其中至少有一个人是有问题的！恐怕，他们俩一会儿就会到，这一次名义上的解梦人是你，你要怎么向他们解释你的解梦方案，把他们中的潜入者揪出来，才是关键！”

尚浮云有些沮丧地摇了摇头，“我想起来就很可怕，这个邪恶的催眠师对我们非常熟悉，我想做什么，会做什么，能做什么，他都了如指掌。”

常白丁突然诡异地一笑，那笑容里充满了自信，“怕什么，不是还有我嘛！你只要按照我事先教给你的去说就行了，剩下的事都包在我身上！”

“我想你一定早就派阿三侦察过了吧，到底那个邪恶潜入者是谁，你心知肚明！解梦计划恐怕你也早就胸有成竹了吧？你带小黑妞来就是为了实施这个计划，对吧？虽然我还不知道这只猫有什么本事！”尚浮云觉得自己的这一连串问题像是个“莫比乌斯圈”，绕着绕着，就成了一个背道而驰的轨迹，但是她依然觉得这是最好的解释。

“小黑妞确实是咱们这次解梦的胜负手！”常白丁突然露出了诡异的笑容，他的笑总是这么富有深意，令人难以捉摸。

7

果然在常白丁等人从黑梦中苏醒过来几秒钟后，秦兮和郑座卿就来到了病房。而当他们走进病房的时候，范教授像是查房的老医生一样，冲着他们微微颔首，像什么也没发生一样地离开了房间。

而常白丁和吴晓天则留在病房中，常白丁坐在角落的沙发上一言不发，他的脚边放着那个装着“小黑妞”的黑色袋子，但是此时黑色的袋子空瘪瘪的，里边的猫不知道去了哪儿。

秦兮坐在女儿的床前就开始垂泪，而郑座卿也在不住地叹气。

尚浮云看在眼里，心里却在想到底谁才是真正的邪恶潜入者呢，又或者说两个人都是，他们也正在像自己和常白丁一样，演着双簧?

“尚医生，我女儿到底怎么了？”秦兮转过身来，握住了秦兮的手。

“秦姨，您别着急！”尚浮云用安慰地语气说道，“您女儿被人实施了恶意催眠！大脑陷入了一种混乱的状态中。不过，您放心，我会尽力让她恢复过来的。”

“恶意催眠？这是谁干的？他干吗要对我女儿下这样的毒手？”秦兮像是发了疯一样喊道。

尚浮云摇了摇头，“现在还不清楚！”

郑座卿表现得还算冷静，“尚小姐，你打算怎么治我太太的病？”

“想要解开谭晓秋身上的符咒，只有两个方法！”尚浮云撕下了一打脑电波图纸放在了一边，坐在病床前的椅子上。

郑座卿着急地说道：“您说说看！如果能治好我太太的病，付多少钱我都愿意！”

尚浮云瞪了一眼郑座卿，“钱不是万能的！”

秦兮脸一虎，“你边上待着去，别打扰尚小姐介绍病情。”

“第一种方法就是解铃还须系铃人！必须在现实世界中找到催眠您女儿的那个人，只有他才能解开她身上的符咒，这是最简单直接的方法。”

“可我们不是警察啊！利用催眠术犯罪的凶手，摸不到也抓不着啊，我们又不是神探胡玉言（小说《催眠游戏》中的神探）！怎么找？”秦兮无奈地摇了摇头。

尚浮云伸出了第二根手指，“那就只有用第二个方法，但是这个方法具有非常大的危险性。”

郑座卿着急地说道：“尚小姐，你是不是想像上次一样，让我们再进入谭晓秋的梦境中，帮她醒过来啊？”

“不！谭晓秋的现在梦境本来就是一个错误的命题，用错误的条件去证明出的结果一定是一个更大的错误。所以，我有另外一个计划。”

“嘁！小爷倒是听听，你到底能有什么好主意！”坐在一旁的常白丁此时跷起了二郎腿，很惬意地笑了。

“不如把谭晓秋带进我的梦中！”尚浮云这句话说得很自然，但是说完这句话后，屋中除了吴晓天外，所有人都把脸转向了她。

常白丁面部突然僵硬了起来，他陷入了沉默之中。

“我承认这个想法非常疯狂，但是这也是现在最为可行的方法。”

秦兮的表情一下子变得很紧张，“尚小姐，我有点不太明白你说的话，为什么治疗我女儿的病，要进入你的梦，这也有点太难理解了吧？”

“秦姨，所有人的梦都是相连通的，这是神棍所在的那个解梦门派的奥义，而我也用现代科学证明了这种说法。您不也一直在说我和您女儿很像吗，没错，是非常像，就连我们的梦境都非常相似。您女儿的梦境现在已经被强催眠术破坏了，所以我想把您的女儿带到我的梦境里来，帮助她恢复正常的意识。”

秦兮的质疑表情一点都没有消退，“尚小姐不是我不相信你说的话，为了我女儿的健康，我觉得我有必要听一听你的详细治疗计划。”

“简单来说，我想拍一部电影！”尚浮云说到这里，脸上的阴霾消散了一些。

“拍电影？”郑座卿大呼了一声，任由他想破脑袋也无法想明白尚浮云想做什么。

“这部电影里谭晓秋是主角，由于这部电影的剧情复杂，还需要三个配角，所以除了我以外，神棍和臭小子也要跟我一起入梦。当然我会兼职做电影导演，剧情都由我来安排！”

秦兮的五官几乎都要挤在一起了，“尚小姐啊，你还是说得明白点吧，你这个比喻我有点糊涂。”

“弗洛伊德有一个著名的理论叫作《梦境加害论》。”尚浮云稍稍停顿了一下，继续解释道，“《梦的解析》中说人们的潜意识中，会对自己充满恶意的人印象深刻，并且在梦中投射出一个恶人的形象来，这个形象往往会在梦中对自己形成加害，这就是所谓的梦境加害论理论。但是现在，谭晓秋自己的梦被那个邪恶的催眠师给破坏了，她的梦境是被粉饰过的，根本无法自我启动这种恶意加害模式，所以我就把我的梦境让给谭晓秋，让她认为自己正在做着自己的梦，这个梦中，她会自我引导出一个恶人来，让谭晓秋自己揭开这个恶人的真面目，我们不就找到这个恶意催眠师的真身了吗？”

此时，常白丁突然站了起来，“总是异想天开的美女，我不得不告诉你，在你想玩的这个游戏里边，吴晓天要保护三个人，我、你还有谭晓秋。就算吴晓天本事再大，也难免会出现纰漏，如果这个游戏里有一个人遭遇不测，就GAME OVER了，咱们全都有可能掉进意识的深渊里，变成植物人，无法醒来了！”常白丁的表情，严峻得让人有些恐怖，这让所有人都相信，这绝对不是什么危言耸听，而是严酷的现实。

尚浮云明白，这是常白丁的障眼法，是说给秦兮和郑座卿听的。因为如果自己在梦中死去，最大的受害人只有常白丁，因为只有常白丁一个人是从第五层梦境中下到第三层梦境的，第四层梦境对其他人来说，无论是从第三层进入第四层的，还是本来就是第四层梦境的人来说，都是梦，梦境关闭的一刻，他们的梦也就结束了，会自动醒来。而第四层梦境对于常白丁来说，是现实，即便他是牙派的嫡派传人也不可能像在第三层梦境中那样施展自如，实施自救。他之所以这样说，多半为的是让那个邪恶的潜入者误以为，如果杀害了自己，那么入梦的人就都会困在这个梦里，让他投鼠忌器。可既然这个潜入者和牙派有着如此深的渊源，他对于梦公理中的梦境层次理论会一无所知?

尚浮云虽然满腹疑问，但她还是配合着常白丁冷笑了一声，并故意拉长了声调，“又是梦公理？”

常白丁回以了更为傲慢的冷笑：“你到现在都还不承认，梦公理比那本狗屁不通的《梦的解析》要靠谱得多吗？”

尚浮云一点都没被常白丁的气势吓到，“你刚才说了这么多，不就是想告诉我，你怕死了！怕死就是怕死，别拿什么梦公理当幌子！”

“小爷贱命一条，我怕什么！可是，想想你自己吧！你信誓旦旦能治好谭晓秋，可她如果出现任何问题，你一口一个的秦姨会饶过你吗？你还真认为人家把你当成她干闺女呢？还有人家郑总，别看平时对你细声细语，人家可是大佬！吃人不吐骨头的，小爷我可以跑路，可你能跑吗？入梦有风险，治疗需谨慎啊！”常白丁说话时阴阳怪气的，还时不时侧目看看旁边的郑座卿和秦兮。

尚浮云心中泛起了阵阵暖流，虽然常白丁日日都和自己没几句正经话，但是刚才他说的这一番口冷之言显然也是说给秦兮和郑座卿听的，是想告诉他们即便他们不是邪恶潜入者，也要把丑话说在前头，万一出现什么危险，治不好谭晓秋的病，谁都不许找自己的后账。

面对这番冷嘲热讽，秦兮和郑座卿谁也没有说话。

尚浮云的表情却非常坚定，这种坚定让整个房间的空气都凝结在了一起，“你会全力帮助我的，对吗？”

“我一定会的，但是这次太危险了，小爷要听听臭小子的意见！如果……”常白丁的语气变得异常啰嗦起来。

吴晓天兴高采烈地说道：“常爷，拍电影，这个太刺激了！咱们爷们上天入地，难道害怕这种事？”

“这……压根就不是一回事！”常白丁望着一直让他伤透脑筋的吴晓天。他的表情有点无奈，但最后还是深深地叹了一口气，“好吧！”

“好了，我们这头没有任何问题了，现在需要你们两位家属确认！刚才神棍说的都是事实，谭晓秋确实有可能因为治疗失败，而永远无法醒来。而且我要强调的是，我的治疗并非得到了正规医疗机构的授权，我虽然有美国的医师执照，但却没有在中国注册过，说到底这次治疗的性质就是一次医学实验，所以是否这样治疗，你们再想想吧。”尚浮云转过身来，用十分绵柔的语气对郑座卿和秦兮说道。

“我……”郑座卿显然还没拿定主意。

“死马当活马医！我不希望女儿下半辈子都这么浑浑噩噩地活着。”秦兮却突然站了起来，抹了抹眼角的泪水，“尚小姐，就按照你的计划来吧！我相信你！”

吴晓天听到秦兮的话，顿时欢呼起来，“好哦，拍电影去喽！美女姐姐，赶快给我们安排角色吧。”

尚浮云松了口气，但还是怀着沉重复杂的心情说道：“既然大家都准备好了，那我就简单地介绍一下背景，我给谭晓秋引导的梦境是清朝的乾隆朝，谭晓秋的角色当然就是乾隆皇帝的皇后了。我安排的剧情是皇后在龙舟上遭到暗杀，你们要帮助她逃离险境，并最终找到是谁要杀她，那个想要杀害皇后的幕后真凶就是那个邪恶催眠师，找到他，我们就赢了！下面我就为你们安排角色！神棍，你的角色是一个年轻的状元！文武双全那种！”

常白丁哭笑不得，“小爷可没读过多少书，别到时露了馅！”

尚浮云转了转眼珠，“要不我把这个角色给吴晓天？”

“好呀！好呀！”吴晓天拍着手说道。

“算了！还是我来吧！这小子连学校的门朝哪边开，估计都还没弄清楚呢，你让他演状元？”常白丁冲着吴晓天苦笑了一下，勉强接受了这个角色。

吴晓天撅着嘴，却听到尚浮云继续说道：“吴晓天，你做护卫皇后的勇士，怎么样？”

秦兮上下瞅着吴晓天，“就他这小身板，连我这老太太都打不过，行吗？”

吴晓天伸出五个手指，大怒道：“我这叫好男不跟女斗，懂吗？打倒你只需要五秒钟，你这老太婆，我的外号可是梦中……”

刚说到一半，吴晓天就被常白丁狠狠在后边踹了一脚，吴晓天挺委屈，赌着气说：“放心吧！我一定会保护好皇后的！”他朝着秦兮的方向，使劲把膀子晃了几圈，瘦小干枯的胳膊上连一点肌肉都没有。

“那你做什么？”常白丁故意朝着尚浮云挤了挤眼睛。

“我做个皇后身边的宫女，你们看没问题吧？”尚浮云迷人地一笑。

秦兮摇着头，“哎，大材小用了！”

尚浮云说着，做了一个“万福”，“我也一定会照顾好皇后的，请大家放心！”说完，会心一笑。

常白丁脸上带着僵硬的笑容，但是他心里却一点也笑不出来！此时，小黑妞不知道从哪里冒了出来，突然用头蹭了蹭他的裤子，像是在跟他传递着某种信息。常白丁松了一口气！

“再重复一遍！首先要保护皇后的安全！还要查出谁是刺杀皇后的幕后真凶！同时我们也要安然无恙，才代表任务成功，大家加油！”尚浮云一边说着一边用余光看着郑座卿和秦兮，为的是观察两个人的表情，但是这两个人的表情也说不上来有什么异常。

常白丁的眼神里闪过了一丝释然，吴晓天更是举起右臂振臂高呼。

在一旁良久无语的郑座卿突然问道：“最后一个问题，如果你们谁不想玩了，能不能随时从梦境中脱身？”他的话里仍旧带着一种对游戏规则的试探和对整个入梦过程的怀疑。

“按照她这个玩法，这场游戏一旦开始就无法回头！所以在入梦之前，你们随时有权退出！”常白丁的脸部肌肉开始不停地抽搐，他的瞳孔中挥发出了一种前所未有的严峻。

8

范教授用工作卡锁上了一间病房的电子门，秦兮和郑座卿只能站在病房外，透过长长的有机玻璃朝里看去。

屋子的正中间摆了三张躺椅，这三张躺椅连成了一个标准的等边三角形，三角形的中心，正是躺在病床上熟睡的谭晓秋。而每个人的躺椅头部都被尚浮云放上了一个金色的十字架。

“阿波拉魔法阵，这是搞的什么名堂？”常白丁的嘴角哼了一声。

“你连这个都知道？”尚浮云惊奇地瞪着常白丁。

常白丁吊儿郎当地说道：“传说是欧洲中世纪教会的黑魔法阵，头上都要放一个金色的十字架，据说巫师通过这个阵法能把一支几万人的十字军直接送到远在万里之外的战场上去，但作为交易的代价是巫师会留下这些士兵的灵魂，所以这些士兵在作战归来后就会立即死亡！”

“这是我在美国学习时看到的一本有趣的书上记载的，那时候，我正在做梦境穿越的实验，后来一时兴起，就用了这个阵形，没想到阿波拉魔法阵对入梦有着很独特的效果。说起来中外这点倒是挺相似的，这些玄妙的东西还真是和入梦有着千丝万缕的联系！”

“嘁，什么矩阵、三角阵的，最后还不是得靠我的入梦术！在尚小姐你眼里，中国的五行八卦就是迷信，洋人的鬼阵法就成了你常念叨着的科学了，我看你这套玩意儿，还不如小爷我呢！”

“科学和迷信其实是没有界限的！是认知的偏差！在于能不能用科学实验去证明它的可行性，你牙派的那套东西，在没被科学证实前，在外行眼中就是些低劣的骗术！”尚浮云一点都没有示弱。

吴晓天此时有些不耐烦，“我说常爷，我这都站了半天了，腿都酸了！你和美女姐姐打情骂俏也换个时间好不好！”

“小白痴！说什么呢？”尚浮云怒道。

“臭小子，你再吵，小爷就把你的嘴缝上！”

吴晓天吓得吐了吐舌头，脸耷拉得老长。

“赶快开始吧！小爷等得都不耐烦了。”常白丁说着便把装着小黑妞的那个帆布袋放在一张躺椅旁，然后便上了躺椅眯着眼睛似睡非睡，小黑妞此时也一动不动，只见袋子均匀地起伏着，像是睡着了。

此时，吴晓天也躺在躺椅上，而尚浮云在一个小瓷盘里点燃了羊脂油和蜜蜡，屋子里顿时一股烧焦的味道，尚浮云跟着也躺在了躺椅上。

常白丁突然念起了牙派历代的祖训：“周公之梦，天地混元……”

“哎！哎！神棍，闭上你的嘴！这里是弗洛伊德的主场，能不能别唱你牙派的派歌了？我知道你不念叨这个，咱们也能入梦。”尚浮云突然坐了起来，她的表情毫无“违和感”。

“那你想让我唱什么？来段北京琴书？火红的太阳刚出山，朝霞映红了半边天，马路上走来了人两个呀，一个老汉……”常白丁说完竟然跟着哼了几句。

“少耍贫嘴！催眠环节，由我来！”尚浮云及时制止了常白丁无厘头的表演，她打开三星手机，然后在屏幕上拨动了几下后，就把它放在旁边的一张椅子上，此时，手机里响起琵琶的声音。

当当！当当！当当当当！琵琶的弦声紧凑而有节奏地跳动着。顿时，屋子里充满了一种紧张的气氛，除了尚浮云外，其他三人的脸上同时出现了焦虑的表情。

吴晓天虽然闭着眼睛，但是眉头立即皱了起来，“常爷！这是什么曲子？这么难听！听得我心脏都要跳出来了。”

“《十面埋伏》！”罗凯闭着眼睛说道，他的表情没什么变化，显然没有吴晓天那么紧张，可以看出他是个心理素质极好的人。

尚浮云并没有理会吴晓天，见所有人都有了反应，她也缓缓地闭上了眼睛。

紧张的琴音配上羊脂油和蜜蜡燃烧后的气味，像是很快起了某种化学反应。

在嗅觉和听觉的双重刺激下，四个人的焦虑表情渐渐消失了，他们像是熟睡了一样，面部的表情开始慢慢舒缓开来，鼻息匀称而舒缓。

看到这情景，窗外某人的嘴角边露出了一股短暂而奸邪的笑容来。

……

当尚浮云、吴晓天睁开了眼睛时，才发现他们站在一个没有任何景色的世界里，四周是灰褐色的苍穹，这个世界好像是一片未被开发过的土地，一切都光秃秃的。天和地没有分界线，一切都像是杂糅在一起的混沌之态。

整个世界里，只有三道门一字排开，摆在两个人面前。

“常爷呢？”吴晓天左右看看，“还有那个漂亮的阿姨呢？”

“我哪知道啊？怎么回事？这个世界里怎么什么都没有？”尚浮云很诧异，独自一个人在三道门前绕了起来，“这三道门是干什么用的？”

吴晓天此时却突然露出了得意之色，“这门是常爷设的！作用有点像哆啦A梦的任意门！记得咱们前几日入梦的那个地铁站吗，效果是一样的。”

“这三道门既然是神棍留下的，我和你各进一道门，剩下的那道门留给神棍。”说完，尚浮云把手握在了左边的门把手上。

“等等！”吴晓天突然说道，“美女姐姐！常爷让我告诉你，有些事不能强求！凡事，先考虑着自己！如果有什么事，让你先跑，别管别人！”

“嘁！他先管好自己的事吧！”

“常爷还说，让我一定要保护你的安全！”

尚浮云回过头，微笑道：“算他还有点绅士风度！别啰嗦了，神棍还跟你说什么了？一股脑都说了！”

“常爷让我和你进同一道门！”

“咱俩进一道门？”尚浮云突然意识到，虽然常白丁一直都说自己是这场梦境的总指挥，但是在梦中还是听他的为妙，因为自己根本没有掌握常白丁那种稳定的入梦技术。

吴晓天食指一指，“对，他让咱俩进最右边的那一道门！”

尚浮云有些郁闷，原来连进哪一扇门常白丁都安排好了，但是这一切却又显得是那么的无可厚非、理所当然！因为掌握梦境规则的人是常白丁，而不是自己，“那其余的两扇门是留给谁的？”

吴晓天摇了摇头，“这个我也不知道！”

“是啊，问你这个小白痴也是白问！”尚浮云说着便拉开了门，“跟我来吧！”

“好嘞！”吴晓天一向是个乐天派，天塌下来当被盖，无论前方的敌人有多强大，他也能乐呵呵地面对。

这种乐观的精神让尚浮云多少有了些底气和自信，她慢慢拧开了最右边的门，门开了，两个人一前一后，走了进去，紧跟着这道门自动关闭了。

……

过了良久，常白丁从茫茫的白色尽头出现了，他扛着一个女人。纠结的面容似乎预示着他正面临着人生最难的一场抉择。他的脚下还跟着一只黑色的小猫，优雅地迈着猫步朝着门这边走来。

而罗凯此时也从另外一个方向，走到了三道门前。

“对不起！我把你也卷进来了，这可是一步险棋啊！若想走，现在就离开吧。”常白丁一手托着熟睡中的谭晓秋，眼睛却满怀深情地瞅着脚下的“小黑妞”，而它也正靠在他的裤腿边直勾勾地盯着他，那眼神里流露出一种坚定。

说着，常白丁拉开了最右边的那道门，把谭晓秋放了进去，然后对小黑妞说道：“想好了，你就从这里进去吧！”

小黑妞摆着尾巴，从门口跳了进去，然后从门里依依不舍地看着常白丁。

常白丁微笑了一下，缓缓关上了门。然后，他合上眼睛，嘴里不停地念叨着什么，伴着一道彩光，这道门慢慢开始变形，飞散出无数的金色粉末来，整个门渐渐变得透明，直至消失，当门框内的彩光消失的那一刻，常白丁的表情立即又变回了那种悲伤中的忧虑，他低着头死死地按着门板说道："你一定要保护好她！"

看着最右边的一道门消失后，罗凯冷静地问道："常爷我可以开始了吗？"

"等我进门后你就开始！布置好后，打开最后一道门入梦就可以了。"

说完，常白丁慢慢走了过去，拉开了中间的那一道，门中散发出了强大的气流，将他的头发吹成了一种奇怪的造型，他站在门前直起了腰板，任由强风凛冽，却岿然不动。他走入了门中，并拉上了门，这道门伴着金色的光芒也渐渐消失了，整个空间里只剩下一道门，孤独地矗立在那里。

待常白丁进门后，罗凯便闭上了眼睛，手开始从腹部到头顶舞动了起来，样子活像某位气功大师在做表演。

奇迹出现了！

首先极目之远处出现了一个小小的黑点，而这个黑点，很快就沿着水平面画起了大圈。渐渐地天地间出现了一条分界线，这条线像一把弯刀，把世界劈成了两半。

黑白的世界出现了，这条线变幻成了无数条各种曲线，勾勒出了山川、水流、树、平原、太阳和各种身后挂着辫子的人。但是，这一切都是勾勒，是工笔画和素描的教科书般的展示。

渐渐地这些事物的身上出现了颜色，那种颜色真实而柔和，像是油画的颜色。有了颜色的事物，不再是画了，让人渐渐感觉到了太阳的温暖，紫外线照射在他的皮肤上有一种怡然的暖意。渐渐地风来了！清风拂在脸上，让人爽快了很多。

随后，碧绿染遍山陵和原野，草木十分茂盛，一片葱茏，好像给大地穿上了一件绿衣裳，远远望去，眼前一亮，出现在眼前的是绿色的海洋。

江水活了！水的颜色比灰色还浅，它的波浪真是怠懒得不愿拥挤成沫。

它荡着波光摇曳着，水光相映，显得满目的亮白。

紧接着是一阵如烟迷蒙的细雨，“布谷，布谷……”杜鹃鸟唱起了婉转动听的歌声，让常白丁沉醉在了那天籁之音中。

乡间的人们正在演绎着一幅勤劳的画卷，把辫子围在脖子上的农民们有的正在摘下那一片片嫩绿嫩绿的桑叶，有的则来到田野里，弯下腰插秧，豆大的汗珠从他们的头上流下。

整个苍穹多云而且晦暗，一切都很沉闷，悬铃木的花斑树干、杜松灌木、栅栏、砾石，远远望去，房槽参差不齐的房屋，从山脊摇摇晃晃地爬铺上斜坡。空气中没有风而且温暖，隐隐约约有一种江南的独特味道。

在迢遥的江水中，一连串的船正在江边停留，而每艘船上，都插着正黄色的龙旗。在所有船的中间，停泊着一只巨大的龙头船，它随着江水的波浪，上下起伏，甲板上站满了穿着黄色马褂的亲兵侍卫。

此时，最后那道门已经立于一片草地之中，周围长满了树木，气氛已经不再像之前那样恐怖怪异了。

罗凯睁开了眼睛，上下打量着自己造出的世界，但他的脸上依旧冷若冰霜。

突然有人在罗凯身后拍起手来，“不愧是牙派帮主御用的造梦师！功力精湛巧夺天工啊！”

罗凯转过头，一个黑衣人突然从一棵大树后走了出来，他蒙着脸，看不清长相。

“你是谁？”罗凯并没有因为突然的变故而变得紧张。

“你们设了这么大一个局，不就是为了把老夫引出来吗？”黑衣人苍凉的话语里，透出几声冷笑。

“邪恶潜入者？”罗凯的表情微微有些变化。

“你们是这么称呼老夫的啊？好吧，我觉得这个名字也不错！对了，小伙子，你的本事可不赖，别跟着常白丁干了，跟着我干怎么样？保你荣华富贵！”

罗凯也冷笑了一声，“我就是为了荣华富贵才失去了最爱的人，现在财富对我来说一点意义都没有。”

“老夫这都是为了你好！既然你敬酒不吃吃罚酒，那就对不起了！这个梦不需要你了，老夫先把你从这个梦里送出去！”说着黑衣人右手突然多了一把大号的宝剑，泛着凛凛寒气。

罗凯倒退了一步，他把双手一横，突然在他的身旁幻化出无数的武林高手模样的人。他们各持武器，护住了罗凯。

黑衣人毫不退缩，一个箭步挥舞起宝剑，和这许多高手会战于一处，只是几个回合，这些“高手”就被黑衣人，左劈右砍，掀翻在地，纷纷散作了一阵金色的粉末。

“说到底都是幻象！你不过是个造梦师罢了！别让老夫出手，自己赶快滚出这个梦吧！”说着，黑衣人再次挥动起了宝剑。

突然，一声虎啸！黑衣人侧目观瞧，一只身穿铠甲的老虎，手持一把金环大砍刀，突然从斜杀来，朝着黑衣人的右臂就是一刀。

黑衣人顺势一滚，砍刀直愣愣砍在地上，地面上顿时裂开一道深深的沟壑，等黑衣人站定，长吁了一口气道：“神兽陆吾？你的梦中竟然有神兽，越来越有意思了，我越来越喜欢你了！”

陆吾又是一声虎啸，挥舞砍刀使出了连环三刀，这三刀又急又快，带着呼呼的风声疾速而来！

黑衣人步伐丝毫不乱，宝剑格挡攻守，章法有致，这三刀全部都挡在了大号的宝剑上，迸发出了一阵阵的火花。

黑衣人稳住阵脚，把宝剑一横，一招横斩，切向陆吾的腹部，陆吾也绝非只是蛮力，向后一撤，把刀立在胸前，护住要害。黑衣人继续抢攻，和陆吾大战了三十个回合，双方不分胜负。

“幸好，你还没有完全掌握神兽之力。”黑衣人见陆吾越战越勇，突然跳出了战团，“我还有其他事要去办，先不跟你玩了！”说着，黑衣人突然朝着罗凯一扬手。

还没等罗凯反应过来，他的腹部便被插上了一支飞刀。

“啊！”罗凯爆发出一声惨叫，痛苦地蜷缩在了原地，血顺着伤口滴滴答答地淌了出来。

陆吾此时也像是受伤了一样，它用大砍刀撑着，半跪在地上，发出低声的哀嚎。

渐渐地罗凯的伤口处射出了一道金光，这股光迅速扩散开来。接着，他整个人的轮廓开始模糊起来，然后他的身体变成了金色的粉末，神兽陆吾也跟着彻底消失在了这个梦中。

黑衣人喘了几口大气，走到最后那一扇孤零零的门前，毫无征兆地狂笑起来，“天堂有路尔不走，地狱无门自来投！端木老贼！老夫看你们牙派今天就算是要走到头了！”

接着，他从怀中掏出了一粒花种，然后用宝剑在地上戳了个孔，又用宝剑挖成了一个小坑，把那颗种子种在了土里。不一会，一根花苗从土里钻了出来，接着红色的花朵向外翻开，弯曲如帘，是传说中的梦幻花。

看着梦幻花绽开后，黑衣人拉开了最后一道门。七彩霞光从门中射出，将黑衣人团团包裹了起来。这道门并没有关上，就连同黑衣人一起化为了无形，整个门瞬间折射出了一道霞光，短暂的光束过后，那道门消失了。

梦幻花的颜色越来越亮，衬托着整个景色都起了变化，渐渐地狂风大作，远处的黑云渐渐逼近，整个世界就像是泛潮的油画一样，所有的事物开始褪色，包括山水人和那条远远停在江边的龙舟！

9

“外边何事？为何到处都是刀兵之声？”皇后瞬间从梦中惊醒，她蓬松着头发，直挺挺地坐了起来！

尚浮云正扶着床边打着瞌睡，听到娘娘呼喊，马上惊觉了起来，她摸了摸眼睛，反应了半天，才发现自己正穿着一身清宫剧中的宫女服饰，头上也被梳成了宫女的发式，而眼前坐着一位雍容华贵的女主子，正是谭晓秋，她身着绣着鸾凤的黄色内衣，一看便知是要就寝。

自己这是在哪儿？如果谭晓秋是皇后的话，那么自己此时真的变成了侍寝的婢女？所以，她试探性地问道：“娘娘……待我，不，待奴婢出去看看？”

谭晓秋把被子拉了起来，遮住了半张脸，然后冲她点了点头。

尚浮云朝前走了两步，突然觉得脚下发软，身体略有些颤动，才发觉自己是在一艘船上，她突然间意识到，这难道是龙舟？

还没等她出去，只见房门被左右打开，一个侍卫模样的人，手提单刀跳了进来。

“大胆！何人擅闯？”皇后见有人闯了进来，厉声喝道，但是听得出她的喊声充斥着一种惊惶的颤音。

“娘娘不好了，有刺客！请您随奴才暂避！”一个汉子在屋中站定，虽然声音急迫，脸上却并无慌张之态。

尚浮云定睛一看，原来眼前的侍卫正是吴晓天，他脑后拖着一条长长的辫子，穿戴着侍卫的官服，身穿黄马褂，手持一把钢刀。

让尚浮云没想到的是，她虽然能认出眼前的吴晓天，但是他的身形和长相与现实中有了很大的变化——身材魁梧无比，虎背熊腰，脸上也长满了络腮胡子，再无一点稚气。

没错，这是梦！之前，常白丁教自己可以通过想象改变自己的服饰、武器了，轻易做出各种高难度的动作，看来那些只不过是皮毛罢了。在梦中竟然连人的年纪大小、身材长相都是可以通过想象去创造的，这恐怕也是控梦技术的一种。尚浮云觉得常白丁的梦公理果然是一门博大精深的学问，入梦果然是一件越来越有意思的事了。

此时，吴晓天脸上充满了焦虑之色。尚浮云心中好笑，没想到这家伙入戏比自己还快，而且满嘴的官腔，一看就是没少看《甄嬛传》之类清宫电视剧！但是，外边的鼓噪之声越来越大，这里还夹杂着惨叫声，这让她意识到了其中的凶险，所以只能让她继续认真地扮演自己的角色！

“皇上怎么样？皇上他的寝宫由谁负责守卫？”皇后突然站了起来，她的眼睛望着南面，显然那是皇帝所在的行宫寝室。

“娘娘！皇上那里有大批侍卫保护，不必担心。倒是娘娘这里防卫薄弱，请快随奴才离去，以防不测！”吴晓天说着把刀倒提在手中，单腿跪在皇后面前，苦苦哀求。

尚浮云有些吃惊，原来“成事不足败事有余”的吴晓天还有这么一面！看来猎人在梦中的技能并非只有杀戮，伪装他也很有天分，怪不得常白丁会如此器重这个大话精！

既然是做戏，就把戏演足！尚浮云配合着吴晓天，也跪在皇后面前，“娘娘！萨总管说得对！现在您的安危才是最重要的，皇上那里侍卫们会尽力保全的！”

“萨什么？”吴晓天木讷地看了看尚浮云，小声嘀咕了一句。

“萨巍总管，您是镶黄旗领侍卫总管，三代忠臣之后，快再劝劝皇后娘娘！您的话娘娘一定听。”说完，她冲吴晓天挤了挤眼睛，递了一个眼神过去。

吴晓天再傻也知道尚浮云所说的这个萨巍可能是一个真实存在的人，而且可能还是个很牛的人。所以，他也悄悄眨了眨右眼，回应了她一下，意思是顺水推舟，就这么哄弄着来。

没想到谭晓秋却突然大喊起来："我要和皇上在一起！皇上不脱险，我绝不独生！"说完，皇后坐在凤榻之上，把脸朝向里边，纹丝不动！

此时，兵器的碰撞声越来越近，突然一道血光洒在了窗纸上，伴随而来的是一声让人魂飞魄散的惨叫声！这样的场面，即使是在电影里也让人心惊肉跳，更何况它就真实地发生在尚浮云和吴晓天的眼前。这让尚浮云突然想到如果自己被杀，常白丁也会有危险，况且现在常白丁又不知道身在何处，所以，她此时想到了常白丁让吴晓天带的那句话，凡事要先保护好自己！

"娘娘，请快随奴婢避难！"说着，尚浮云站了起来，挡在皇后身前，继续苦苦哀求道。

"娘娘！请跟奴才先走！"吴晓天也再次高喊道！此时，门外的激斗声又近了，似乎已经近在咫尺。

"大胆，竟敢违抗本宫的命令，赶快去保护皇上，不要管我！"皇后把脸扭了过来，继续正襟端坐，不怒自威。

只听"啪、啪"两声，两扇门已经被人踢倒，门板直直地摔在地上！两个蒙面黑衣人一前一后，闯了进来，两个人互相递了一下眼神，提着单刀便向皇后刺来！

他们的目标显然是皇后！尚浮云突然意识到了这一点。虽然皇后被杀，谭晓秋会从梦中醒来，对所有人并无伤害，但是这也就标志着这次解梦任务的失败，尚浮云下意识地翻身压在皇后的身上，护住了皇后。

吴晓天立即起身，回身用单刀一划，两个黑衣人顿时向后跳起，站定在他的面前。

没想到两名刺客并未被吴晓天的气势震慑，只是顿了一顿，便一前一后，直取吴晓天而来。吴晓天一把单刀上下飞舞独战二人，三人兵器相碰，屋中顿时火光四冒！

"好强的点子（黑话，匪徒的意思）！"吴晓天突然觉得，这两名黑衣人并非一般的梦魔，他们不但身手不凡，而且具备思维能力。绝非像平时所遇到的梦魔那样，只会穷追猛打。

好在吴晓天在梦中也绝对是个强悍的狠角色，他挥舞单刀，虎虎生风！瞬间就将两个黑衣人逼退了数步。但一来房间狭小不利于展开，二来吴晓天的刀法又是大开大合的路数。再加上黑衣人显然训练有素，招招都瞄准吴晓天的要害攻来。所以，吴晓天以一敌二就显得有些吃力，三个人缠斗在一起，也只能算是个平手。

“娘娘，快走！”尚浮云说着，便拉起皇后，向门外跑！

皇后显然也被眼下的形势吓到了，但是她却很快恢复了镇静，执拗地说道：“皇上，我要见到皇上！不见到皇上，我哪都不去！”

“你怎么这么拧呢！”尚浮云再也顾不得尊主之卑，她的力气显然要比养尊处优的皇后要大，她一把便把皇后从床榻上拉了起来，即便如此，两名黑衣人也丝毫没有给皇后逃跑的机会，屋子本来就小，他们的打斗已经把路封得严严实实。

吴晓天就算有天大的能耐，也不可能同时毙了两个茬子！

突然，从门口又出现了一个黑衣人，这个黑衣人没有之前那两个身材魁梧，双手提着一对峨嵋刺！虽然同样穿着黑衣，但他的打扮是一副日本忍者的装束，身上的黑衣是一套合体的紧身衣，蒙面的黑布呈现出一种网格状，而他的背后背着一把武士刀。

他的眼睛锐利无比，从他目中射出的两道寒光让尚浮云的心彻底凉了。尚浮云把手一抖，一把匕首便藏在了她的袖子里，之所以这样安排是怕谭晓秋起疑心。

见到又来了新的黑衣人，吴晓天也是一惊。但眼前的劲敌让他无暇多想，只有奋力一战。

忍者站在门口观察了一下屋中的形式，突然举起了右臂的峨眉刺。

“小心！”尚浮云大叫了一声。

吴晓天也觉得自己处境危险。万没想到，忍者这一刺竟然扎在了一名黑衣人的背部，峨眉刺从他的前胸钻了出来，黑衣人抽搐着站在原地，血从前胸淌了下来。

另外一个黑衣人突然转身，朝着忍者就是一刀，忍者毫不畏惧，从尸体上将峨眉刺拔出，一个漂亮的弹腿，把尸体踹向了另外一个黑衣人。

黑衣人一把抓住同伴的尸身。刚想上来，又被忍者一刺袭来，二人一来二去，便战在一处。

吴晓天迅速从战团中解脱出来，他见皇后死活也不肯被尚浮云拉走，干脆大踏步走上前去，一把将皇后扛在肩膀上，右手挥舞单刀，向黑衣人攻来。

黑衣人怎敌得过二人，往后一退，吴晓天也不纠缠，趁机便跳出了房门。

尚浮云则跟在吴晓天身后，也跳了出来。

此时，忍者和黑衣人正在对峙，两个人提着兵器都在找对方的破绽。

“你是？”尚浮云问道。

忍者的声音尖细极了，显然是个女孩，“你们先走！这里有我！”这个声音尚浮云感觉极其陌生，她搜遍了自己的记忆，也不曾找到这样的嗓音，显然不是自己认识的人。

吴晓天冲着尚浮云喊道：“她肯定是自己人，死了也就是醒来！别犹豫了，快走！”

“死？呵呵！杀我的人恐怕还没出生呢！”说完，忍者又是一阵强攻，两把峨眉刺交错攻击。黑衣人虽然单刀左右防护，却没料到，忍者突然将手中的峨眉刺当做暗器，直接射向了黑衣人。

黑衣人惨叫一声，应声而倒。

“牛！”在一旁驮着皇后的吴晓天举起了大拇指。

“行了！快走！”尚浮云终于知道，这个忍者是比吴晓天还要厉害的人物，根本无需担心他的安全。

三人说着从船舱走到甲板，甲板满地都是鲜血，到处都是打斗过的痕迹。

而此时，不时从左右杀出一个黑衣人来，好在此时地方已经宽敞，吴晓天一把单刀左劈右杀，顿时砍翻了几个黑衣人。

尚浮云紧跟其后，在旁补漏，将那些尚未丧失战斗力，想要反击的黑衣刺客再补上一刀。

三人行至舟边，吴晓天眼看又砍翻了一个黑衣人！虽然龙舟在岸边，但是和河岸也还有一段距离，吴晓天纵身一跃，双脚已经在岸上了！

“放下本宫，快去保护皇上！”皇后双脚来回蹬踏，想要挣脱吴晓天的控制。但是吴晓天死死地将皇后扣在了肩膀上！说话间，已经奔出几十米远。

“这个冒失鬼！你可等等我啊！”尚浮云本也可一跃而起，但她觉得船不停地在摇摆就把刚才的力道卸了，所以没有迈出这一步，霎时间自己身后的追兵已经攻了上来。

尚浮云一转身，自己已经被四个黑衣人以扇形包围了起来，而她的手中此时又多了一把长剑，既然谭晓秋已经不在身边，那自己也没必要隐藏自己的战力了，所以她右手长剑，左手匕首，率先发起了攻势，一番左右搏杀，便和四个黑衣人战在一处。

尚浮云虽然学过跆拳道，但是白刃格斗还是不同于近身的招式，几个回合下来，她已经只有招架之功，并无还手之力，顿时险象环生。她真的没有想到眼前的黑衣人能有这样的战力，才知道刚才吴晓天的表现已经不知道高出了自己多少倍。

活下去！尚浮云知道这再也不是游戏，而是以命相搏的赌局，如果她死了，常白丁就完了！尚浮云使劲全身力气，强攻几招，试图撕开一个缺口。

但是四个黑衣人却死缠不退，且处处都是杀招。

眼见尚浮云不敌，突然，两个黑衣人惨叫一声，便倒在地上。而他们的背后各插着一个忍者镖。

在这两具尸体的背后，站着刚才的那个忍者，她的周围满是黑衣人的尸体。而忍者的身后竟然还站着许多黑衣人，正举着武器，随时准备展开围攻。

这条船被刺客占领了吗？怎么不见一个大内侍卫？尚浮云突然明白了这是梦，随即叹了口气！

“你先走！这里交给我！”忍者冷冷地说道，说着她把两把峨眉刺插在靴筒之中，然后从背后拔出了那把武士刀。

眼前的两名黑衣人显然有些胆怯，他们不知道是不是该放弃追杀尚浮云。

“杀！”忍者背后的黑衣人一拥而上。

两个黑衣人见有了帮手，放弃忍者直取尚浮云。却没有想到忍者一跃而起，从两个人的头顶越过，随着武士刀一挥，两名黑衣人便站立不动了。

突然，两个人的脖颈喷出一道血线。两个人同时瘫软倒地。

血光四溅，这应该是尚浮云做的最残酷的噩梦，她真的想赶紧从这个梦中解脱出来，但是她不能。

“快走！”忍者冲着尚浮云摆了摆手，而她的背后就是像潮水一样涌来的黑衣人军团。

这个时候，尚浮云突然想起了一部电影，《骇客帝国》！这多么像是尼奥独自面对黑衣人军团时的情景。

忍者转过头，提着武士刀冲入了黑衣人的战队中，接着就是各种惨叫声此起彼伏。

不能再犹豫了，尚浮云向后倒退几步，做了一次助跑，然后奋力一跃，这个感觉和她在谭晓秋的梦中完全不同，她感觉双脚发沉，重重地落在了岸上。

好在得救了，尚浮云慌忙爬了起来，跟着吴晓天跑的方向跑了几步，而她也不忘回头望望，此时只有一个魅影在甲板上潇洒地出招，尚浮云一辈子都忘不了那个舞动在月光下的美丽身影。

由于尚浮云每日都有跑步的习惯，所以奔跑对她来说并不是一件难事！

吴晓天虽然奔跑速度极快，但他身负皇后，渐渐被尚浮云赶上了！

“你这个小白痴，就知道自己跑！你忘了神棍怎么嘱咐你的吗？刚才我差点就被……”尚浮云上来便埋怨道。

吴晓天挤眉弄眼，手指做了一个“嘘”声的动作，意思是小心被皇后听见。

皇后此时，显然也没了刚才的力气，没有再做什么抵抗，而吴晓天和尚浮云两个人一前一后趁着朦胧的月色，钻入了密林之中。

……

天蒙蒙亮！

三个人已经不知道跑了多远，吴晓天实在没了力气，缓缓将皇后放在了地上。尚浮云跑得上气不接下气，也跟着躺在了地上。

“没想到梦里也会觉得跑累了！”尚浮云呼哧呼哧地说道。

“坏了！”吴晓天仔细看了看皇后的面容，突然喊道。

“怎么了？”一惊一乍的吴晓天吓了尚浮云一跳！

“皇后没声了！”

“是没气了，还是没声了？”

“没声了！不知道是不是还活着！”吴晓天使劲摇晃着皇后。

“走开！开玩笑吗？这是皇后！她死了，咱们刚才就白忙活了！”尚浮云喘着粗气，狠狠地责备了吴晓天一番，接着她走到皇后身旁，用手探了探她的鼻息，“还好，还有呼吸！可能是昏过去了！”

“在梦里还能昏过去？美女姐姐，你说要是在梦里睡着了，又做了一个梦，那是什么样子啊？”吴晓天愣头青的本色不减！

但是，尚浮云却觉得这小子的问题，她倒是从来都没有想过，而且这是个很有研究意义的课题，虽然如此尚浮云的脸色显然并不好看，她显然还在为刚才吴晓天的独自出逃耿耿于怀。

“这里是我的意识，是第四层梦境！吴晓天我可提醒你，这不是演戏，而是关乎我们每个人命运的游戏！我完了，神棍就危险了，你可不能再儿戏了！”

“美女姐姐，你越来越关心常爷了。”

“呸！谁关心他，我只是不想变成杀人凶手！”

“哦！”吴晓天擦了擦脑门上的汗，“谁知道那帮家伙都是来真的，比我以前遇到的梦魔强多了！这会儿要是再来一帮子，咱们可有点招架不住啊！对了，美女姐姐，你刚才管我叫萨什么？还什么镶黄旗，领侍卫？”

“是萨巍，乾隆朝前期负责后宫保障的领侍卫大臣，从四品。这是第四层梦境，是历史层，所以你我的出现必须有个合理的身份，我这个宫女还好说，阿猫阿狗的都能叫，突然间蹦出来你这么一个武功高强的侍卫，没有个响当当的名字怎么行！”

“平常常爷就让我扮个保镖，打手什么的，看来我在你的梦里还挺威风的，就是这名字难听点！”“别废话了，快把皇后叫醒吧！”

吴晓天走上前去，拍了拍皇后的脸！皇后没有反应。“怎么回事？不会是真的死了吧？”吴晓天显然有些着急。

“别再说这种话了，你带水了吗？”尚浮云提醒了一下吴晓天。

吴晓天把腰间的一个竹筒摘了下来，尚浮云心中暗笑，吴晓天果然是个高手，竟然在梦中连这玩意都预备了！

尚浮云一把抓过竹筒，打开盖子，喝了一口，然后一口喷在了皇后的脸上。尚浮云觉得挺好笑，好端端的历史学教授，变成了皇后，现在又被吴晓天这样一顿折腾，不知道她醒来后要不要把这些经历都讲给她听！但是，转念想想，没有想到自己的这个梦境上来就这么凶险，还是先从这个绝境中逃脱再说吧！

经过一番冷水的刺激，皇后渐渐醒转，“本宫……这是在哪里？”

吴晓天见皇后醒转过来，才放下心，赶快又进入了他的角色中，“娘娘，我们这是在陆地上，奴才带您跑了一夜，这里不是官道，奴才也不知道在哪里。”

“是萨总管？”

“正是奴才！”

皇后又看了看旁边的尚浮云，“还好你俩忠心护主，日后我会让皇上好好赏赐你们的。”

尚浮云也跟着吴晓天跪了下来，“娘娘，奴婢不求赏赐，现在荒郊野岭，我们下一步要向哪里走，请娘娘速速定夺！”

“是啊！荒郊野岭，该如何是好？”皇后养尊处优，这时候自然没有主意。

此时，尚浮云冲着吴晓天眨了眨眼睛。

“我……”皇后这话问得吴晓天张口结舌，他看到尚浮云眨眼也没能明白是什么意思。

尚浮云气得差点没背过气去，这家伙在什么时候都是没脑子，入梦之前跟他所讲的剧情，看来他是一句都没记住，所以只好自己说道：“娘娘，我们刚刚救您脱险，追兵马上就到，请您赶快随我们到临平县去投奔新科状元胡玉言！”

“那些刺客为什么要追杀我？还有，皇上怎么样？我要见皇上！”皇后显然不能接受当下的事实。

“娘娘，皇上身边有众多大内高手保护，想来不会出现什么问题，现在倒是您危险万分啊！”吴晓天总算是从脑筋短路的尴尬中恢复了过来，说得情真意切，异常感人！

“萨总管！这里离临平县有多远？”皇后显然已经熟悉了吴晓天大内侍卫总管的角色。

“这……大概还有……！”吴晓天刚要信口胡勒！

“娘娘，大概还有五十里路！”尚浮云把话拦了过去，她觉得第四层梦境实在太不适合吴晓天这种人了，因为这里的时间和空间都是固定的，不能基于自己的想象，无论想法是否符合实际，都可能会影响到真实的历史。

“云姑娘，你好像对这里的地形很了解啊？”皇后突然问道。

“娘娘！这一带离奴婢的老家不远！”尚浮云敷衍了一句，但是她还是满心起疑，为何皇后会叫自己云姑娘？但这是梦，自己还有很多梦的原理搞不明白，皇后这么叫也并非不符合情理。

“那好吧！就暂到临平县衙暂避，然后再派人去通知皇上。”皇后的脸色非常难看，她的脸上流露出了一股无奈之情。

吴晓天和尚浮云互相递了一个眼色，总算是劝得这个执拗的皇后按照他们的剧情走了，这恐怕只是这场游戏的第一步。

10

当常白丁睁开眼睛的时候，发现自己穿着蓝色的官服，胸前绣着一只展翅嘶鸣的白鹤，他头戴顶戴花翎，正襟危坐在官衙的条案之前，衙役的眼睛都在死死地盯着他，像是等待着他发号施令！

这也太快了吧？常白丁这才知道自己已经进入了角色，而大堂之下正跪着一对夫妻！

常白丁小声骂道：“奶奶的，这都是什么乱七八糟的角色。”

“大人，大人！您叨咕什么呢？这堂下的可跪了小半个时辰了。”师爷打扮的人上前，压低了声音提醒道。

只听“啪”的一声，常白丁敲响了惊堂木！这一刻他不知道是自己附了县太爷的身，还是县太爷附了他的身。突然的响声吓得旁边的师爷一个哆嗦，捂着耳朵避开了。

堂下的衙役整齐地把头甩了回去，齐声喝道：“威武！”

“堂下所跪何人？”

跪着的女人说道：“民妇齐刘氏。这是我家夫君齐向东。”

“为何事告状啊？”常白丁端着架子，觉得这种游戏一点都不好玩。

“我俩在我家后院里挖出来一只金猫！断了一只爪！就这只爪就换了十万钱！昨日我和夫君回娘家，怕这只金猫藏于家中也会被人盗去，就把这只猫寄存于隔壁王大妈家中！可今早再去问王大妈，她却说家中根本没有什么金猫！明明是她匿藏了我家的金猫！”

常白丁眼球一转，自己刚来就遇到这样的案子！真让人郁闷！不过既来之则安之，就让自己过一次官瘾吧！不过，这次自己扮演的是清官还是贪官呢？既然深处第四层梦境，那么自己扮演的就是一个真实的人物。可是自己对这个新的身份却一无所知，甚至连自己现在叫什么名字，都还不知道。

“金猫寄存于王婆那里，可曾留有字据？”常白丁显得官威十足。

“不曾！”女人答道。

常白丁捋了捋下巴，发现自己竟然长了一缕山羊胡，他心中好笑，一边捋着胡须，一边学着电视里包公的样子，再次拍响了惊堂木，“齐向东，我来问你，这只猫是什么样子？”

齐向东显然是个胆小懦弱的男人，哼哼唧唧地说道：“那只猫金睛火眼，眼睛夜间通明，晚上一到家里，就会看见它发出五彩光芒来。”

常白丁再次一拍惊堂木，“传王婆上堂！”

随后，衙役带着一个老妇人走上堂来，老妇岁数不是很大，也就五十岁左右的年纪，腿脚麻利，她一边哭着喊着冤枉，一边顿足捶胸跪在常白丁面前。

常白丁第四次拍响了惊堂木，“王婆，有何冤枉，从实道来！”

“我与他们夫妻二人素无冤仇，只因前日，我那小孙子和他家儿子打架，失手将他家儿子的头打破，这夫妻让我赔偿，我不愿赔偿，他们嫉恨我才诬告老身！请青天大老爷明察！”说完，王婆继续痛哭流涕。

常白丁烦透了这种民间偷鸡摸狗的案子，所谓清官难断家务事！

他入梦就是想尽快和尚浮云取得联系，没有想到竟然会被卷到这种旁枝末节的事件里去，他对案件的脉络有了清晰的认识后，觉得这案子太无聊了，所以就想尽快结案。他一摆手，叫过师爷，如此这般吩咐了一番。师爷又叫过几个衙役，也照样吩咐了一番，几个衙役随后出去。

常白丁眯着眼，微微笑着，然后用手指点了点堂下这对夫妻，“我现在就派人去王婆家里搜！如果搜出了金猫来！定是这王婆偷了你家的财物！如果没有……哼哼，你们夫妻俩可要承担这诬告之罪！”

夫妻两个连连叩拜，“就怕这个婆子把那金猫藏了起来。”

常白丁一捋胡子，笑而不语。

大约过了一个时辰，衙役们果然抱着一个金猫回来，走入堂下，“大人，果然在王婆的家里搜到一只金猫！”

常白丁把脸一板，第五次拍响了惊堂木，“大胆王婆！事到如今还想抵赖吗？”

王婆见到金猫，大声喊道：“大人冤枉啊！冤枉啊！大人！我不知道我家有金猫啊！大人！”说完，接着痛苦地喊道。

常白丁不予理睬，一扭脸向两位夫妻问道：“这只金猫可是你们的？”

齐向东不敢说话，齐氏却脸带笑容，大声喊道：“大人，这就是我家的金猫，果然是王婆将它偷去的！大人明察！”

常白丁冷笑一声，可这笑容中却似乎另有一番深意，但是齐氏却不曾领会。

“既然是这样，那好！我就把它还给你们！”说着，常白丁走下大堂，把金猫提了起来，做出了一个给的姿势。

齐氏笑嘻嘻地站了起来，刚想接过。

没料到胡玉言一松手，金猫掉在了地上，只听“啪”的一声，猫被摔了个粉碎！

“大人，怎么？”齐氏在地上来回地翻弄着，可是却是一堆碎了的泥巴，丝毫找不到一点金子，“这金猫怎么是个泥胎？”

“是啊！这金猫，怎么变成了泥胎呢？”常白丁冲着齐氏一阵的诡笑。

“这……”齐氏似乎明白了什么，但是为时已晚。

常白丁一卷拂袖，快速走回到案内，又一次拍响了惊堂木，“大胆齐氏！竟敢欺骗本官！刚才你明明说金猫掉了一个爪子，可是这只猫完好无损，你却照样认领，分明是你贪得无厌，诬告王婆！”

“大人！我……我……”齐氏变得张口结舌，而齐向东只是摇头。

常白丁兴致已到，他提起毛笔，实际上他并不会毛笔字，但是他的控梦技术已经到了化境，只要是符合实际的事情，都有可能发生，他刷刷点点，写下了判词，书法不亚于任何一个当代的书法名家：

“齐向东、齐刘氏诬告王婆！鞭责齐刘氏鞭子四十，以儆效尤！齐向东管教妻子不严，罚其一个月劳役！”说完将判词甩给了堂下！

“青天大老爷啊！您真是青天大老爷啊！”王婆跪在地上，一个劲地喊道。

常白丁把脸一虎，“王婆，你孙子打伤人家的儿子，错在于你疏于管教，医疗费你还是要赔的！”

王婆本有些不情愿，但是在县令面前，她自然不敢造次，“是！是！我回去就把齐家孩子看病的钱给他们！谢青天大老爷！”

“哈哈哈哈哈！”常白丁捋着胡子笑了起来，他还真找到了一点包青天的感觉，也为能处理这样的案件感到一丝兴奋。

奶奶的，如果下边还有案子，小爷我就再做回贪官！看哪边给的钱多，我就判谁赢！常白丁越琢磨越觉得当官这事实在是无聊，清官和贪官都没什么意思。

此时，师爷慌慌张张走上前来，“大人，后堂有急事！”

常白丁甩起了官腔，“如此慌张！成何体统啊？”他一边埋怨着师爷，一边寻思着恐怕旁支剧情已过，该来的还是来了。

师爷凑到了常白丁的耳边耳语了两句，“大人，大内侍卫驾到！”

“大内侍卫？”常白丁翻了翻白眼，装作很吃惊的样子，心里却想终于来了！他急忙说道：“快快引我去见！”

常白丁随师爷走进后堂，见到吴晓天穿着一身黄马褂站在那里，脸绷着，十分搞笑。

“你就是胡县令？”吴晓天摆开了架子，无疑他是入梦的三人中最入戏的一个！

胡县令？常白丁审了半天的案子都不知道自己在梦里原来姓胡！看到吴晓天一本正经的样子，常白丁差点没有笑出声来，他在想如果吴晓天生在这样的时代，或者说一直扮演着这样的角色，是不是更适合呢！

“正是下官！这位侍卫大哥！请问来本县有何贵干？”常白丁对吴晓天深深施下一礼，但心中暗骂，这臭小子是不是在占自己的便宜！

“胡状元，昨日江边，皇上的龙船突然遭逢刺客袭击，在下寡不敌众，只能先行带着皇后脱难，一路跑到了胡大人这里！望大人协助我保护皇后安全！”

“下官一定保娘娘无恙！”常白丁垂着头，站在一旁，毕恭毕敬地说道，心想平日里都是他这么和吴晓天交代任务，今天倒好，自己要听他使唤了。

“还有，请大人给皇上报个信！说皇后安好！”吴晓天擦了擦额头的汗，刚才一路行程显然体力消耗极大。

常白丁觉得吴晓天在尚浮云的梦里，简直是和他之前判若两人，他的表现比和自己入梦时好上百倍，所以他暗自较劲，演技上自己绝不能在这个世界里输给自己的这位小厮。

“请问侍卫大人如何称呼？”常白丁站起身来，略带调笑地问道。

“镶黄旗从四品领侍卫大臣萨巍，我是三代忠臣之后，跟太祖打过辽东的……”吴晓天快人快语，听尚浮云介绍了自己在梦中的牛逼经历后，果然藏不住，没说两句就露了馅。

常白丁怕他越说越不对劲，赶紧打断了他的自我介绍，“娘娘现在何处？”常白丁不再玩笑，现在这个梦境没有倒塌，证明尚浮云还算安全，不过他还是很担心她，因为她的生死与自己能否从梦中醒来，至关重要。

“娘娘现在正在后堂！”师爷凑到常白丁身后，悄悄答道。

“我想去见见娘娘！”常白丁毕恭毕敬地对吴晓天说道。

“可以，胡状元文武双全世人皆知！如果这次胡状元能帮皇后脱难，那是大功一件！日后皇帝必会重用。”吴晓天挺直了身板，拍了拍常白丁的肩膀，然后冲他偷偷眨了眨眼睛。

“微臣不敢！不求有功，但求无过！”说完，两个人相视一笑，但是常白丁在心中默念了一百遍，拿开你的猪手！

常白丁跟随吴晓天到了后堂，吴晓天趁着空当把在龙舟上遇险的经历跟常白丁简单叙述了一番。

常白丁眉头一皱，似乎从这些细节中听出了不寻常之处。

说话之中，两人已经走到了堂外。

抬头一看，见尚浮云站在谭晓秋身旁，正气冲冲地望着自己。谭晓秋只穿了一件寻常百姓的衣服，可能是半路换上的，常白丁的心一下子放了下来，看来大家都没事，太好了！

“微臣参见皇后娘娘！”常白丁双膝跪倒，冲着皇后磕了头，他根本不知道自己叫胡什么，所以只称呼自己微臣！刚才吴晓天也对自己的身份没有提及，不过说实话，就算尚浮云告诉过他，估计也白费，因为这家伙的脑子里都是肌肉，根本记不住任何事。

他的每个动作都一板一眼，做得像模像样。

“爱卿平身！”皇后面无表情，看不出她是真的处变不惊，还是故作镇静。

常白丁站起身来，低头而语，“听闻皇后遭逢大难，微臣惶恐，皇后先在微臣这里住下，待微臣想办法报与皇上。”

“爱卿，请你赶快派得力之人到皇上面前报信，让皇上赶快接本宫回宫，你救驾有功，本宫日后必有重赏。”皇后说完，从怀中掏出一块玉佩，交给了尚浮云。

尚浮云走上一步，把玉佩交到了胡玉言的手中，两人对视一眼，眼神做了些许交流！这玉佩是一条鸾凤，雕工极佳，翠绿色中带着白色的棉絮，一看就是上乘之物。

“这是皇上赏赐给本宫的玉佩，你把它交到皇上手中，皇上就知道本宫在你这里。”

胡玉言接过玉佩，再次叩首，“皇后娘娘容禀！微臣刚刚听侍卫大人所言，此次刺杀似乎另有蹊跷。”

“哦？”

常白丁仰起头，把玉佩握在手中，“听闻萨总管刚才的叙述，刺客是直奔皇后的寝宫而来，似乎刺杀的目标并非皇上，而是皇后娘娘！这样的刺杀行动，想必宫中必有奸细！现在去贸然禀告皇上，会暴露了皇后就在我府上，刺客就会随即而至，我衙内衙役只有十几人，连大内侍卫都无法抵挡的刺客，微臣又怎么能抵挡得住呢？望皇后娘娘少安毋躁，容臣下好好琢磨一条万全之策，再行……”

“大胆！皇上现在得知本宫失踪，必然大为担心，正在四下寻找！你只管送信！哪来的这么多废话！”皇后的威严在这一刻充分地体现了出来。

“皇后娘娘！您的安危也关乎着微臣和众人的……”常白丁本来还想再说，却被尚浮云用言语拦住。

“胡大人！你想违抗皇后的懿旨吗？”尚浮云冲着常白丁使了个眼色，然后微微摇了摇头！

“微……微臣不敢！”虽然是在演戏，但是常白丁还是觉得无论是吴晓天，还是尚浮云不像是在演戏，包括自己也逐渐找到了一种归属感，好像自己就是历史上的这个人物，正在亲自经历着这场变故。

“那还不快按着皇后娘娘的意思去做！皇后要休息了，你赶快跪安吧！”尚浮云正色厉言，但是却偷偷地冲着常白丁眨了眨眼睛。

“微臣……微臣遵旨！”常白丁很不情愿，只好再次跪拜，磕头，带着玉佩退出了后堂。

“萨总管！你也先退下吧！”皇后看了看吴晓天，眼睛突然闭了起来！

“娘娘，奴才就在屋外，如果有什么事招呼一声便可！”说完，吴晓天也走出了屋子。

待吴晓天迈出了门槛，拉上了门，皇后突然变了脸，她狠狠地一拍旁边的桌子，冲着尚浮云喊叫道：“大胆的奴才！”

尚浮云心中一惊，知道不好，却不知道自己为何引得皇后发怒，只好跪在地上，“娘娘息怒！”

“你是不是就是本宫身边的奸细？”皇后眼角向上挑起，动了真气。

“奸细？这从何说起？娘娘，如若奴婢就是奸细，干吗还要费这么大的力气把您弄到这来。”尚浮云连忙磕头，以示自己的清白，心想都说清官难做，都是因为有这些是非不分，忠奸不明的主子。

皇后眉毛一挑，“我且来问你，刺客来时，你是不是手中握有匕首，要谋害本宫？”

“我……娘娘，那匕首是为了保护娘娘才拿的，要是奴婢想谋害娘娘，娘娘此时可还有性命在？”

“哼！还不是因为萨总管在旁边你不敢下手！还有你那把匕首从何而来？不经允许，后宫内院奴才私带武器，这是死罪！”

“娘娘这匕首是在您的枕下找到的，前朝崇祯皇帝被李自成攻破北京，后宫皆被辱。先皇入关后，为以防万一，把匕首赐给诸嫔妃，在危急之时，为了免受凌辱，自杀所用！后宫例制皆有此章，何来谋害之意。况且我在甲板上，杀了多名黑衣人，娘娘也是亲眼所见吧！”

“哼，那只不过是你的障眼法吧？萨总管脱离龙舟之时，我眼见你已经被黑衣人团团围住，又怎么脱险的？你哪来的武功？这点你怎么解释？”

“娘娘，是否还记得那个在您寝室内帮了咱们的黑衣人，是她帮奴婢脱险的。娘娘啊，奴婢真的不是奸细！”

“不是奸细，那为何要来这里，那你刚才为何和胡状元眉来眼去？显然你两个一早就认识，说！是不是想串通起来，谋害本宫。”原来皇后早用余光洞悉了她和常白丁之间的猫腻。

“我……我……我和他是青梅竹马的玩伴！”情急之下，尚浮云脱口而出了一句话，这句话就连她都不知道是怎么冒出来，而一股热泪不知道为何从眼眶中夺眶而出。

皇后听到此，突然沉默了，表情也渐渐地松弛了下来！

“只因为家中穷，父亲才把奴婢送进了宫中，若不是家父贪财，否则我俩现在恐怕已经是夫妻了，奴婢早就知道胡状元就是他，所以才会力荐娘娘来此避难……奴婢没有机会单独和胡状元说两句话，所以刚才才会多望了他几眼。望娘娘恕罪！但若说奴婢是奸细，那可真是冤枉奴婢了，若主子这么信不过奴婢，不如就赐奴婢当场自裁。”尚浮云急中生智，编了一套说辞，没想到倒也合情合理，严丝合缝。但是最后这句话，也算是要冒些风险，虽然吴晓天和常白丁都是自己的人，但是皇后一狠心真让自己当场自裁，可又如何是好，尚浮云这时才真切地感受到伴君如伴虎。

还好，皇后此时平静了下来，将尚浮云扶了起来，语气又变得舒缓起来，“若这次躲过大难，再与皇上相见，必然会求皇上赐婚，将你许配给状元。”

尚浮云赶紧磕头谢恩！心想，这位皇后虽然执拗，但是心眼着实不坏。但是如果躲了这场大难，历史上自己还真要嫁给那个神棍不成?

11

常白丁坐在内堂心中忐忑不安，虽然自己还未经历尚浮云和吴晓天那样的刀光剑影，但是他仍旧能嗅出这个梦境中的危机，远远超过了他的想象。龙舟之上刺客尚且能来去自如，何况自己的府衙呢？此时，还未见罗凯的踪影，他是不是出了什么意外？没有了罗凯，就无法变幻出更多的帮手来，现在自己人单势孤，一旦刺客闯入府衙，自己该如何部署？

“大人，已经派得力之人带着玉佩去送信了！”师爷走进内堂禀告道。

常白丁知道此时去送玉佩绝不是最佳的方案，但是自己似乎改变不了这个决策，只能重新布局，确保皇后的安全，他看了看师爷，这是一张饱经世故的脸。

“师爷请坐！”

“谢大人！”师爷并不客气，坐在右手的客座之上。

“师爷，我们府里有多少衙役？”常白丁也觉得这样的问题有点傻。

“十五个！”师爷对衙内之事，显然了如指掌。

“捕快呢？”

“小小县衙，捕快只有三个人！”

“他们武功如何？”

师爷面有难色，答道：“不瞒大人！他们的武功不过是稀松平常，在这样的小县城里也不会有多么厉害的盗贼，身手高强的武林人士都去投靠知府大人的府衙去了。”

常白丁默然无语！诚然在这种偏远小县，不能指望南侠展昭之类的人物站在你的左右。常白丁非常清楚眼下的形式极为不妙，如果刺客赶到，后果不堪设想，为今之计只能走一步险棋了。

“师爷，你附耳过来！”常白丁招呼了一下师爷，将他叫到了身边。

师爷附耳过去，常白丁小声地交代了一番。师爷点头离去。

……

不知过了多久，师爷又走了进来。

“大人！大内侍卫求见！”

“大内侍卫？宫里来的？”常白丁眉头一皱，眼睛转了几圈！

师爷点了点头，“瞅着像！”

“来得好快啊！”常白丁此时正端着一本线装书，他一摆手将书撂在桌案之上。

师爷的眼珠转了转，“皇后娘娘丢了，皇上自然是四处寻找，说不定是半路上遇到了我们的信使！”

“快请！”

师爷走出大堂，不一会儿两名侍卫打扮的人腰上挎着弯刀走了进来，“你就是胡状元？”

“微臣正是！”常白丁双手抱拳，深施一礼。

“我等奉皇上旨意，接皇后娘娘回宫！”说完，侍卫朝着东方做了一个抱拳的动作。

“二位上差，可有皇上的旨意？”胡玉言站直了身子，正色道。

两名侍卫递了一个眼神，“我等是大内侍卫，奉皇上口谕而来！”

“请恕我直言，皇后的安危牵扯着天下社稷，况且前日又被奸人追杀，此时如果不见圣上的圣旨，微臣是万不敢将皇后交与二位的。”常白丁此时心中已经起疑，送信之人尚未回来，今日就有两个侍卫上门，况且来接皇后只有两个侍卫，这成何体统？其中多半有诈。

“胡大人尽管放心，我俩是皇上身边的贴身侍卫，都是平常在皇后面前行走的老人儿，只要拉我俩去见皇后，皇后肯定会认出我俩的！”其中一个侍卫，脸上表情丰富，似笑非笑。

“那好吧！请随我来！”常白丁带着十二分的警觉，把右手一摊，做了个“请”的姿势。

常白丁带着两人，一前一后来到后堂的皇后寝室外。

吴晓天此时正站在门口，见常白丁三人来到门前，伸手拦住了他们。

“萨总管，这两位是来接皇后回宫的大内侍卫！你可认识？”常白丁让出一条路，让两位走到了自己和吴晓天之间，这是个十分聪明的举动，如果两个人有问题，他和吴晓天马上可以前后夹击。

吴晓天脑子里此刻一片空白，在他的印象中，根本不知道眼前的人到底是不是大内侍卫。就在他一愣神的工夫，只听得常白丁大喊：“小心！”

没想到两名侍卫同时拔出单刀，向吴晓天砍来，吴晓天这才意识到眼前的两人都是刺客假扮！常白丁在想自己的预料果然没错，在皇帝的身边有刺客的卧底！一定是自己的那封书信引狼入室。

吴晓天再想反应，为时已晚，单刀还在腰间，没有及时拔出，而两把刀已经朝着自己的胸口袭来。即便是吴晓天做出了最快的反应，将身子一侧躲过了要害，但刀还是在他的右臂和左肋处留下了重重的伤痕，血顿时从伤口里冒了出来。

吴晓天倒退了几步，用简单实用的招式抵挡了两招，终于拔出了单刀，但是由于右臂受伤，明显已经使不出力气，他只能冲着常白丁喊道：“状元，快带皇后娘娘先走！”

此时，府内的衙役、捕快闻听后堂有事，纷纷来到。看到三名侍卫打扮的人缠斗在一起，他们穿着一模一样，衙役和捕快们一时不敢上前。

“去帮那个受伤的人，他是大内侍卫萨总管！那两个是假扮成侍卫的刺客！”常白丁大喊一声。

衙役、捕快一拥而上，常白丁抛下吴晓天，直奔皇后的卧房，他也顾不上君臣之礼，一把推开房门。

“娘娘，追兵已到，请随微臣速速离开！”说完，常白丁走到皇后身边，单膝跪地。

皇后虽然还是略显惊慌，但是经过前次的经历，显然已经不那么害怕。

她也不再执拗，站起身形，站在常白丁的面前，冲他点了点头。

常白丁顺手把在内堂墙上挂着的镇宅宝剑摘下，他将宝剑拔出，护着皇后冲出屋门，皇后顺手把一块黑色的布裹在自己头上，只露出了两只眼睛，随着常白丁冲出门去。此时，他看到衙役和两名刺客已经战在一起，但是已经有多人伤亡倒地，只有吴晓天还在苦苦支撑。

“快走！”吴晓天嘶吼着喊道。

常白丁带着皇后来到后门处，推开后门，这里早已停放了一辆马车，这是常白丁以防万一，早早让师爷安排的。他撩开帘，将皇后推上马车，自己坐在马车的前边，一舞小鞭，马儿听话地迈开了脚步。

“驾！驾！”常白丁一拉马缰，马车飞快地行驶了起来。

大约行了半个时辰，马车已经驶到了一处竹林之中，常白丁看了看四周，眼前好一派凶险连环的景象！常白丁将马勒住。

“娘娘，前边是竹林，马车过不去，请随我下车！”

皇后拉开帘帐，“这是哪里？”

“松竹林！过了这里就是皇上的驻兵之地！到了那里就安全了，但是竹林茂密，没有路，不能行车而过了！”

“赶快走！”皇后说完跳下马车，紧紧跟在常白丁身后，进了竹林之中。

两个人刚走了一会，只听得一声唿哨之声，接着飞鸟四散飞起。

“不好！有埋伏！”常白丁突然站住了身形，向上瞧去。

突然从树上跳下十几个手持各种兵刃的黑衣人来，将常白丁和皇后围在当中。

“就知道你们从这里过，等候多时了！状元，将皇后留下，我们放你一条生路！”为首的黑衣人挑衅道。

常白丁一阵冷笑，把皇后藏在身后，“既然知道我是状元，想尔等也绝非一般的流寇！今天，胡某誓保皇后娘娘的周全。”

“那就留下两具尸首吧！”说完，黑衣人迅速靠拢，朝着常白丁飞奔而来。

常白丁在梦中绝对是一流的技击高手，击剑、自由式摔跤、跆拳道这些功夫他无一不通，比起吴晓天来，虽然力道稍弱，但是技巧却略胜一筹。他一晃剑花，甩开两个漂亮的飞舞动作，已经将率先扑上来的两名刺客砍翻。

又是两剑！已经将自己的身边逼近的两人的兵刃弹开，一人独斗众人，竟然不落下风！

“先杀了皇后！”为首之人不愿纠缠，再次高喊。

众人变了攻击方向，兵刃都向皇后招呼而来。常白丁一边还击，一边要护住皇后，顿时落了下风。

就在此时，突然皇后从腰间抽出了一把长剑，把裹着头的黑布一扒，随即舞动起来，冲着眼前的黑衣人连环三攻，一招既出，情天恨海；再招既出，巨浪滔天；三招既出，惨雾愁云。

三名刺客毫无准备便被这突如其来的攻击击中了要害，惨叫一声毙命当场。

“你快走！别管我！”常白丁大声喊道。

“嘁，你倒是说得轻巧，这时候咱俩是一根绳子上的蚂蚱，谁也跑不了！”皇后一边抵挡，一边和常白丁的后背靠在了一起。

“要是你死了！小爷我就真的玩完了！”常白丁且战且退，招数一直是只攻不守。

“要死一起死！”说着，皇后的左臂已经中了一刀，血顿时喷溅而出。

此时天空突然闪下一道霹雳，整个天空开始下起了瓢泼大雨，大地似乎都在震颤着。

“坏了！”尚浮云捂着左臂，但是血仍然从袖子里淌下来。

“这是潜意识映射到梦境中的反应！”常白丁一边用手护住皇后，一边拼杀，显然已经没有了刚才的潇洒自如，处处受制，几个回合下来已经性命堪忧。

皇后见情势危急，竟然做出了让人匪夷所思的动作，她大声喝道：“别打了！你们看看我是谁？”说着她扯下了脸上一直蒙着的黑布。

这个动作不只让常白丁意外，而且让众多黑衣刺客也停止了攻击。

“她……她不是皇后！”为首的黑衣人大吼了一声。

“没错！我是皇后身边的宫女云儿！你们上当了，现在杀了我也没用！”皇后原来是尚浮云假扮的。

众刺客集体沉默了。

原来，常白丁早已料到宫中会有奸细，一旦皇后在自己府衙的消息传出，必然会走漏消息，刺客既然是以皇后为目标的，很快会派出更多的兵力围困府衙，而从两个假扮大内侍卫的刺客的攻击来看，明显是试探性的，而他和尚浮云假扮的皇后也是为了掩人耳目，让更多的刺客追击过来，从而可以让皇后有机会逃跑。

“一会儿我掩护你，你走！”常白丁小声说道。

“不行，这里是第四层梦境，吴晓天又不在你身边，你完了，也就彻底死在这个世界了，我不能丢下你！”尚浮云的仗义让常白丁有些动容。

“他们的目标不是我！再说小爷我哪这么容易死！”常白丁死死盯着黑衣人们，等待着他们的抉择。

“调虎离山？”站在为首黑衣人身后的黑衣人小声嘀咕了一句。

为首的黑衣人眼睛有些迷离，似乎从不曾考虑过眼下这种情况，觉得有些手足无措起来。

“机会来了！”常白丁瞅准时机，一甩长剑，突然发起了强攻，寥寥数招，竟然从黑衣人的包围中撕开了一道口子，他一个箭步便跑了过去，而尚浮云也跟着跑了过去。

黑衣人见势要追，却被为首的黑衣人拦了下来，“穷寇莫追！”

“可是大人！”

“他们就当自己聪明吗，主上自有安排！撤！”黑衣人的头领一声吆哨，几个黑衣人施展轻功，快速脱离了这片竹林。

松树林再次陷入了沉寂，一个黑衣人倒提着一把大号宝剑，正站在树冠上冷言观看着眼前的一切，他的嘴角露出了一丝奸邪的浅笑。

12

尚浮云靠在一棵大树下，右手捂着左臂，面部表情十分痛苦。

常白丁从衣衫上扯下一块布，缠在她的左臂上，为她仔细包扎着伤口。

尚浮云一边看着伤口，一边说道："梦里受的伤，也需要包扎吗？用控梦技术治不好？"

"梦里受伤是梦境中的一些行为给大脑的一种强刺激，这种刺激是一种本能的生理反应，强了，就会刺激你从梦境里醒来，轻了，你就会觉得痛！控梦术说到底就是一种障眼法，治标不治本！况且……"常白丁又习惯性地把后半句话咽了下去。

"况且什么……"尚浮云听得出常白丁一定有一些细节在瞒着自己。

"少说话吧！当心一会太疼了，你就从梦里醒过来了。"常白丁有些不耐烦，显然并不想回答这个问题。

尚浮云早已习惯了常白丁这种欲言又止的鬼模样，见此时自己的伤口已经包扎好，把胳膊绕了一圈，刚才的疼痛感果然减轻了不少，胳膊也活动自如了。她心想梦中的常白丁真是无所不能，像一座大山一样可以依靠，但突然她又想起了皇后的安危，心又揪了起来，"谭晓秋那，你都安排好了？"

"现在咱们是泥菩萨过河，自身难保！还有心情管她？"

"谭晓秋那……岂不是……"

常白丁显得很纠结，脸上的青筋直跳，"我最开始的计划是让罗凯去保护谭晓秋，但是这家伙不知道出了什么事，根本没有跟我们会合。算了，先跟我回县衙看看吧。”

尚浮云头一次看到常白丁在梦中如此的生气，但是她也丝毫不肯示弱，“走就走，谁怕谁！我告诉你神棍，要是谭晓秋出了什么事，我就……”

“你要怎么样？”

尚浮云气急败坏地说道：“我就在这个梦里自杀，让你永远也回不去！”

“我还以为你有什么好办法呢！最毒妇人心！”常白丁一边摇头，一边走上了回去的路。

常白丁和尚浮云怕又会遇到那些厉害的黑衣人，不敢按照原路返回。他们寻着小道返回了县衙。刚进了后衙，他们发现大门大敞四开，后衙的地上横七竖八躺满了尸体，花了半天时间，才从众多的尸体中辨认出来吴晓天。他此时正趴在地上，一动不动。

尚浮云把吴晓天翻了过来，将手放在他的鼻子上，“还有口气！这臭小子命真大！”

“没两把刷子，怎么可能做小爷我的保镖！”常白丁也跟着蹲在地上，盯着吴晓天笑了笑。

尚浮云懒得搭理常白丁，使劲摇晃着吴晓天，“臭小子！你怎么样？”

吴晓天慢慢醒转，缓缓睁开了眼睛，“常……爷！美女姐姐……”

尚浮云的脸上终于露出了笑容，“还能起来吗？”

吴晓天强撑着身子站了起来，“刚才那帮家伙都被我干掉了，没想到后来又来了一大波……我这才……”

“你就吹吧！早晚有一天把牛皮吹破了！”见吴晓天还能继续吹牛的样子，尚浮云终于松了一口气。

“哎，常爷，皇后娘娘呢？”吴晓天左看看右看看。

尚浮云狠狠地瞪了常白丁一眼，意思是在质问他有没有好好地帮助自己。

“小爷我使了个掉包计，让师爷带着皇后朝西边去了。”

尚浮云睁大了眼睛，“你让一个师爷去保护皇后？”

“切，小爷什么时候说过要师爷去保护皇后了？放心吧！即便没有罗凯，我在皇后身边还安插了一个很靠谱的保镖！”

尚浮云突然想到，“是不是那个忍者？”

“忍者？你们遇到了忍者？”常白丁满脸狐疑，眼睛一眨一眨的。

“在龙舟上遇到的，还是个女忍者！没有她，我们估计连龙舟都下不了！”尚浮云说完，便把目光投向吴晓天。

吴晓天回想起那天的凶险场景，脸上略有些紧张，“是个很厉害的角色。幸好她不是咱们的敌人，虽然吴爷我是个顶级高手，遇佛杀佛，遇魔杀魔，但是如果那帮黑衣人在左面，忍者在右边，一起攻我，那赢他们就得费点劲了，正所谓好汉难敌四手，猛虎架不住群狼。”

尚浮云伸出右手，做了一个劈打的姿势，佯怒道：“你再不闭嘴，我就一掌把你这个小混球从这个梦里打出去。”

吴晓天不以为是玩笑，很认真地答道：“美女姐姐，没有我的保护你怎么行？你遇到坏人怎么办？”

“行了吧，自从你保护我，我要么就是到处被人撵着跑，要么就是被你抛下老远，要不是那个忍者大姐帮忙，我恐怕早就挂了！”常白丁似乎并不关心尚浮云和吴晓天斗嘴的内容，他嘴角挑起，“忍者大姐？哼哼，没想到她从那里就出现了，真是着急啊。”

尚浮云有些奇怪，“忍者大姐怎么了？”

常白丁没有回答她的问题，“好了，我们也该启程了。”

尚浮云一皱眉，“上哪？”

“去找皇后啊！咱们最后还有一场好戏得看呢！”

“好嘞！”吴晓天一举胳膊，那动作和一个沉着稳重的大汉形象一点都不相符。

三人出了府衙，径自朝西面寻来。

常白丁拼命奔跑着，这是他安排的师爷帮助皇后逃跑的方向，顷刻间他已经跑到了西边的大路边，道路两旁是一排排高粱地。

慢慢地，常白丁放慢了脚步，因为他看见自己的师爷就躺在路中间，马车停在路边，马儿正舔舐着师爷的脸。师爷的身下淌了一大摊血迹，常白丁用手按在他的脖子上，脉搏全无，已经断气。显然，他们没跑多远就被刺客追上了。

尚浮云脑子嗡了一声，“坏了！看来他们还是被黑衣人发现了。”如果皇后死去，那么自己的任务将变得毫无意义！

活要见人死要见尸！尚浮云还在原地胡思乱想时，常白丁已经劈开挡住自己视线的高粱，朝着高粱地的深处寻去。

一路寻来，尚浮云虎着脸和吴晓天在后边跟随。直到突然听见了人的对话声，常白丁才压低了脚步，慢慢凑了过去。吴晓天刚想动，尚浮云怕他坏了事，做了一个停止的手势，让他待在原地别动。自己则跟了过去，并蹲在了常白丁的身后，倾听着对话，可以很清楚地分辨出高粱地的对面是两个人。

“你到底是谁？为何要杀我？”是皇后的声音，尚浮云庆幸，还好自己还没有来晚。常白丁似乎并不着急，他静静地潜伏在高粱地中，此时的距离已经可以透过高粱间的缝隙，隐约窥探出眼前发生的一切。

只见一个黑衣人，持一把宝剑站在皇后面前，一动不动，周围并没有其他人，“状元果然厉害！这样的计策，如果换作他人，恐怕早已上当了！如果胡状元还活着就好了，这样的人我一定会委以重用，只是可惜啊！”

“状元被害了？”皇后一脸吃惊。

“不只是状元，侍卫总管，你的宫女，这会恐怕都已经命丧黄泉了！你也算是黄泉路不寂寞啊。”黑衣人的声音很古怪，是一个富有金属感的男中音，一听就是伪装后的声音。尚浮云心想，是不是皇后认识这个人呢？否则他干吗要隐藏自己的声音？又或许是自己和常白丁也认识的人？

“你为什么要追杀本宫？”皇后虽然神情紧张，却不失皇后的尊严，仍旧不卑不亢。

“我只想问你一个问题！如果你能回答得上来，我便饶了你！”黑衣人屹立在风中，两根黑色的飘带，朝着风向飘动着，他把宝剑倒提在了身后，看身形是个很符合现代女性审美标准的美男子形象。

“什么问题？”

“你爱过皇帝吗？”伴随着那金属撞击般的嗓音，是一阵疾风摩擦高粱穗子的声音，这两种声音混在一起，显得更加荒凉。

“当然爱过，刻骨铭心地爱过。”

“刻骨铭心？这是爱到什么程度呢？”

“我愿意为了皇上去死！”皇后大声地喊着，这声音顺着风飘到了常白丁和尚浮云的耳朵里。

“可是你之前不是爱过另外一个人吗！你们深深地相爱着，可有一天皇帝杀了你的情郎，霸占你做了他的皇后！现在你还爱皇帝吗？”风更大了，黑衣人站在原地岿然不动，像是一座黑色的屏风，他的衣襟在风中向一侧倾倒着，整个场面被衬托得尤为悲情。

“我……”皇后此时仿佛想起了什么，她的脑海里好像充满了某种影像，她捂着头！看得出她很难受。

“回答我！”黑衣人的声音高亢起来，让人听来不寒而栗。

“我爱皇上，不管曾经发生过什么，我愿意陪他一起生，一起死。”皇后虽然表情痛苦，但她的回答却没有任何犹豫。

“哈哈哈哈！好感人的话啊！但是，正是这番话我才真正决定要把你送进鬼门关！”黑衣人的笑声在风声里传播开来，尤为可怖！

尚浮云此时见常白丁没有要动的意思，便只身从侧面绕到了黑衣人的背部，这正是突袭的好时机。她缓缓地向前移动，生怕制造出一点儿杂音，但脚和高粱相撞，还是会发出一种“沙沙”的声响来。但风声和高粱穗摩擦的声音混在一起，将这种轻微的脚步声完全遮掩了过去。

“我死前只还有一个要求！”皇后表情仍旧坚定。

“什么？快说！看我能不能满足你！”黑衣人有些懊恼，认为皇后在耽误时间。

“本宫想知道是什么人想杀我！还有，为什么要杀本宫！”

黑衣人再次冷笑一声，“好吧，我就让你死个明白！”说着，他摘下了自己的面罩。

尚浮云刚刚挪到黑衣人背后，他竟然就揭开了面罩了，实在是太不巧了。

“是你！”皇后再也难掩吃惊的神情，她的头痛显然更加重了，捂着头趴在了地上。

“就是我！你现在知道你为什么必须要死了吧？”黑衣人再次狂笑起来。

尚浮云看不见黑衣人的面容，就更加着急，黑衣人就在他的面前，这个距离她有把握，只需一击，就可以制其于死地。但是她还是想等等，看看黑衣人到底是谁。

可此时黑衣人却举起了手中的长剑。

再也不能等了！一阵微风吹过，高粱地再次响起了沙沙的声音，尚浮云须臾间高高跃起，一剑刺向刺客的后背。

这一切都被谭晓秋看在眼里，没想到皇后却从地上突然跳了起来，高喊一声，“小心！”说着，一把推开了刺客。

尚浮云使出浑身力气会心一击，不留余地，再想收剑已然晚了，她的剑直直地刺向了皇后的胸膛。

完了！竟然是我杀死了皇后！尚浮云顿时感觉到天旋地转！皇后绝不能死！

说时迟，那时快！就在剑尖即将碰到皇后衣衫的时候，突然之间寒光一闪，尚浮云只觉得右手一阵酸麻，手中的宝剑被弹飞了。

这力道震得尚浮云虎口发麻，宝剑像是一个滚动的扇叶飞出一丈多远，落入了高粱地里。

站在尚浮云身前的是一个身着黑衣的忍者，弹开尚浮云宝剑的，正是他手中那把明晃晃的武士刀。

尚浮云心中大喜，常白丁果然守信，这个忍者一定就是他派来保护谭晓秋的人。她像是有了保护伞，缓缓站了起来，站在谭晓秋和黑衣人面前。当然，她是想看看那个黑衣人到底是谁！

“是你！郑座卿？”尚浮云终于看清楚了站在三人面前的杀手就是谭晓秋的丈夫郑座卿，而他除了脑后多了一根大辫子外，几乎外貌和本人没有任何区别。

“郑座卿？”黑衣人冷笑一声。

谭晓秋仍然坐在地上，表情委屈，“皇上！这是为什么？臣妾犯了什么错，你要将臣妾置于死地。”

“皇上？你就是乾隆皇帝？爱新觉罗弘历？”尚浮云不可思议地看了看郑座卿，难道他在尚浮云的梦中郑座卿一直都是皇上吗？男人是女人的天这条定律，看来在这个大教授眼里也是一样的。

“大胆奴才！怎敢直呼朕的名讳，见朕为何不跪？”郑座卿吼道，威严的面容里没有一丝情感。

尚浮云不知道为什么，竟然跟着跪了下来。

“自古君让臣死！臣不得不死！你在与朕成婚之前与钮钴禄氏的贝勒有染，你以为这事朕不知道吗？”

皇后的眼中流出了热泪，“皇上，臣妾从来没有做过对不起你的事！”

“我不管这些人都是谁！既然今天的事已经挑明了，朕就要下旨了，皇后富察氏不讲贞洁……”皇上正在理直气壮地宣读皇后的罪状时，没想到自己的声音竟然越来越小。

当所有人把目光投向她时，才发现皇上的脖子上竟然插着一个忍者镖，而血正从这支镖的皮肉的缝隙中流了下来。

乾隆皇帝“哐当”一声，直勾勾地倒下了。

“皇上死了？这是第四层梦境啊，是历史层，忍者，你这不是帮倒忙吗，历史要被改变了。”尚浮云冲着忍者大叫了一声，“难道历史就要演变成乾隆皇帝下江南时被刺客暗杀了？”

“帮忙？哈！哈！哈！太可笑了！”忍者爆发出了一阵令人惊悚的狂笑声，“你们这些蠢材，都醒醒吧！真以为我是你们的帮手吗？还天真地以为保护皇后就行了，你们不知道吧？其实我的目标一直都是皇帝，现在皇帝死了！我看你们怎么收场。端木老贼，我当年的仇就这么报了，报在了你徒弟的身上！”

皇后抱着郑座卿的尸身一言不发。

而此时，在空中漂泊的似乎只有凛冽的风。

“该醒醒的应该是你吧！”一个高亢的声音从高粱地中传了出来，接着常白丁拨开高粱从中走出来，吴晓天跟在他身后。

尚浮云跑了上去，使劲摇晃着常白丁，哭丧着说：“神棍，你看啊！都是你干的好事，这下好了，乾隆皇帝死了，历史要被改写了！”

“行了，云姑娘，你也别装蒜了！该到了摊牌的时候了。”常白丁有点憋不住笑，推开了眼前的尚浮云，像是一切都在他的掌握之中。

尚浮云停止了自己的动作，一切就好像时间静止了一般。她突然转过了身来，朝着忍者做了个鬼脸，“我们演得还不错吧！你受骗了！忍者！”

此时，皇后突然也转了过来，随即发出了一阵狂笑声，咯咯咯咯咯！哈哈哈哈哈哈！她不顾仪体，竟然打着滚在地上笑得直不起腰来。

忍者刚刚的嚣张气焰顿时变得无影无踪，“你们是？”

皇后朝着忍者傻笑道：“对了，忘了告诉你，我不是皇后哦，更不是什么谭晓秋！只是打扮得很像她罢了！”说完，皇后把脸摸了摸，竟然撕下了一张面皮来，此时一张俊俏的脸露了出来，这张脸所有的五官都是完美的，长相完全可以和尚浮云媲美。略有不足的就是，她皮肤较黑，但是这种黑色中透着一股健康的光泽。

“你……们？这是？”一直淡定自如的忍者变得结结巴巴起来，不住地倒退。

“你现在还不明白吗？我们一早就识破了你的诡计，这里并不是什么云姑娘的第四层梦境！”常白丁说着一指旁边的黑皮肤的少女，“这个梦是她的，是第三层的梦！谭晓秋根本就没和我们一起入梦。虽然我们有四、五层梦境的人，下到第三层梦境，这里也就变成了现实，但是属于你的现实就是我们这几个人换上了清朝的衣服，演了一出清宫电视剧，是现在进行时，演给你看的，这跟历史毫无关系。”

尚浮云侧着脸对常白丁笑了笑，“我一早就告诉过你的哦，我要拍一部电影！”

黑皮肤美女，冲着忍者努力眨了眨眼睛。但是看到尚浮云站在常白丁身边时，表情又突然变得古怪起来。

“不可能！这场景太逼真了，这不可能是梦，这就是大清的乾隆朝！”忍者歇斯底里地大叫道。

常白丁耸了耸肩膀，笑道：“这是我的造梦师帮我搭建的，的确很逼真，逼真到了以假乱真的程度哦！”

此时，躺在地上郑座卿有气无力地说道：“常爷！我的任务完成了吧？咱们那个世界再见！你一定要遵守承诺啊。”

常白丁蹲在地上，缓缓地合上了他的双眼，“郑总！你放心吧！你夫人的病包在我身上。”

郑座卿的嘴角上还带着笑，他的身体渐渐地散成了一片金色的粉末，在狂风的卷席下变得无影无踪了。

“那是真的郑座卿？他也入梦了？”忍者把武士刀攥得越来越紧了。

常白丁呵呵一笑，“没错，他强烈要求加入的，我觉得没有人比他更适合扮演乾隆皇帝，就让他来了！”

“不可能，你们的一举一动都在我的监视之下，你们不可能有机会交流的！”忍者大吼道。

常白丁摸了摸自己的脑门，“别自以为是了！摘下你那伪善的面具吧，虽然你是谁，我们都心知肚明。”

忍者显然已经被眼前的变故弄得七窍生烟，气急败坏地冲着常白丁和尚浮云喊道：“既然这是第三层梦境，我就亲手把这个梦毁了！那样，你，还有你，都得死在这个梦里！”说着，她朝着黑皮肤的女孩举起了武士刀。

“别丢人现眼了！老夫也在这个梦里呢，你把她杀了，老夫要如何脱身？”突然又一个黑衣人踢着“轻云步”，从天而降，他倒提着一把大号的宝剑，横在了众人面前。

常白丁终于松了一口气，“尊驾终于露出真身了，我还以为您这个大人物不会现身呢！”

黑衣人丝毫不乱，“没想到端木老贼竟然有你这样的徒弟，真是后生可畏啊！”

“实施猎梦术，杀害历史上乾隆皇后，又让谭晓秋掉包成为皇后的，都是阁下所为吧？能告诉我，你为什么要这么做吗？”

“对不起，老夫无可奉告。”

“既然这里说话不方便，那就请阁下自下了家伙，随我到一个僻静的地方说话！”

黑衣人冷笑了一声，“下了家伙？呵呵呵，老夫行走梦境几十年，还真没有谁敢对老夫说这样的话！不过，老夫看你小子是个人才，想要和你牙派合作，共图大事，不知道常掌门是否乐意啊？”

“常某虽然不才，但牙派是几千年传承而下的名门正派，岂能任你这种奸佞小人摆布！阁下既然不肯束手就擒，那么我们也只好来硬的了！”常白丁将手中宝剑一舞，“臭小子，刚才让你隐藏实力，现在拿出你的看家本领，把这两个人给我拿下！”

“好嘞！”吴晓天甩掉手中的单刀，手中多了一副铁拳套，而两只腕子上弹出了十根铁爪，在阳光的照射下，冒着阴森逼人的寒光。

“等等！”黑衣人似乎知道吴晓天的厉害，“今天老夫可没时间陪你们这帮小崽子们玩了！”说着，他举起宝剑，突然朝着忍者的脖子就是一剑。

忍者的脖颈血光迸溅，顿时痛苦万分地倒在地上，渐渐地化作了一片金色的粉末。

“你？”尚浮云指着忍者，气得半天说不出话来。

“哈哈哈哈哈哈！”黑衣人大笑起来，突然又干咳了几声，“咳咳！乳臭未干的小子，自以为是的是你吧！从我看到你的那个造梦师造梦开始，我就知道，这是第三层梦境，而非第四层。”

“哦？你是怎么发现的呢？”常白丁一笑。

“第四层梦境难道还需要造梦师造梦不成，这也是你留下的最大破绽，只不过忍者那家伙傻，一头钻进来，还得老夫来救他。”

常白丁点了点头，“怪不得我没有在梦里见到罗凯！原来是被你踢出这个梦了！看来阁下已经把手中的那本《梦公理》残卷参透得差不多了。”

“好了，老夫没工夫听你在这唠叨，我要走了！这次咱们算是不赢不输，后会有期。”黑衣人转过身来，拔腿想走。

“你以为你真的走得了吗？”

黑衣人回过头，冷冷地一笑，“我怎么就走不了了？”

“在你进入那道联通这个梦境的门后，小爷我就把门的位置封印了起来，第三层梦境的自救技术只有牙派传人才能掌握，更可悲的是，你又是第五层梦境的人，就算你现在自杀也离不开这层梦境，你说你如何脱身呢？”常白丁自信满满地说道。

“你不会没听过梦幻花吧？”

常白丁听到这个词，脸上立即变了颜色，这是尚浮云看到常白丁第一次有了惊慌的神情。

“世间不只是你牙派掌门才有梦幻花，我也有，而且我有梦幻花的种子，只要我在梦境的入口处种上一棵梦幻花，我不就知道入口的位置了。”此时黑衣人长啸一声，施展轻功，犹如蜻蜓一般，从高粱的顶端，踩踏而过，身后只留下了他恐怖洪亮的呼和声，“常白丁，咱们后会有期。”

“常爷？”吴晓天看着常白丁，等他发号施令，是否追击。

常白丁轻轻哀叹，半晌才闭上了眼睛，此时尚浮云又有了那种天旋地转的感觉。

……

尚浮云缓缓睁开了眼睛，她眼前的世界真实而清晰。她就在病房中，谭晓秋仍然躺在他们中间。吴晓天也在揉着眼睛，他似乎也刚刚醒来。

我是在梦中还是现实中？她回忆了一下刚才的细节，似乎还很清晰！尚浮云回过头来，又看了看谭晓秋，她仍然在熟睡着，没有醒来的意思。

“美女姐姐，我们是不是完成任务了？”吴晓天一边看着自己的双手，一边喊道。

“我也不知道，对了！神棍呢？”尚浮云环顾四周，常白丁那张躺椅空空如也，“他又玩消失！”她恨恨地说。

吴晓天突然意识到了什么，“等等！美女姐姐，好像还少什么人。”

尚浮云环顾了整个病房，觉得有些不对劲，“那只黑猫呢？”当常白丁在黑梦里告诉她，他们不是要进入自己的梦境，而是要进入小黑妞的梦境时，尚浮云觉得自己所要面对的事情已经远远超过了她正常的理解范围，许多怪怪的想法像是活蹦乱跳的兔子，要从脑壳里蹦出来一样。而当她在梦中看到那个长相甜美，皮肤黝黑的女孩时，她简直不敢相信猫也能入梦，而且以人形出现。

“我们真的回来了！”尚浮云下意识地看了看窗外，郑座卿和秦兮都不见了。

13

拍卖会里热闹非常，二层全部都是贵宾的包间，红色的灯笼挂在每个包间的圆柱上，显得有一种独特的喜庆气氛。

常白丁顺着楼梯走上了楼，打开了“凤云阁”的包间门，此时秦兮正拿着一个望远镜，从镜孔中仔细观察着正在拍卖的宝物。

“呦，常先生驾到！”秦兮头都没回，“稍等一会，我一会就给你结账！”

“不着急！不着急！”常白丁一头坐在沙发上。

此时楼下的拍卖台上，拍卖师通过扩音器叫了起来，“现在的唐代梦幻花形古玉，拍卖价格，底价，二百万人民币，每次举牌增加五万元，举牌者也可以自行报价。现在开始。”

秦兮一边看，一边赞不绝口，“真是好东西！我说常爷，这玩意，你猜猜我多少钱能拿到？”

“嗯……我猜，你拿不到！”常白丁微微一笑，话一出口，就充满了火药味。

“哦？”秦兮回过头有些诧异地看了看常白丁，但随即呵呵一笑，“在北京这个地界，还真没有我想得到，而不得不到的东西。”

“是吗？那咱们走着瞧！”常白丁冷笑了一声，不再说话。

台下的胖子拍卖师大声喊道：“竞拍开始！起价二百万，有没有加价的？”

秦兮按动了椅子左边的按钮。

“贵宾席的秦女士加价了！”

“三百万！”秦兮冲着座位旁边的麦克风说道，她的声音通过扩音器，在整个屋子里散布开来。

一楼的会场中立即爆发出一阵唏嘘之声，一次性加了这么大的价码，很多收藏者已经开始望而却步！

但是突然，一个声音喊了起来，“四百万！”这个声音并没有扩音器，但是它却一样响亮，并且同样来自于二楼的贵宾室。

是常白丁的声音，他正扒着栏杆，冲下边望着，表情里带有着一股坏笑。

“四百万？这位先生您是？”拍卖师是个戴着金丝眼镜的胖子，因为拍卖行里大多数都是熟客，所以，看到这样的生面孔确实很诧异。

常白丁整整了衣领，“小爷我是郑座卿先生的私人代表！拍卖行编号，243！”

胖子的耳朵里插着无线耳麦，他沉默了一会儿，似乎在接收着高层的指令。几秒钟后，他继续喊道：“四百万！”

秦兮的眼睛里顿时爆发出了一种惊奇，“你？”

常白丁扶着栏杆，嘿嘿一笑，“梦幻花是我牙派的圣物，这小玩意儿小爷我也挺喜欢，想当个挂件，这次可能要夺您所爱了！”

秦兮哼哼了一声，“如果常爷想要！我拍下后，送给你就是了，何必花这冤枉钱？”

“有时自己的事情得自己办！就不用劳烦秦夫人您了！”

“好啊！我看你到底能拿出多少钱？”秦兮咬着牙，喊出了一个惊人的数字，“一千万！”

场下立即爆发出了一场激烈的讨论：

“这东西值一千万？”

“去他的吧，这破玩意儿哪值那个钱！没看有人要跟那个秦老太婆斗法了吗，她是输不起这面子！”

“对啊！死要面子活受罪！不过，这北京城里敢跟这位奶奶叫板的，可不多见啊！那个郑座卿是何方神圣啊？”

“据说是她的女婿。”

“女婿跟丈母娘抢东西，这可有点意思！”

“别吵吵了！看好戏吧！”

台下人们尖锐的议论声一波波地钻进了秦兮的耳朵里，她喘了一口大气，对常白丁的态度稍有缓和，“常爷，我不知道我那傻女婿给了你多少酬劳，但是，这东西真不是你这种断梦的先生玩的！”

“两千万！”常白丁向台下大声喊道，像没听见秦兮的警告一样。

“两千万！”胖子此时也在疯狂地喊着，“两千万有吗？两千万一次……两千万两次……”

秦兮的额头上此时见了汗，“两千一百万！”看得出她喊得很吃力。

“哈哈哈哈！怎么不叫四千万了？心虚了吗？秦老太太，我劝你放弃吧！”常白丁刚刚还嬉皮笑脸的表情，顿时紧绷了起来，他冲着台下大喊道：“四千万！”

现在会场中已经无人讨论，都在关注这场惨绝人寰的对决。

秦兮气得全身发抖，脑子里迸发出了一连串的问号，“干吗要和我作对？”

“您女儿的那个噩梦还没有结束呢，秦夫人，不！应该叫您忍者君才对吧？”此时，常白丁又坐回到了座位上。

“你什么意思？我听不懂！”秦兮的脸上面无表情。

“既然听不懂，我就讲给您听听。”

秦兮此时一个字都说不出来。

此时，只听拍卖台上胖子激动地喊道：“四千万一次……四千万两次……”

……

秦兮突然觉得眼前发黑，再睁开眼睛时，她的四周一片黑暗。

“我这是在哪？常白丁，你要什么花样？”秦兮有些害怕地喊道。

此时，常白丁举着一根火把，从黑暗中走了出来，眼睛直勾勾地看着她。

“这是哪里？你想绑架一个大富豪吗？绑架最高刑罚可判死刑！”秦兮的表情并不慌张，她的嘴角始终带着微笑。

“精神绑架警方很难取证吧！况且我只是找秦太太来聊聊天罢了。”

“找这种地方聊天？天方夜谭！”秦兮哼了一声，但是看得出她并没有被周围的黑暗恫吓到。

“我有个曾经当过警察的朋友，他把你的底细调查得一清二楚！”

“底细？我自知不过是一个风烛残年的老妪，还有什么值得你们去调查的。”

常白丁摇晃着自己的手指，“秦夫人在五十多年前还姓富！你的家族是在册的旗人，对吗？或者说，我再说得清楚一点，你的祖上是富察氏，是清朝的贵族。”

秦兮仍然面不改色，她扑哧一声笑出声来，“常爷，中国现在是民主共和国，我是旗人之后，这点不犯法吧！”

常白丁使劲摇了摇头，“不犯！别说中国法，连外国的法律都不犯！你所做的一切都很难用法律去衡量它的对错！因为你想做的是改变历史，现在的《刑法》里还没有改变历史这项罪行。”

秦兮嘬了嘬牙花，“改变历史？你说得我越来越糊涂了！”

“那好吧！既然你还这么糊涂，我就先给你讲讲富察氏的历史，富察氏的祖上是女真八大贵族之一，随多尔衮入关，为建立大清王朝立下了赫赫战功。《还珠格格》里的那个傅恒，还有《书剑恩仇录》里的福康安都是这个家族里的佼佼者。富察氏与皇族世代姻亲，直到雍正朝时，当时富察氏的女儿嫁给了皇四子弘历，弘历登基后，这位富察氏女子顺理成章地成为皇后，也就是孝贤纯皇后，不过在乾隆下江南时，这位皇后突发疾病死在了龙舟之上，这是正史。但是还有一种野史传说，富察氏之女在出嫁前和一位贝勒早有婚约，由于雍正帝亲自出面提亲，所以富察氏只好暗中悔婚，将女儿嫁到了皇家。这件事一直都被隐瞒了下来，直到乾隆登基之后的多年，才有奸臣故意搬弄是非，在皇帝耳边提及此事，试图扳倒富察氏一族在朝廷上的地位。而乾隆皇帝竟然信以为真，在南巡的船上和皇后发生争吵，皇后不堪羞辱，以证清白竟然跳了江。虽然正史和野史的记载如此大相径庭，但富察氏家族一直都认为皇后之死有诸多疑点，他们更愿意相信野史所云，从此富察氏与皇族决裂，退出了历史舞台，家族骨干成员开始过起了半隐居的生活。富察氏虽然是乾隆皇帝的第一任皇后，但可惜富察氏皇后和她的三个儿子都很短命。乾隆皇帝由于寿命太长，所以富察氏的子嗣没有继承清朝的皇位，而乾隆皇帝后来荒淫无度，直接造成了清朝日后的衰弱。所以你们家族把日后鸦片战争，中日战争屈辱的百年历史，全部都归结到了富察氏的孩子没有继承皇位这件事上。”

秦兮开始沉默了，表情也变得淡然了下来。

“就此隐居的富察氏，诅咒了爱新觉罗王朝几百年。本来这只不过是你们富察氏百年来历代相传的一个牢骚，历代富察氏的长老们对这个结果也无可奈何，只有哀婉叹息的份儿，直到你们知道了中国历史上一个古老而神奇的门派存在后，让你们家族有了一个邪恶的计划，这个计划的策划者就是你的父亲，富中华！”

秦兮松了一口气，“看来你们的确调查得十分细致啊，连家父的名字也了如指掌。”

“几十年前，你在你父亲的授意下结识了我师父，牙派掌门端木利华先生，然后便以一个特殊的身份混进了我们牙派。你通过我的师父了解了梦公理，所以你一直试图要进入第四层梦境中，刺杀乾隆皇帝，从而达到改变历史，让你们富察氏的儿子即位的目的。但是你却一直有两个难题没有解决。”常白丁说着伸出了两根手指。

“第一，我一直没有找到第四层梦境的人！第二，即便我找到了第四层梦境的人，也必须有第五层梦境的人愿意跟自己一起下到第四层梦境，才能使这个梦境变成了一段现实的历史。”秦兮终于摘下了伪装的面具，她的脸上仍旧轻松自然。

“必须同时满足这两个条件才有可能达到你的目的。所以，你几乎绝望了。”

“不能说绝望！只不过你的师父是个很精明的老贼，他一早就识破了我的想法，却一直都不肯说破，他终其一生也没让这两个条件同时在我眼前出现过。”秦兮仰起头，若有所思。

“不久后，我师父就隐居了起来。你怎么找也找不到他了，悲愤中的你离开了我的师父，嫁给了一个叫谭龙的商人，谭龙是旧中国资本家的后裔，虽然在‘文革’时受到了强烈的冲击，但是家底雄厚，最后你凭着他家的雄厚资产成就了今天的事业。当然你们还成就了一个女儿，谭晓秋。谭晓秋酷爱学习，特别是对于历史学的造诣很深。而这时你的脑筋里就有了一个更为奇特的想法，你的女儿是不是能进入第四层梦境的人呢？”

秦兮点了点头，表示肯定，“端木老贼曾经说过，除了天分外，第四层梦境是可以通过后天的知识积累和训练由量变到质变的。所以，我就想我们家晓秋是不是也有这个机会呢？”

常白丁突然加重了语气，这是一种带有怨气的怒吼声，“机会？为了这个渺茫的机会，谭晓秋从小就被你填鸭式教学，她从小到大没有休息过一天，除了吃饭睡觉，她无时无刻不在学习。终于如你所愿，她变成了一个你希望的人才，她的梦境达到了第四层，但是她同时也变成了郁郁寡欢的怪咖，没有人喜欢这样的女孩。”

“常爷！你的调查员真的是仔细啊，这些事能在这几天内调查得一清二楚。”

常白丁并没有被秦兮打断，左手一挥，黑梦里顿时出现了两张照片，左边的照片，一个身着朴素的女孩戴着一只厚厚的眼镜，头发有些凌乱，毫无生气，而右边的妇人却神采飞扬，靓丽端庄，仔细分辨一下，这两个人竟然都是谭晓秋，“你为了你的一己私欲，几乎毁了你女儿的一生，直到有一天谭晓秋遇到了年轻有为的郑座卿，她才有所改变，为了迎合这位帅哥，她开始化妆，开始关注女人应该关注的东西，而郑座卿此时也爱上了谭晓秋。很快，她不顾你的反对，和郑座卿结婚了，这对神仙眷侣本可以相守白头，幸福一生的。但是他们的恩爱却阻碍了你的大计。”

“没错，那个该死的暴发户，夺走了我那个可爱的女儿。他让我的女儿安心做了她的富太太！而忘记了我富察氏的深仇大恨。”秦兮此时露出了狰狞的面容来。

“把你的女儿当做机器去使唤，难道这就是你的为母之道？”常白丁的语气越来越强烈。

“个人的荣辱和历史的兴亡相比，简直是太渺小了。八国联军进北京，旅顺口屠杀，南京屠城，难道这些屈辱的历史能让你抬得起头来吗，一切都因为那个该死的乾隆皇帝荒淫无道，让我们的孝贤纯皇后死于非命。乾隆必须死，才能挽救中国的屈辱史。”似乎，秦兮也开始展现出了她强硬的一面。

“所以，你便急于求成，试图进入自己的女儿的第四层梦中，达到你们不可告人的目的。”

秦兮嘴角中露出了一股奸邪的微笑，“你连这个都知道？”

“之后，你便遇到了那个所谓的世外高人，我牙派的败类，被我师爷逐出师门的弃徒。你发现他就是你梦寐以求的第五层梦境的人，而且和我牙派有着千丝万缕的联系，他能把你带到第四层梦境中。而那个家伙最大的优点就是贪财，只要能给他足够的报酬，他什么都愿意为你干，结果你们俩一拍即合。这个邪恶的潜入者的计划非常邪恶，他先用牙派世代禁忌的猎梦术杀害了真正的皇后，然后再利用催眠术让你的女儿以为她就是皇后，最后使得你的女儿陷入了疯癫的状态中。”

秦兮此时叹了口气，“我的计划本来很简单，就是想让我女儿在她的梦中杀了乾隆皇帝，可让我们没想到的是她真的以为自己是皇后，对皇帝忠心不渝！我女儿的梦就这么废了。”

“那个邪恶的潜入者不但没帮你达到目的，还引起了郑座卿对你的怀疑，郑先生托人寻访北京的各路名医医治谭小姐。但是最后名医们也束手无策，可能是机缘巧合之下，你的女婿找到了一个顶仙的郝三，而这位郝三爷正是你的老相识，因为他曾经是我师父的小厮，你也从他嘴里得知了牙派的新掌门人就是小爷我！所以你便开始怂恿郑座卿，请小爷我出山来给谭晓秋治病，而在去请我的过程中，你遇到了一个人，这个人的出现让你的邪恶计划有了第二次付诸实施的机会。”常白丁的语气又突然变得舒缓了起来。

“你是说尚小姐。”秦兮嘴唇一挑，有些吃力地笑了笑。

“对，凭你的经验，你一看便知，尚浮云是第四层梦境的拥有者。所以，你对云姑娘百般讨好，为的就是有机会能进入云姑娘的梦，由于我是第五层梦境的人，进入云姑娘的第四层梦境后，这个梦也就变成了历史的现实，只要能潜入云姑娘的梦中杀了乾隆皇帝，历史就被改变了。万事俱备，只欠东风。”

“那你说东风又是什么呢？”

“你必须让云姑娘做一个和乾隆皇帝有关的梦，而且这个梦中的历史要发生在富察皇后还活着的时候。所以，你不停地朝着这方面引导我们，而我嘛！当然就如你所愿，将计就计了！”

“你是什么时候发现这一切的？”秦兮不住地叹着气。

“一个是我进到你女婿的别墅后，闻到了我们牙派入梦时才会使用的羊脂油和蜜蜡燃烧过的味道，从那时我就开始怀疑这屋子曾经有人实施过入梦。当然嫌疑人当时有两个，不过我很快排除了你女婿的嫌疑，说实话你太低估你女婿了。”

“我女婿？那个满身铜臭的暴发户？”秦兮不屑一顾地撇着嘴。

“你不是一直都在说你的女儿和郑总之间没有什么共同爱好吗？我告诉你，郑先生是真的爱着您的女儿，为了她，他也开始钻研他并不喜欢的历史，跟我入梦后，发现了诸多的蛛丝马迹。而他一眼就认出了谭小姐梦中想要对皇后下毒手的太监，就是你曾经带到他别墅里的一个奇怪的老头儿。”

“哦？难道是我小看这个暴发户了？”秦兮跟着冷笑了一声。

“所以，我和郑先生就在这里开了一个小会，定下了引蛇出洞的计划。”

“原来你和郑座卿是在这个黑梦里跟他一起研究的，怪不得，我们根本没有监测到你们的阴谋。”秦兮此时拍了拍手掌，笑着说道：“没想到啊，端木老贼竟然有你这么个聪明睿智，不！应该叫诡计多端的徒弟！真是青出于蓝而胜于蓝。”

“若和你的女婿比起来，其实你才更像一个暴发户，对于中国历史你简直是一无所知。云姑娘入梦时所说的什么状元胡玉言，大内侍卫总管萨巍，这些人物也都是虚构的！可你却全然不知，所以才会完全掉入我们的圈套中，一个不了解中国历史的人，却试图想改变中国历史，真是天大的笑话，这次你输得心服口服了吧？”此时，常白丁的表情很平静，平静得却让人感觉到他背后的一场疾风骤雨即将预期而至。

秦兮突然仰面大笑，“服？我是堂堂富察氏的子孙！大清朝的皇亲国戚！我为什么服？我服谁？我想为中国赚回几百年的尊严，我有什么错？再说，就算你知道这一切都是我做的，你能把我怎么样？把我杀了？还是把我囚禁起来？要知道北京如果少了我秦兮，不知道有多少人要失业，警方不知道要出动多少人马来找我！”

常白丁也跟着秦兮大笑起来，“哈哈哈哈！秦老太，您应该知道这里是什么地方吧？”

“黑梦！意识的禁地。”

“看来你刚才在装蒜！”常白丁把指头挥舞了几圈，“不过你对黑梦还是一知半解哦！这里其实还是一座监狱！精神的监狱，我可以带你进来，但是如果没有我，你永远也走不出这个黑梦。我会让你永远在这里活下去，而你的本体会像一具行尸走肉一样失去意识，直到你的肉身死去为止。对了，我师父可能没有告诉过你，黑梦里什么都没有，没有电视，没有Wi-Fi，没有你总爱流连忘返的拍卖场，在这里甚至你连睡意都没有，连梦都做不了，你在这里意识是完全被锁死的。”

“你别蒙骗我，黑梦也是有主人的，如果你不放我出去，我就杀了这个梦的主人，跟她同归于尽，你也知道我的手段了，杀人这种事我是做得出来的。”看着常白丁坚定的眼神，秦兮的眼神里也有些胆怯。

“好啊！好啊！你赶快杀了我吧！让我赶快终结我的痛苦。”此时，在黑暗中出现了一个披着猩红斗篷的漂亮小姑娘，她的屁股下坐着一阵旋风，头发被风吹得向上飘散着。

常白丁冷笑了一声，“她就是这个黑梦的主人，我每次来到这个黑梦里，她都央求我杀了她。求我结束这个痛苦的黑梦。”

“你？你到底想怎么样？”秦兮把后槽牙咬了咬。

“放心吧！秦老太太！我跟你说笑呢，我就这么一座空房间，如果太烦的时候，我还想在这里边躲躲清静呢，要是每次进来都碰上你，我得多郁闷啊！算了吧，念于你没有造成什么特别恶劣的影响，我只是会对你施以小小的惩戒，如果日后还敢动我们牙派的歪脑筋，我定让你尝尝这座精神监狱的厉害。”

“惩戒？你想怎么惩戒我？”看得出，秦兮已经有些有些害怕了。

“你马上就会知道了！”

……

突然，秦兮睁开了眼睛，她仍深处于那个豪华的拍卖场中。

那个胖子拍卖师，终于落下了手中的锤子，“一亿五千万！成交，这件藏品归属于秦女士。恭喜！”

刚才不是才喊道四千万吗？秦兮的脑子里一片空白，此刻楼下已经响起了雷鸣般的掌声，所有人都在赞叹她的出手阔绰。她回过头，看到常白丁就站在他身后，嬉皮笑脸的。

“你？是你捣的鬼？”秦兮用愤怒的双眼直视着常白丁。

“对了！忘了告诉您了，这藏品，其实真正的主人，就是您的宝贝女婿，郑座卿！他对我说，这东西本身就值个一两百万，但这次能拍出多少钱都给我，就算这次断梦的报酬了，所以，不好意思啦，秦老太太！谢谢您咯！”说着，常白丁坏笑着。

“这梦幻花不是你牙派的圣物吗？你也不要了？”

“梦幻花是梦中之花，是标记梦境入口的圣物！可台上这玩意再值钱，不过就是人间的一个玩物罢了，对我牙派毫无意义！这么贵还是您自己收着吧！”说着，常白丁拉开了门，从这间雅间里走了出去，刚出去后，他又把脑袋从门外探了进来，“最后提醒您一句哦，历史是不容更改的，无论我们经历过哪些困苦，那都是我们整个民族的命运，我们都应该勇敢地走下去。还有，离那个牙派的叛徒远一点吧，如果我再发现你跟他狼狈为奸，我定然不会饶你！”说完，常白丁的头终于消失了。

秦兮脸色气得发青，狠狠地将右手拍在了椅子的扶手上，嘴唇不住地哆嗦了起来。

15

“老公，我做了一个特别可怕的梦，我成了皇后，我真怕见不着你了……”

“你病刚好，别多说话！”郑座卿一勺一勺地将米糊喂进谭晓秋的嘴里，而谭晓秋也正温柔地笑着，望着自己的丈夫细细咀嚼着，而抱着玩具熊的小女孩，不停地叫着“妈妈”。一家三口温情的场面让在门外偷看的尚浮云眼圈里充满了眼泪。

“女人就是女人，看什么都哭！”常白丁靠在病房外的墙边。

“谁哭了，我这是感伤，感伤，懂吗？好好的一对鸳鸯，差一点就让那个老妖婆给毁了，我这是为他们难过呢！”尚浮云站在病房外不住地唏嘘。

“行了！人救了！梦解了！钱也到手了，咱爷们的任务圆满完成！可喜可贺，有什么可哭的！”常白丁脸上那股痞子相再次来袭。

尚浮云把头摇了摇，“可我想不明白，没用任何的治疗，这谭晓秋怎么就自己恢复了意识了？”

“按照历史的进程，在乾隆皇帝南巡的时候，皇后就会暴卒于龙舟之上，无论当时历史发生了什么，梦中的皇后死亡这是事实。谭晓秋也就不用再扮演什么历史上的皇后了，她的噩梦自然就解开了。对了，你如果对孝贤纯皇后死亡之谜有兴趣的话，直接问谭晓秋就行了，她可是亲历者。”

尚浮云微笑了一下，“不想知道了，不管真相是怎么样的，那都是一个悲伤的故事，结果已经无法改变了，又何必关心过程呢！对了，我倒想问你点事儿。”

常白丁一拍脑门，“你一直都在问呢！十万个为什么女士！”

“中间人都是些什么人？”

常白丁叹了一口气，从烟包里抽出了一根烟来，刚想点燃，又放弃了，把打火机和香烟都捏在了手里，“小爷的师父当年给我留下了十二个中间人，这些人都是我师父生前的门生、挚友或敌人！”

“敌人？”

“哼！”显然，常白丁不想再说下去，但是他琢磨了一下，还是脱口而出，“比如，你的老师范教授，就是我师父的敌人！但是不知道为什么我师父临终前，把他也列入了十二个中间人之一。他老人家临终前留下遗言，我所接的活，必须是经由这十二个中间人介绍！否则就算再多的报酬也不能接，否则必遭天谴！而且……”似乎又到了常白丁不愿提起的往事。

尚浮云知道常白丁又有难言之隐，也不多问，“这么说，范老师是你的托孤大臣！”

“也可以这么说吧！不过，我可从来没有承认过他的地位。他介绍来的人，我只接了一个，就是你！”常白丁转过头对尚浮云笑了笑。

“干吗对我如此这么优待？”

“看你波大呗！”常白丁嘿嘿一笑。

“滚！臭流氓！能不能正经点？”尚浮云做出了一个要扇人耳光的动作来，但是动作只做了一半，就在半空中停了下来，“那介绍郑座卿来的郝三爷也是其中一个中间人喽？”

“他原来就是我师父门下一个打杂的伙计，机缘巧合之下，跟我师父学了点本事。后来也被师父任命为中间人之一。”

尚浮云挠了挠头，“什么本事？”

“顶仙这个行业你了解吗？郝三爷就是干这行的！”

“北方叫顶仙，南方叫出马！传说是一种很古老的幻术。据老人说，就是有一些人突然和一些动物化成的神仙交了朋友，所以顶仙的人头顶都有个神仙，一般都是什么狐狸仙啊，刺猬仙什么的，他们会告诉你很多玄秘的东西。”

常白丁摆了摆手，“这都是胡扯的鬼话！其实所谓的顶仙，也是入梦的一种形式，就是人进入动物的梦境中。但是动物的梦境一般只能到第二层，所以需要一些机缘巧合才能遇到一些能达到第三层，甚至第四层第五层梦的动物，而动物中梦境阶层比较高的，就是黄鼠狼、狐狸、刺猬、蛇这些动物，所以这四种动物也被称作四仙儿。”

尚浮云突然眼前一亮，“那小黑妞，也是……”

“没错，小黑妞是在猫里边梦的层级比较高的，她能进入第三层梦境。所以在梦中能跟人类直接交流，也能化成人类的模样。这次多亏了它，否则，我们入梦很可能会引起怀疑，但是像猫这种低级的动物的梦虽然能进入第三层，却也简单纯粹，比较容易被造梦师渲染，所以，秦兮悄悄跟进来时，才会信以为真。”

尚浮云搜罗了一下自己的记忆，“我记得，罗凯也说过自己是中间人介绍来的，他的中间人是谁？”

常白丁肯定地回答道：“秦五爷，西城区的一个画师，很有背景。但是小爷我跟这个人没什么私交。”

尚浮云越来越觉得这个问题很好玩，“除了范老师、郝三爷和秦五爷外，还有哪些中间人啊？”

常白丁叹了一口气，“其实，十二中间人我也还有几个根本没见过面，是我师父临死前才告诉我的，他们的情况我完全不知道，比如秦兮其实也是十二个中间人之一，我对她的事就一无所知。”

“啊？她也是？”尚浮云的嘴巴张得很大。

常白丁点了点头，“她的原名叫富若兮，是我师父生前很信赖的猎人！”

“怪不得呢！她在梦里这么厉害，也不怕受到什么梦境中时间的影响，原来她是猎人啊！”尚浮云点了点头，很多疑问迎刃而解。

“师父是得了急症而死的，所以只给我留下了十二个中间人的姓名和职业，要不是我派阿三去调查，到现在小爷我还不知道原来秦兮就是富若兮呢！”

尚浮云很诧异，“只有十二中间人介绍来的客户才能接，牙派历代都有这个规矩吗？”

“据我所知，这个紧箍咒只有我戴上了，而且正如师父所说，如果不是他们十二个人介绍给我的客户，可能会出现麻烦。”

“麻烦？”

“这你就别多问了！日后如果有机会我会告诉你的。”

在常白丁不想说的时候，尚浮云也不再追问似乎成了两个人的一种默契，她紧跟着转换了话题，“对了，神棍！那个黑衣人又是谁呢？”

“他是个极其危险的人物，是我师父的师弟，但是当年因为违反牙派的门规，而被逐出师门，据说无论资质还是计谋他都在我师父之上，当年本可以继承牙派掌门之位的。”

“他叫什么名字？”

常白丁摇了摇头，“我也不知道，不过他有个响当当的外号，叫食梦怪！师父一生都绝口不提此人，只是在临终前告诫我，要小心这位师叔！我也是在和十二中间人接触的时候，才听到了一些关于他的传闻，但是都是些零零碎碎的传说。”

“我一直都不明白，既然那个黑衣人已经看透了咱们的计策，为什么还会让秦兮入梦陷入了咱们的圈套呢？”

“这也是我想不明白的地方，但是我想秦兮和他之间，可能还不是什么合作关系，而是赤裸裸的金钱关系，当初秦兮雇佣他来，也只是为了刺杀乾隆皇帝，而当黑衣人发现秦兮是猎人后，就有意收服她成为盟友，所以他想让秦兮掉入咱们这个圈套之中，让她明白无法实现她那个伟大计划的最大障碍就是我和我的团队，他想让秦兮明白她必须加入他的团队中，才有可能实现改变历史的愿望。”

“听起来真复杂。”

“我早些年就听一位中间人说过，我这位师叔在招兵买马，好像是要搞一笔大买卖。我这位师叔一生贪财，所做的勾当全都是为了一个钱字。如果现在他再和秦兮这位猎人结为联盟，还真是挺难对付，更要命的是，他手里竟然还有梦幻花的种子。”

“我听你不止一次提过梦幻花了，说吧！这又是怎么一回事儿啊？”

常白丁像是自己说漏了嘴，他立即笑而不答了，似乎这又到了一个他不想提及的话题。

此时，吴晓天蹦蹦跳跳地跑过来，“美女姐姐，教授叫你过去呢！”

尚浮云指了指常白丁，“你不许跑，一会我就回来，你要告诉我什么是梦幻花。”一边说着，她朝着走廊的尽头跑去。

常白丁低着头，笑了笑，他的脚边此时窜出来了一只黑猫，正是小黑妞！

常白丁抚摸着小黑妞的头，“我知道还有一朵梦幻花植在了你的梦里，别着急，这朵花我就先不采摘了，就由你替我保存吧！”

小黑妞冲着常白丁轻轻叫了一声，然后用头不停地蹭着常白丁的裤筒，她的表情里带着一种令人神魂颠倒的魅惑，像是情人看着情郎的样子。

（第一部完）